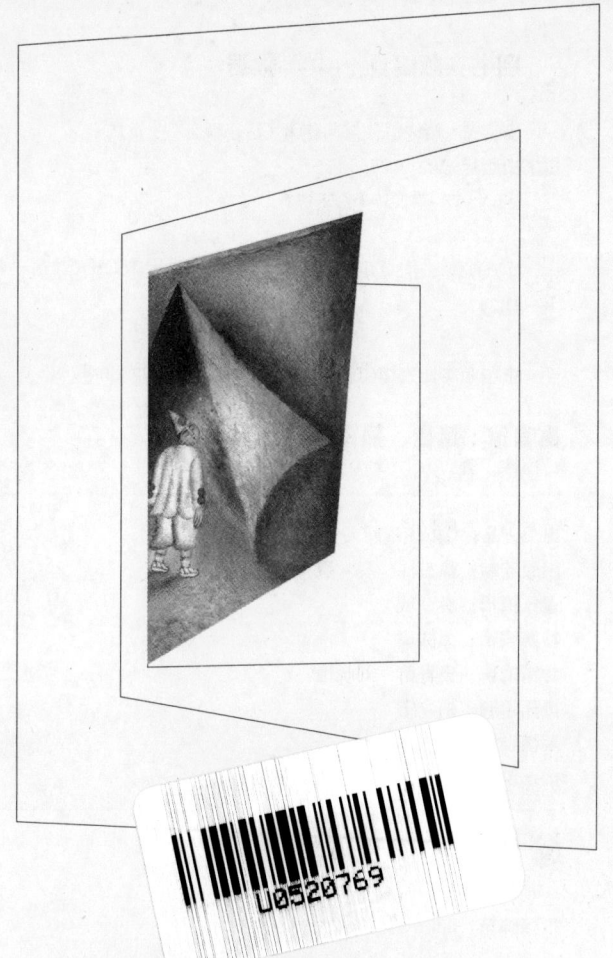

寓言家
赌徒、侦探与使者

FABULIST: THE GAMBLER, THE DETECTIVE, AND THE MESSENGER

吕杨杕 —— 著

重庆出版集团 重庆出版社

图书在版编目（CIP）数据

寓言家：赌徒、侦探与使者 / 吕杨杕著. —重庆：重庆出版社, 2021.9
ISBN 978-7-229-16006-7

Ⅰ.①寓… Ⅱ.①吕… Ⅲ.①长篇小说—中国—当代 Ⅳ.①I247.5

中国版本图书馆CIP数据核字（2021）第172860号

寓言家：赌徒、侦探与使者
吕杨杕 著

出　品：	华章同人
出版监制：	徐宪江　秦　琥
责任编辑：	秦　琥
特约编辑：	彭圆琦
营销编辑：	史青苗　刘晓艳
责任印制：	杨　宁
装帧设计：	刘沂鑫
插画绘制：	九个妖

重庆出版集团
重庆出版社　出版
（重庆市南岸区南滨路162号1幢）
投稿邮箱：bjhztr@vip.163.com
北京盛通印刷股份有限公司　印刷
重庆出版集团图书发行有限公司　发行
邮购电话：010-85869375/76转810
重庆出版社天猫旗舰店
cqcbs.tmall.com
全国新华书店经销

开本：880mm×1230mm　1/32　印张：11.875　字数：218千
2022年1月第1版　2022年1月第1次印刷
定价：48.00元

如有印装质量问题，请致电023-61520678

版权所有，侵权必究

献给为本部作品提供了色彩与灵感的珺旻同学。

问：如果冬季的雪换上了新衣，会是什么颜色？

答：淡黄色！

回：好的。

目　录

忧郁的作家 —— 1

理智的赌徒 —— 21
疯狂的侦探 —— 71

孤独的宇航员 —— 117
新时代气象学家 —— 165

浮空筑桥师 —— 233
死神的使者 —— 283

真正的预言家 —— 331

彩虹尽头 —— 369

忧郁的作家

1

没有人真正了解我的祖父。虽说他老人家早已是著作等身,在全世界拥有上千万的读者,但至今为止没有人成功获取过他的资料,在这个信息发达的时代这是难以想象的。前些年也有私家侦探与狗仔队专门调查过祖父,这多半因为书迷们的追捧与来自学术界的施压,可新闻界传出的关于祖父的碎片信息,过一段时间后都必定会被证伪。无论外界采取何种手段,祖父都像一位严谨的国际象棋高手一般应对自如,他的秘密与王座在层层守卫之后,隐蔽于坚固的防线中,外界甚至一度怀疑祖父有一位影子作家，或者祖父根本不存在，当然这两点后来也被证明是错误的。

我作为祖父唯一的亲人，对祖父的了解也仅限于每月第一个周六出现在邮箱中的银行记录，以及节假日贺卡，早年对于祖父外貌的记忆仅只那个灰色身影。祖父离我如此遥远，我也只能与外界一同猜测祖父的实情。

当然，我还有一个不是非常可靠的渠道。祖父至今出版了二十四本书，每一本都被海潮般的读者们追捧，我也是这海潮中的一朵浪花。这二十四本书的风格迥异，内容上也并没有任何连贯性。我只知道祖父有着无可匹敌的阅历，无论是对生活的哲学感悟还是对社会问题的深刻反省，他都能够将点点滴滴的思考汇集为几百页的文字，他将这些思想精美地装进层层递进的故事情节中，最终又以礼物的形式呈现给整个世界。

这一切令我在收到祖父发来的通知时感到无比惊讶，他为什么会突然要求我去拜访呢？由于很久没有联系过了，我发觉自己竟然连祖父的健康状况都不知道。这就像那些小说与散文中的情节反转一样，祖父会不会是想要见我最后一面？希望事实并非如此。

身处学院中，秋季的落叶将道路两旁的草地轻轻盖住，只能通过那一片棕色落叶下的些许淡绿依稀分辨出夏天的足迹。印象中祖父的身体一直极好的，他老人家每年都会固定出一本新书，而且都是在冬季公开发布，说不定是因为新书的事情呢？我不自觉地看了看身旁的这一片棕色，今年的降温来得如此突然，我与秋季都尚未做好准备。

手中的信件在不知不觉中脱离了我的控制，信件掉落中断了我的思绪。俯身拾起那褶皱不堪的纸张，我随手拿起了旁边的一片秋叶，直面着阳光开启了我的调查。这片秋叶已经凋落很久了，枯萎的叶面不再有生命的纹路，这或许就是它的最后一程吧。我将这片树叶拿在手中，迟迟不愿继续我自己的旅程，无论如何我还是要面对祖父，希望他也能解答一些我对于生命的疑惑。

我最终还是张开了双手，仿佛听到了柔风的召唤，又或许是一种命中注定的因果，这片秋叶在空中滑行了一会儿后，便安落于那片夏季的残骸之中。我向前迈出了自己的步伐，时不时还要回头观望一阵。

回到宿舍后我开始为本次的旅行做准备，祖父在信件中并没有提到我这次需要停留多久。为防万一，我将旅行箱拿了出来，准备的换洗衣物应该足够我应付一整个月的旅行。没有记错的话，祖父暂居的湖泊常年恒温，湖泊的女主人还是我在学院中的挚友，她的家族一直都与那片湖泊共存，那里是一座世外宁静之地。我也有好久没有见到她了，最近听闻她喜诞一名女婴，我理应带一些礼物以表祝贺，至少我的朋友当中有些人还是幸福的。

我从书架中取出两本新到的书，又到书桌边整理自己的那些文具。椭圆形书桌前方是一块菱形玻璃，玻璃外就是我刚刚路过的草地，如果仔细观察的话或许还能找到那片落叶。草地后方的演讲厅前些年才竣工，祖父也被请过来演讲，上次见到他老人家也正是那一次。祖父的影子总是影响着我的生活。来学校面试的时候，校长听闻我是一代文豪的后人感到十分惊奇，祖父的推荐信我至今都没看过，不过内容似乎并不是真正有效的引荐，更重要的是家族的姓氏以及我自己选择哲学与文学专业的意愿。或许是希望培养出新一代优秀作家吧，林校长特批将我录取了。回想起校长当年的热情，我默默地将平日里用于写作的打字纸一同置入行李箱中。

　　我提着行李穿过校园，图书馆主楼仍然在施工，很多古老的雕像都被临时搬了出来，嘈杂的外部施工现场与一层隔音墙之隔的图书馆内部有着明显的差距。我缓步走过这座运用知识与科技所搭建的殿堂，目光快速地扫向周围的人群，不久便在图书馆的角落中发现了我的那些友人，这是一群极力推崇创新并且追求真理的人。虽然说我对于生命的目标与他们有着截然不同的定义，但我们还是能够互相尊重各自的观点，同时又深受彼此的影响。他们所吸引我的并不是那种优秀的精英主义，而是除了学术上的成功以外，他们还拥有非常独特的人格以及丰富多彩的生活，这些往往被人们忽视了。甚至可以说，他们自己都没有意识到自己最为优秀的品质竟是有趣的人格，若是将他们的故事写成一本厚厚的小说，相信不会比祖父写的故事差到哪儿去。

我坚定不移地选择写作的道路大概也是出于同样的缘故，他们的存在提醒我不能放弃自己追求的目标。我深知无论这个世界上的阴暗面多么令人绝望，这群人都会力挽狂澜，成为守护未来的中流砥柱。作为朋友，我也坚信他们能够做到这一点，同时也希望他们能够将更多的注意力转移到自己的幸福上，寻找到属于自己的个人目标。对于未来的这种构想在我脑中从未改变过，在与他们接触了一段时间后我就在设想中的未来搭建起了这样一个理想世界，而他们构成的正是通往未来的桥梁。即使有时能够感觉到他们的未来被一片神秘的阴霾笼罩着，我还是抱有足够的信心，在他们之后还有下一代，不过每当想到这里我就开始力不从心了，我对于未来的想象也是有限的。

几个月前有一位新的成员加入我们的团体，他的出身并非什么显赫的家族或是某位天才的后代，但正是这种平凡的身份将动力再一次引入了我们的集体。记得第一次见面时我就看出他的不凡之处，除去学院中其他成员共有的独特气质以及聪明才智外，他总是能够提醒周围的人这个世界其实还有许多美好，以及许多值得停下脚步来用心感受的事物。

我与他的接触并不多，可是我能清晰地感觉到他未来一定会为世界带来巨大的改变，而令我印象最为深刻的是我与他关于哲学的一次简单对话。那天夜里学院异常安静，学期结束后并没有多少人留在学院，大家都回了家，也有些人结伴前往世界各地探险。我受噩梦的困扰，辗转反侧难以入眠，凌晨三点左右我冲出宿舍楼，那股清新的空气驱使着我继续在外游荡。我踏过一片暗绿的草地，发现了躺在室外的一个人影，起初我以为是某个生物部门的实验模型，当我走近后才发现这是张非常陌生的面孔，他是那一学期才加入学院的。

"您好！"陌生的人影面朝着我说道。

"你好！你是新生对吧？"

"是的，我刚刚转学，上个月还去您的研究小组面试过。"

"不必用敬语了，如果你真的了解我的话就知道我也不怎么去那个研究小组。"

"您是什么专业呢？"

"哲学和文学。"

"那您未来想要做什么呢？"

"我在尝试写作，希望能够把自己对于生活的一些感触写下来。"

"您是指像《人》一样的哲学书籍吗？"

"对啊，就像《人》一样，麻烦你不要用敬语了。"我笑着说道。

"抱歉啊，习惯问题。"面前的身影模仿着我的笑声说道。

"你对于《人》这本书有什么看法？"

"写得非常精彩，我很希望能够见到作家本人，听闻他很少露面，上次还是两年前的学院演讲，不过在我的想象中他一定是一个对生活充满爱的人吧，对于自己的家庭应该更是如此。"

"并不是。"我平静地回应道。

"学长您认识他？"

眼前的人又开始用"您"来称呼我了，我也不愿再三提醒他，于是暗中选择无视这些语句上的细节。

"你是故意发问的吧？其实你知道我和他的关系，是不是调查过我这个研究小组的成员了？"

"学长果然聪明，我实在止不住好奇心，如果您能透露一下那位作家是什么样的人就好了，我对于他的很多理论都很感兴趣。您祖父的作品中有一种很独特的智慧，那是一种对客观伦理的批判，他那些关于人性本质问题的严谨分析引人深思，正是这一份严谨以及那富有诗意的语言使得他在当今文坛和哲学界拥有一席之地，在这个混乱的世界中开创自己的学派。他的作品对于情感的把控出神入化，大部分作家都想写出独特的内容，可是人的经历是有限的，能写出这样内容的人，要么是非常幸运地经历过这些，要么就是想象力过人，所以我才尊重您的祖父。"

"是这样吗？其实我也不知道啊。"

"是不肯透露吗？"

"是不知道。"

"我相信您。"

"你为什么躺在这里啊？天文物理系的项目吗？"

"我是学神经科学的，不过星空的构造与神经的结构十分相似呢，我这只是在找灵感啊，您这么晚出来是在做什么？"

"与你一样，找灵感。"我朝他笑了笑继续说道，"你这句话和我的一个朋友说的一模一样，她也是学神经科学的，如果有不会的问题可以去问她，没有比她更聪明的人类了。"

"哦？我倒想见识一下。"

我们二人陷入一阵沉默，我能够感觉出来他其实还有别的问题想问。

"你直接阐述一下自己想要什么吧，我有种预感你其实有其他目的，想必你是调查过我们这边所有人的背景了，虽说学院有许多人都热衷于这样的交流方式，我可不是很喜欢玩这样的游戏。"

"好吧，我再次感到抱歉，说实话我只是想要进入你们的研究小组，可我同时也非常害怕会被拒绝，毕竟你们的友谊有一部分是通过各自家族的联系建立的。"

"这你不用担心，我们的小组也从不排外，只要你能够展现出自己的能力并且做出贡献，我一定会全力帮助，相信其他组员也没有理由拒绝的。"我表态道。

"那我就放心了，等到来年再申请面试吧。"

"你为什么对神经科学感兴趣呢？"

"我想研究那些困扰了人类多年的问题，我也相信以此能够帮助人类更进一步，这是下一次进化的突破口。"

"你们俩还真像啊，改天我会引荐你和她来参加一次集体讨论，相信其他小组成员也会感兴趣的。"

"您为什么不感兴趣呢？"

"你是指为什么写书而不做学术吗？"

"是的。"

"客观来讲，他们的思维以及那种严谨的态度比我更适合去做学术，我对于他们未来的成就抱有信心，选择写作也可以说是梦想着自己能够以另一种方式改变世界吧。就像我的祖父一样，我希望在自己死后也能够留下代表自己的作品。"

"那您还在犹豫什么呢？"

"一种对于这一切的怀疑吧，毕竟有祖父的成就摆在那里，我并不确定自己可以像祖父那样。不过这并不只是自我怀疑，我还在寻找一个答案。"

"什么答案呢？"

"这一切的意义啊！"

"我能够理解您的疑惑，我身为相信科学的学者也只能道出现象背后的原因以及做出逻辑分析，但是有这样一个世界存在本身就是一件很神奇的事情啊。更何况世界上还有这么多会去思考的个体，在一场辩论赛或是演讲厅里我都会感到惊讶，周围有这么多人同时在发挥自己的想象力，去构思，去探索未知，而那些人又是如此地真实，我们都在寻求答案的路上。"

"我从不低估世界的价值以及存在的这些美好，但是这些对于我来说有什么意义呢？从个人的角度我必须先赋予一件事物意义才会觉得它有意义，就像一杯水之于沙漠与大海的不同意义，都是由个人以及具体的情景所形成的。"

"我个人所相信的是对于知识的探索，在这一切背后我认定知识本身具有意义，这一点与学院的宗旨十分相近，但这都是极为主观的，我只能祝您好运了，这个话题并不是我现在可以讨论的，因为我也在试图找到那些事物对自己的意义……"

"谢谢你了，也祝你好运吧！我知道你会成功的，提前欢迎你加入我们的研究小组。"

我向他点了点头，转身返回寝室，后来他果然成功加入了我们的研究小组，组员们都非常喜欢这位新成员，他们一起搭建出了无数个理想中的世界。

那位少年此时正坐在他心仪的女孩身边，看来他也如愿以偿，得到了有意义的归宿，正如当初关于他们二人的预感一样，我知道他们能在未来携手搭建一个比现在更加美好的世界，我也一定会拼尽全力支持。我有种预感他会开创自己的事业，在某个小岛上建立起自己的知识王国。这种预感比我其他那些天马行空的想象要更真实一些。

不知不觉我的眼泪又开始涌出，我能够注意到他那双聪慧的眼睛中的爱意，这种爱意是我一直没能找到的，同时我也不愿去打扰这份爱意。我最后看了一眼我的挚友们，强忍住眼泪转身离去，穿过那阵阵轰鸣声与那扇刻有浮雕的大门，我离开了学院的幻影，走向了更为真实的世界。

2

湖泊上方堆积的叠云在夕阳的余晖下呈现出一种奇妙的淡黄色，这一带的日落永远都是那么完美，夜幕的降临也因为此处的美景而被无限地推迟。湖泊岸边是一片木屋，想到祖父就在其中的某个木屋当中，我的心情愈发变得复杂，如何面对他一直是我无法解决的难题，两年前我展现出的更多是愤怒，祖父也并没有像我想象中那样流露出任何具体的情感，他那种冷漠的态度至今仍烙印在我心中。在所有不解之外，回想起当时的场景，我还是会怀疑自己是不是误会祖父了，他那种冷淡的回应背后是不是另有隐情？祖父并没有侵犯过我的人权或是限制我的自由，可是谁会如此冷淡地对待自己的家人呢？那种令人绝望的冷漠一直使我质疑家庭对于自我的意义。得知了好友中大多数都受过家族训练并且传承家族所崇尚的精神，我也怀疑这会不会是祖父对我的一种考验，可是这样的教育有何用处？我的童年是跟着陌生人度过的，照顾并且看管我的人换了一批又一批，从头到尾都没有真正可以依靠的人，我想不出为何以这样的方式教育孩子，除非祖父自始至终想要我质疑自己存在的意义。由于我与祖父接触的时间甚少，我始终无法在想象中构造出一个合理的未来，我每每坐下来仔细思考这件事，但从未拼凑出一个完整的蓝图。

脑海中想着这些，我快速地走下电车。迎面而来的两位正是湖泊的主人，这对年轻的父母曾经在我最为绝望的时候救助过我，他们是为数不多愿意真心聆听我的困苦的人，如今我能够活下来看着他们获得幸福，真是一件值得庆幸的事。两人身着古典服饰，初生的婴儿被母亲抱在怀中，我将提前包装好的礼物从行李箱中取出，朝着他们展现出我最为友善的笑容。

"好久不见啊。"两人异口同声说道。

"好久不见。"我回复道。

我伸出双手将礼物递给了眼前的二人，看着他们幸福的样子以及怀里的婴儿，有那么一瞬间我感觉这个世界也不是那么糟糕。

"好可爱的小孩子啊，取名了吗？"

"谢谢了，她叫阿丽。"这位新晋父亲回答道。

"真不错，将来一定很有艺术细胞。"

"艺术细胞你的祖父也提到了，他还说阿丽长大后会去学院结识你们呢。"新晋母亲也发话了。

"还要谢谢你们照顾我的祖父啊，他老人家近年来可好？"

"你的祖父也是神奇，他很少出门，生活用品以及食材都是邮寄过来的，只有在湖畔偶尔能够看到他一个人散步，谈不上什么照顾。"

"那还为你们添麻烦了,他老人家的确很少与人沟通,我这一生中也很少有机会与他说话。"

"我们招待的艺术家们大多都沉浸于艺术创作当中,这样的相处模式我们也很习惯的,但根据我有限的观察,你的祖父还算是一个很随和的人,这次要求你来肯定是为了解释一些事情,你也会获得一个满意的答案。还有就是你和他可真像啊,简直就是一个人,虽然我们之间的接触不多,但每次见到你的祖父我都能够想起往日与你在学院生活的情景,无论是一些细节上的习惯还是样貌都让我产生一种莫名的怀旧感。"

"我也能想象出你老了以后的样子,你和你的祖父确实很像。"

大概是察觉到了我语气中的不悦,我的老朋友们选择开始安慰我。

"我们继续吧,我想见过祖父之后再考虑剩下的事情。"

我决定不再过多就这件事情争论,只要见到祖父就够好了,我希望所有的问题都能迎刃而解。

"这边请。"二者转身朝着那片木屋的方向走去,我也迅速提起行李跟在他们身后。

"这个地方真是不错啊,我也想要定居于这样一个湖边。"

"随时欢迎啊,外面的世界一直都很混乱,为你们提供庇护也是我们的家族传统。学院那边最近怎么样?"

"学院还是老样子啊,来自世界各地的天才们都怀揣着梦想陆续出现在大门口，每个学期都有一批新的学者加入到我们当中，我对未来感到有信心了，毕竟那群人各个都绝顶聪明。我的研究小组也收纳了一名新的成员，日后你们必定会听到他的名字的，很期待他一鸣惊人的那一天。"

"听起来真是不错呢，这个假期我准备邀请大家来这里聚餐，也算是庆祝新生命的到来吧。"

"就这样决定了，我回学院一定会通知大家，感觉大多数人都会来参加的。"

前方的二人此时停住了脚步，我们已经来到了一座独立在树林中的木屋前。我向二人道谢后目送他们朝着电车站走去，他们的背影也那么幸福，爱意与其他情感不同，这是一种可以从根本上支撑他人的力量，更不必提他们二人对怀中的那个婴儿所展现出的父母之爱了。我脑海中突然呈现出这位名叫阿丽的孩子长大后的情形，她大概先会在湖边安逸度日，之后去学院开启自己的征程，实现这愿望并不用等待太久，到时他们三人应该都会很幸福吧。

我深吸了一口气，将旅行箱放在门口，在敲门前最后整理了一遍自己身上的正装，停留许久才握紧右手准备敲门。我的右手停留在空中，这道大门似乎先失去了耐心，自行打开了。一阵惊讶过后我才发现此时站在门口的正是我的祖父，他的面容比两年前苍老了很多，脸上的表情还是一如既往地冷漠。首先排除的是健康问题，刚才的对话中那两位挚友没有表示过祖父有任何病症，眼前的人虽然说不上是容光焕发，但那种冷淡神态背后的肢体语言仍还流露出一种强韧的精神。这是祖父第一次主动与我联系，希望这次不会无功而返。我有许多问题想要问祖父，不管他是站在亲人的角度还是用自己的人生阅历来进行解答，我都希望从他那里得到一个答案。

"您好！"

"你好！"

"好久不见。"

"进来吧。"

祖父手扶着门，我进屋之后能够明显感到身后的目光，整个人被祖父从头到脚扫描了一遍，我装作不知，继续观察着四周。房间内有一整排书架，上面摆放着各类字典以及古籍，书架与房间角落的连接处也堆满了一摞摞书，这些书的年代都很久远，没有可以进行电子扫描的条形码，也不知道祖父是从哪里找来这么多古书的。这个房间的结构与布置和我在学院的房间极其相似，离我更远一些有一张椭圆形书桌，书桌后面是与学院中一样的菱形玻璃窗。

"听说您过着非常简单的生活，湖边这座木屋难道也是您亲手搭建的吗？"

"是啊，我还专门列了一个清单，所有的价格都写了上去。"

祖父的声音中夹杂着一种独特的喜悦之情，这与我一直以来认识的祖父很不一样，不过我对于祖父的了解本来就很有限，从没有想过祖父有没有幽默感。

"您叫我来是要宣布什么重要的事情吗？"我发问道。

"你应该也有自己的猜测吧。"

在我准备重新整理思绪作答的时候，余光中的一张照片引起了我的注意。我放慢脚步重新回到书架旁，在一排字典前摆有一张老旧的照片，我竟也在这张照片上，但是我对这张照片并没有任何记忆。照片大概是在我小时候照的，照片中的我正在认真练习书法，可是我并不记得自己尝试过真正动笔练字。

"这张照片我保留了很久，也不知道你还记不记得，那年你非要吵闹着练习书法，可是一周后又不愿意继续下去了。"祖父带着真诚的语气说道。

"这张照片是在什么时候照的？"

"大概在你八岁的时候，一个月后我就离开了。"

这的确能够解释我为什么会不记得这件事，这样想起来小时候我的确想当艺术家，祖父走后我也试过画油画以及素描来放松心情，最有可能的正如祖父所述，在他离开之后我的潜意识选择将这段记忆毁掉了吧。

"您为什么走呢？"我转身向祖父发问道。

祖父的神情变得严肃起来，他显然是知道我会问这个问题的，如果他真的还在意的话，不出意外我也会获得一个反复完善过的答案。

"我不知道如何作答。"

这一点和我期待的相反。

"那您为什么要特意叫我过来呢？"

"我是为了解决你心中的疑惑。"

"过去这么多年了，我不管您用什么方法打听到我心中的疑惑，您一定知道自己很大程度上造成了我的这些疑惑。"

我被自己爆发出的声音吓到了。

"我没有监视过你，我只是知道而已。"

"我带着最后一点希望回应您的召唤，可您连欺骗我的答案都说不出口，如果没有别的事情我就先行告辞了。"

"我不想欺骗你，如果你愿意耐心听完我的故事，我的确可以给你最后的答案，你心中的疑惑以及我离开的缘由，我都能尝试解释清楚。虽然我并不期待你会理解我过去的所作所为，但我还是愿意告诉你真相。"

"那还是请您开始讲故事吧。"

"我已经全部写在纸上了，这也是我今年打算出版的作品，我大多数的时间都花在收集资料以及构思环节上，真正写下来的比较少。你在这里住一阵吧，故事需要你用心去感悟，这个湖畔再合适不过了。"

祖父说完便将身后的一个文件箱递给了我，箱子并没有多重，而我的心情却随着双手下沉。这个箱子里藏有我寻找的答案，或者说是祖父为我特意准备的答案。原谅祖父是不可能的，我整段儿时的记忆中就从未有过完整的家庭，这一点永远也不会因为祖父态度的转变而有丝毫改变。

"您凭什么认为这里面的故事能够帮助到我？"

"因为我了解你。"

"难不成您一直都在暗中监视我，从未走远？"我故意笑着问道。

"并不是这样的，我只能说自己太了解你了，具体的原因也在其中，你若是想问生命的意义我并没有答案，但是寻找意义的方法以及原因我还是可以简单给出的。"

"所以这其中的故事真实发生过？"

"这一点你读完也会明白的，如果还有什么不确定的就再来找我吧，这些故事是专门为你写的，里面的答案不可能解决所有人的疑惑，但对一个关于生命与抉择尚存疑问的人来说应该是最有效的解药。"

"您好像早就猜出了我的反应。"

"你已经决定过了，同样也获得了答案。"

"什么时候？"

"未来。"

我突然无法理解祖父具体想要表达什么，沉思片刻后我逐渐察觉出祖父的意图，不知道祖父是否可以猜到我在想什么。如果真的是我想象中的那样，读完这些故事后再做决定也未尝不可，更何况经过这次短暂的接触我也证实了自己的一个猜想。虽然我无法预判出完美的路线，有了这个大体的思维导图以及后续与祖父接触的时间,我应该可以凭借自己的能力推导出真相,现在我只需要表面上答应祖父,在接下来的时日里多来拜访祖父就可以了。

"我会尽快读完,有任何看不懂的情节我也会随时过来向您请教的。"

说完后我带着自己的行李和收获的信心转身离去,祖父为我打开了大门,或许他也知道自己是无法阻止我离开的,我迈着轻盈的步子走向那个可视的未来。我不再压抑自己的情绪,这样激动的心情的确很久没有体验过了,这种令人感到兴奋的不确定性还有与其共存的未知感,我能感到自己的心跳正在加速。

"要记住这种感觉。"

祖父的声音从后面传来,他是如何知道我的感觉的?难道我刚才刻意掩饰反而露出了破绽?我回头望向祖父,祖父的脸上并没有任何表情,那张冷漠的脸没留给我任何的想象空间。

"我很快就会回来。"

祖父并没有作更多的回答,我也只能按照设想的那样前行。

夕阳早已在地平线消失,留下的只是一片深紫色的天际以及这风平浪静的湖泊,那些高处的云朵仍然在缓慢飘行。我一个人坐在书桌前,那两位友人在将我带到房间后便离开了,他们大概是认定了我希望有一些自己的私人空间。

我抱着这个文件箱展开了自己的沉思,我并不记得祖父离开之前和我是什么样的关系，究竟是因为我曾经刻意去选择忘记还是别的原因？这使我感到很困惑。缺乏这些关键性的信息我也无法正确地推导出祖父今天突然决定把答案告诉我的原因。我深知如果自己选择去阅读这箱子中的内容，未来的结果只会更加充满不确定性，我说不定也会落入祖父精心设计的陷阱之中，可是为了能够与祖父多接触，我还是决定以最快的速度去阅读这里的故事。

起身倒了一杯浓缩咖啡，我从箱子里取出那一摞手稿，祖父的字迹非常漂亮，行与行的间距把控得十分统一。如果熬夜的话应该可以看完，等到清晨再判断也不迟。

我将窗户轻轻推开，抿了一口苦涩的咖啡，开始了阅读。

理智的赌徒

1

人类还真是愚蠢的生物啊,他们的一举一动都太好推测了,每个举动背后的意图就像白纸上的一滴黑墨水,一切都再明显不过。作为一个旁观者,我需要做的不过是用心去感受他人的意图,认真去了解他们。在成功之后,他人接下来的一系列举动都会被我感知到,无论他们如何去掩饰都无济于事。经过多次实验,我逐渐意识到自己可以改变他们的一些意图。这一点也极其简单,只需要根据他们接下来的行为来作出反应,进一步影响他们的意图就能成功。在这个充满人类的地球上,我就是一个全知的神。

我并没有过多关于儿时的记忆，也许这就是拥有此等天赋的坏处吧。我只记得小时候的生活极其寻常，我也是在偶然之间发现自己能够轻易识破他人的意图。起初我还以为大家都有这样的天赋，而步入中学后我才发现只有我拥有这种能力。有些人有着更加低等的天赋，他们管这种低级天赋叫作直觉，不过他们似乎并不是很能理解这种感知能力的原理。只有我能够用这种能力通过他人的意图判断未来，我在意识到这一点后便开始了各类实验。然而好景并不长久，随着时间的推移，我已经成功驾驭了这种能力，实验也都以成功收尾，但我内心也逐渐感到厌烦，那些所谓真诚并不真实，由谎言与冒充构造的虚情假意在我的能力面前不堪一击。这些经历使我的生活变得乏味，这种无趣的感觉就像有另外某种我都无法感知的力量压制着我，而我又无法逃脱这种力量的掌控。从那个虚假的环境出来后我就开始想办法摆脱这样无趣的人生，我去过世界各地，见识过了那些所谓奇人异士，然而没有人能够真正理解我的这种孤独感。一切都太明显了，我遇见的每个人都有一些共同的意图，那种自私的意图没有几个人可以真正摆脱，每个人对于道德和伦理的定义都非常自私，秉持正义与公正的执法者是不可能存在的。

这个世界上令我感兴趣的事物太少了，我对于那些伪善的政治家以及慈善家都抱有厌恶之感，他们最终都是为了自己的利益，那些对外宣称保护自然的人不过是在保护人类自己罢了，而传教士们和宣扬伦理道德的学士则都在将自己认定的价值观强加于他人。唯一令我感到惊喜的是一些特定的心理学家，虽然他们也很蠢，推导出来的理论也都很浅层，但是他们对于大脑的分析，以及那些研究大脑对于外界刺激的反应的一些理论的大致方向还是正确的。如果运用他们的理论来分析我的话，应该会说我是因为大脑的构造或者是遗传变异等因素才获得了这样的天赋。但是我并不觉得这多么有趣，我没法做到完美的全知，有时候判断出他人的意图并不能完美地预测未来的发展，心理倾向总会被外界的无数因素所干扰，更不用提各类行为的随机性了。真正的神应该能够预知未来才对，可是我并不能够做到这一点，我卡在了中间的位置，于是这些负面的情绪影响了我，让我产生了许多邪念。可没有人是真正善良的，我也不必追求真正的善良。

我还活着是因为这个世界上有许多我无法预测结果的游戏。我并不是什么杀人狂，给他人带来伤害并不能满足我的好奇心，更何况他人受伤后的反应我只需要想象一下就能知道，就算我需要知道也不必招惹那些盯着我的执法部门。我真正喜欢的只是游戏而已。起初我喜欢的是给他人精心设计一个实验来观察他们的心理变化与外界干扰的界限究竟在哪里，这样可以观察到一些平时无法预见的有趣现象。

随着执法部门的追查，实验的机会越来越少，而实验后的麻烦也逐渐增多。如今的我更喜欢的是一种随机性。我无法预测骰子的数字，钢球的落点，还有下一张扑克牌的点数，人类最为贪婪的一面都留给了这个产业。既然我没法做到全知，不如探索一下自己内心的人性，依赖这种随机性来赋予我无所事事的人生一点意义也并不是什么坏事。

我在赌局中找回了做普通人的感觉，而这种平凡也时常迫使我去想别的办法赚一些钱来弥补金钱上的损失。我现在就在一个五人的牌局上，虽说自己的运气会很大程度上影响牌局的结果，破局的方法还是有的，因为我在这个游戏中的对手不再是那些冰冷冷的道具，我面对的是人类，这种愚蠢的生物。

我手中的两张牌并不是非常理想，可是其他四人看了牌后也没有凭借运气必胜的信心。对面的两个人有放弃的意图，我右手边戴着眼镜的人想要装作自己有很好的牌来取胜，他似乎对于自己伪装的能力极为自信，但我还是能够一眼看穿他的意图，他内心非常害怕输掉，看来他是想押上最后的钱来赌一把。左手边身穿正装的男子还抱有一些赢的希望，他手中的牌应该还不错。根据前几局的观察，正装男子倾向于采用稳健的博弈策略，他会一步一步增加赌注，诱敌深入后再摊牌赢钱。如果我不做什么的话，对面的两人以及右手边的人都会因为身穿正装的人增加赌注而放弃这一局。假设我误导戴眼镜的青年并且揭露他釜底抽薪的意图，或是与正装男子单独进行赌博，我都无法获得多少收益。或许我应该放弃这一局，毕竟在这个赌场已经赢得有些过多了，被管理赌场的人找麻烦可不是一件有趣的事，不过右手边的青年似乎对我很感兴趣，他早就看出了我每次胜利中的不寻常之处，周围的几个保安之所以违背意愿没有来找我估计就是因为受到了这位年轻人的阻挠。

正确的做法就是先行提升赌注，和穿西装的人采用同样的策略，最后突然大量增加赌注来迫使他人弃牌，最后一轮的时候再告知戴眼镜的青年自己已经知道他的意图了，后者也会因为内心那种害怕失去更多的心理机制而弃牌，这样做可以最大限度地将所有人的筹码转移到自己手中。同时也能以此来结识这位年轻人，应付完他后再安全地离开赌场。

我一整晚都在如法炮制，未曾失手过，看着桌上筹码的颜色换过一批又一批，我的成就感逐渐被空虚吞没，这样的骗局和我日常的生活一样无趣，可是为了明天真正刺激的赌局，我必须提前做好经济上的准备。

随着发牌的荷官宣布我的胜利，同桌的其他四人分别选择了离桌，他们一整晚输了很多，对面的两个人打算去消遣一阵，他们会去酒吧或是隔壁的夜店打发时间。左边西装革履的那位先生也随着他的妻子离场了，他很想去抽根烟休息，而他妻子正想着如何劝阻他，这个人的身体健康似乎有些问题。右手边戴眼镜的男子果真没有在第一时间离去，他想要我告诉他一直取胜的秘诀。我已经猜到他下一步要怎么开启对话。

您的博弈手段真是高明啊。

"您的博弈手段真是高明啊。"

"你也装得挺像的,最后一局差点把我骗到了。"

您这就是在说笑了,最后不还是看穿我了吗?

"您这就是在说笑了,最后不还是看穿我了吗?"

这种无意义的对话实在是无趣,可我又无法无视脑海中想象出的画面,我知道他要想方设法询问我的秘密,就像对面的其他人一样,我还是会把这一切推给运气。

"今天不过是运气好罢了。"我保持冷静的声音说道。

"看来您是不打算透露自己的秘密了,那么请问您有没有兴趣一起……"

"去玩别的游戏是吗?"

对的,我们去玩一些更为随机的游戏吧。

"对的,我们去玩一些更为随机的游戏吧。"

眼前的人猜出了我最后一轮的布局,我也有点被他的提议打动了,毕竟不确定性才是乐趣所在啊。

"您最后一轮的时候一定是早早就猜出在场所有人的手牌与心思了,我不知道您是如何办到的,面部识别的软件还在研发中,心理策略的猜测和纯粹赌博的经验也都不够可靠,不过您既然如此自信,内心也一定感到很无聊,不如来玩一些真正无法预料的游戏吧。"

邀请我去继续玩游戏只是他的行为,此人内心的意图已经从说服我变成了测试我的能力究竟有多强,这种意图十分强烈,如果我一味地拒绝下去肯定会激怒他,愤怒后的那些意图我连猜测的欲望都没有。为了让这个夜晚变得不那么无趣,我还是决定接受他的提议。

"那我们走吧。"我一边说着一边将筹码整理好,存入自己的账号中。

我们二人乘电梯上了赌场的顶层,来到一个贵宾专用的包间,我先前并没有看出走在前面的人有什么隐藏的意图,即使在私人的包间我也应该很安全。我再次分析了一遍他的意图,这次他是想纯粹靠运气来取胜,还想证明我其实只是会骗术。如果我告诉他真相的话,他肯定会想方设法把我留在身边,这样的机会没有人会选择放弃。同样性格的人我以前也遇见过,结局一般都不是很好,也不知道这个人能够想到什么新奇的手段,如果和其他人一样,只是利用金钱或是武力就太无聊了。

"你想玩什么?"我故意发问道。

您猜得出来。

"您猜得出来。"

"用骰子拼点数,真是复古啊。"

还有呢?

"还有呢?"

"你还想和我聊天,想要了解我究竟是怎么办到的。"

这个人明显知道点什么,难道他以前见过我?他表现出一种异常的自信,很少有人能够在牌局后带着自信面对我,整件事突然变得很有趣了，他想要确认自己的一个猜想，和聪明的人聊天真有趣，他们的目标普遍十分明显，但是个体所采取的策略与具体的行为却又是如此多变。我现在已经无法准确地预测他说话的内容了。

"我曾经遇见过一个与你十分相似的人。"这位有趣的人说道。

"在赌场能够找到一些小漏洞的人应该挺多的，只要够聪明或是骗术足够高明老练就可以提高赢钱的概率。"

"那也不会是百分之百的胜率，您今天除了故意输掉的那几局以外，剩下的可都是百战百胜。"他停顿了片刻后继续说道，"更何况，您似乎只会在一些特定的游戏中取胜，那些人为因素很大的牌局似乎是你的强项？"

"聪明反被聪明误，没想到你还会迷信这个。如果你想说我这是读心术的话，我还是先告辞比较好，世界上有很多所谓魔术师行骗，他们的魔法不过是一些隐蔽的道具，还有对观者心理的一些把握罢了，真正的魔术并不存在魔法，我不过是运气使然，比平时多赢了几局。"

"您应该是可以看破别人的意图，然后根据意图来推断出未来，和我提到的那个人很像。"

"有这样的人？"

为了得到更多的信息，我故意露出感兴趣的神情，青年的意图尚未改变，果然他也不确定我究竟有没有同样的能力。为什么我无法猜出未来呢？运用自己的好奇心来仔细分析一下，这个世界上真的有我的同类？我真的想要见到这样一个人吗？这些问题刺激着我的大脑，接受他的提议简直就是这一年以来最有趣的事情了。

"您认为呢？"

"我不觉得这是有可能的事情。"

眼前的人有些奇怪，为什么我无法准确猜出他的意图了？即使再聪明的人也不可能永远掩饰自己的意图与决定，随着时间的推移我是可以知道一切的。没有人可以对神隐瞒自己的未来，没有人。但是眼前的人明显就能够躲避我的感知。

"您不就是这样的人吗？"我面前的青年笑着说道。

"我还是不知道你在说什么。"

"您其实无法知道他人确切的想法，这一点和传说中的读心术还是有所不同的，所以您其实也不是什么神，这样的天赋一定带给您了许多困扰吧。"

我现在才意识到，一直以来他的意图都是想办法查清我的身份，这些都是计算过了的。之前这位青年展现出的害怕并不仅仅源于牌局的状态，那种害怕是对于失败的一种害怕，这种完美主义我可是见识过的。这个人并不属于这个世界。

"你来自学院吧？"

"传说果然是真的，您还真的与众不同。"

"原来你所指的是那个传说中能够预知未来的家伙啊，这还真是令人大失所望。"我将心情冷静下来继续说道,"我也是学院来的,那个传说中的实验并不存在,即使存在过也没有用,因为所有数据都被人抹去了,我找了这么多年都没有遇见过自己的同类。"

"您也是来自学院的?"

青年人放下了警惕,他想要知道我具体是什么意思,不过我实在是无心作答。这太令人失望了,学院里的那个传说我以前也追寻过,可是每当我接近真相时总有新的疑点出现,最终也只能不了了之。我并没能找到自己的同类,那种克隆的实验更是不可能,除去学院以外我已经游历了各个大洲,等待着我的只有更多的失望,果然还是无法得到真正的刺激感。

"对,我劝你还是努力去做研究吧,学院可是很反对赌博这一类行为的。"

"我辍学了。"

"真可惜,原来你是堕落的那一批人。"

"我认为自己的姐姐更适合做学术,大哥也比我更有商业头脑,接管家族企业是没有问题的,我只好自己出来闯荡了。既然我拥有了这些筹码,干脆用自己的生命进行一场赌博,活出不一样的风格。您难道没有辍学吗?"

"我提前毕业了。"

"怎么可能?"

"我猜出来了所有科目的出题规律以及所有教授的意图,

他们出的考题和答案我也都推测出来了。"

"但这不就是作弊吗？"

"在真正运用知识的时候也许是的，但是在辩论以及学术研究中，我与那些用尽毕生精力做学术的人所付出的努力是一样的，他们能想到的我也会知道，如何反驳每个疑问我也都知道，这更像是向未来的他们还有未来的我借用答案，我不认为这和记忆有什么不同，我只不过是回忆未来而已，结果都是一样的。我已经在未来回答了这些问题。"

"有多个未来？你实现了其中一个？"

"你开始问一些只有教授们关心的问题了，我并不知道怎么回答，也并不是很关心这些理论上的问题，我只知道我能够选择接下来发生的现实。"

"还真是有趣啊。"

"你对于我的天赋不感到惊讶？"

"您的天赋的确很惊人，但是并不能百分之百预测未来的走向，我刚才强行压制住了自己的情绪和思绪，这也在一定程度上避开了您的感知。您也有点轻视学院的那些天才了，有些家族通过训练可以达到相似的成果，更不必提那些从小就接受训练通过顺位继承的人了，他们的才能可不比您差，论天分也绝对在许多方面远超您。"

"但是他们无法准确地预测未来，我不需要什么后天的训练就可以知道每个人不远的未来。"

"这也造成了更多的烦恼啊,他们是可以选择不考虑这些事情的,但是您却会一直想着未来即将发生什么,这样为您带来的便捷和痛苦哪个更多呢?"

"你想要用学院的那些人打击我的信心,这一点我在学院已经体验过了,我不需要你来提醒我他们中的某些人能有多恐怖。你还是直接从你真正想要的说起吧,你想和我合作对吧?"

"果然还是被猜出来了,我就是要和您合作。学院的那些人唯一的缺点就是他们在日常生活中都秉持着一种可悲的原则,他们眼中的善与恶的界限都太分明了,我并不认同那样的生活方式,只要您去赌场发挥您的实力,我就会为您提供本钱。从赚钱开始,利用人类的贪婪,我们可以一起搭建一个自己所认同的世界。"

"你的提议听起来很耳熟,我也已经尝试过搭建这些理想了,没有什么用的,学院永远会在必要的时候插手,更何况我与你真正的区别在于我能够驾驭未来,你却始终被自己的意志所困,因此你在我的眼里只不过是一个稍微聪明一些的人而已,我很确定自己不认同你所说的那个世界。"

"那您有没有试过探知自己的意志呢?"

"你想说什么?"

"您究竟想要什么呢?"

"我没有什么想要的,你们人类所欣赏的那些价值在我这里都满怀恶意,我已经不愿再令自己陷入尘世间的那些情感当中了，这一切本身是没有意义的。"

"虚无主义吗？"

"我已经说过了，我不喜欢讨论那些无意义的事情。不过我可以破例给你一个机会，我们来拼一局点数吧。"

我说完后拿起了桌上的一对骰子，暗中把其中一个与衣袖中准备好的特制骰子调换后，我将那枚正常的骰子递给了这位年轻人，他仔细观察了一遍手中的骰子，随后便将其抛向了桌面，六面的骰子在玻璃做的桌面上滚了一阵，停留在了五点。我故意闭上双眼来展现出一副很紧张的样子，紧接着将骰子掷向桌面，收获了自由。

这个年轻人并没有发现我做的手脚，或者说他其实发现了但并未声张。这都无所谓了，结果都是一样的，年轻人失去了挽留我的机会，他已经放弃了。这一切和预想的一样，我顺利地乘坐电梯离开了赌场，回到了自己的酒店房间，再次等待下一夜博弈的无限可能。

这个闹剧算是结束了，我深知自己早已脱离了危险，不会有人来找我的麻烦，但心里的这种不安又从何而来？那个年轻人的问题烙印在了我的心中，我究竟想要什么呢？这个世界似乎并没有给我一个满意的答案，我也不应该期待这个世界给我什么满意的答案，可我是怎么走到这一步的？我重新回顾了一遍自己曾经的样子。

2

　　我曾经也有一段时间很幸福，只不过那时候我还并不能够熟练运用自己的天赋。那时的我还没有去过学院，更不知道这个世界其实有多么荒诞。我只是快乐地与我的双亲生活着，上着一所不错的学校，有一帮可以掏心掏肺的朋友。生活对于我而言并非什么难事，反而十分有趣，每天我都能够接触到新的知识与新奇的人，这一切都令我感恩，可是这一切注定不会长久，那股无形的外力还是令我迅速脱离了观察事物表象的阶段。

　　那一天来得如此突然，以至于面对一连串的打击我感到的并不是措手不及，而是无奈。如果当初没有发生这一切我也不会因此而感到乏味吧，我可能还是会半醉半醒，沉浸在虚假的快乐之中，那样会不会比现在更好呢？我并不知道真正的答案。那一天是怎么开始的？我只记得放学回家后被父母叫到了琴房。

　　琴房正中央摆有一架三角钢琴，参差不齐的墙壁之下是一排排的观众席，这都是为了达到最佳的演奏效果。那天坐在钢琴凳上的是养育了我多年的父母，他们的面容在我的记忆中已经十分模糊了，我依稀记得当时的双亲都戴着眼镜。他们在看到我进门后起身站在了钢琴的两旁，起初我以为是要检查我最近有没有认真练琴，然而他们伸手拦住了要往琴凳上坐的我，那一刻我没能理解他们的用意，但是我隐约感觉到他们是要告诉我一个重要的消息。

"今天我们是要向你宣布一件事情。"父亲率先开口说道。

"什么事情？"

我没有任何头绪。

"这件事情我和你的父亲约好了在一定时间后就告诉你，现在你也长大了，是时候告诉你真相了。"

我心中产生了一种危机感，觉得我还是不知道这件事情会更好一些。

"其实我们是你的养父母。"

"这不可能。"我喊道。

这一定是他们开的玩笑，但是直觉却告诉我这就是事实。

"我和您二位的面容相似程度只可能是遗传而来的，难道是有谁故意找到和我这么相似的人做养父母？"我发问道。

"这样一来你的童年才能过得无忧无虑，不去对比这些细节会更好一些。"

"社会福利部门不可能安排得这么完美，我感到自己不是很舒服，能不能不要开玩笑了？"我追问道。

二人并没有立即作出答复，这种沉默给我的打击更加沉重，我从三角钢琴的黑色平面中注意到了一个个人影从身后的大门走了进来。我的朋友们一直都知道？他们为什么会知道？这不可能是真的。

"你的养父母并没有骗你，这一切都是提前安排好的，我们知道了也决定保守秘密，现在该你来作出决定了，不过通过这些时间的观察，我们认为你的养父母是真心地将你视为自己的孩子养大的，并没有任何私心，他们是全心全意爱你的。"

"无论你作出什么决定我们都会尊重你的意见。"

"你的父母等着你呢，还有什么好犹豫的，他们完全可以选择不告诉你这个事实，让真相沉入时间的河流中。"

就在那一刻我才猜出了所有人的用意，他们都想从我这里得到些什么，我感受不到爱，这一切都是提前布置好的一个计划而已。原来这一切都是一个实验，我能感到自己的父母其实只是为了金钱才来饰演这个角色的，那些曾经称我为朋友的人也不过如此，他们并不是真的在意我。

我迄今为止所感受到的一切都是虚假的，这些都不过是演员罢了，他们通过不同的实验变量来操控我和刺激我。身边每个人与我建立关系并不是出于对我的尊重或欣赏，更不可能是出于爱意，他们都只是为了研究我而已，因为他们害怕我自由发展下去会失控，同时又不愿意终结我的生命，他们关心的只有自己的利益还有最终的实验数据。这一切都是假的，我需要找到真相才行。

"无论发生什么，我都会像对待真的父母一样尊敬你们，同时我也想谢谢大家都愿意来告诉我真相，我很荣幸能够拥有你们这些朋友。"我止住了心中的愤怒，绷紧脸上的肌肉微笑着说道。

这些人类似乎感到十分惊讶,他们没有预想到我会欣然接受这样的真相,原本的想法估计就是通过这样的真相来刺激我。他们的目的达到了,但是我不会让他们进行下一步实验,这次的胜利是属于我的,我还要感谢他们让我第一次觉醒。我已经杀死了那个人类的自己,成为一个神。我需要逃离这里,这一切都太疯狂了,我想去见一下真实的人类。为此我还需要一个周密的计划才行……

数日后,我开启了自己的逃离计划。我首先将储物间的行李箱拿了出来,同时开始收拾自己的私人物品。不出所料,假父亲在第一时间冲上了楼梯,打开了我的房门。

"你这是在做什么?"假父亲问道。

"我在收拾东西而已,房间太脏了,我准备把贵重的物品放进旅行箱,然后彻底将房间打扫一遍,这样也算是一个崭新的开始啊。"我挤着笑容回答道。

"这样啊,还是让机器人来打扫吧,你不需要亲自动手的。"

"放心吧,我自己有分寸。"

"那你自己小心一点,明天别忘了早起练琴。"

他说完后缓慢地走下楼梯,在我没有采取过分的举动之前他们没有理由来质疑我。我闭上了眼睛开始感知自己周围的意图,明显有人正在监视着我,房间内的摄像头在书架的左上方、床头柜上、书桌与书柜的缝隙间，还有天花板的四个角落，储物间似乎是唯一的盲区，这也是为什么我进去收拾东西的时候他们会上来检查。其他的房间还有楼道内安置的摄像头要少很多，我只需要找理由出去切断电源就可以了，备用电源被安置在了车库内。根据近几日对于摄像头另一边的那些意图的探测，监控实验的人采取的应该是六小时的轮班制，只有在晚上行动才会有一个五分钟的换班空当，那段时间里所有被监视的感觉都会消失，理论上来说我有足够的时间逃走。家中的二人今天会在十二点准时睡觉，他们明天的目标是早起检查我练琴的进度，并且记录下来我说的每一句话，观察实验的人似乎对于我最近的表现感到困惑，他们的注意力和意图也放在了我明天的行为上，并没有人觉得我今晚的表现很不自然。晚上的监视也会更加松懈，大家都在为明天的实验做准备和布局，没有人能够阻止我。

  我从未想到自己的天赋可以达到这种程度，还真的需要感谢这些伪善的科学家，从他们的角度来看，或许第一时间消灭掉我才是最好的决定。不过他们的贪婪注定将会导致自己的毁灭，我作为新时代的神，终将会以正义之名带给他们审判，这一切不过是时间问题罢了。

  十二点二十五分，那种被监视的感觉消失了，我迅速跃下床，从储物间拿出了自己的登山包，蹑手蹑脚地打开房门走了出去，楼道内没有任何光源，我只能根据自己的记忆走下楼梯。一楼空空如也，我集中注意力来去感知周围的空间，并没有任何人类的迹象，目前都还很顺利。

在一片漆黑之中我注意到了大门外的微弱亮光，轻轻拉开门把手，我放慢脚步一步步走向别墅后方的电闸，为了给自己留足够的时间逃跑，必须确保这里与实验的操控室之间的联系彻底被切断。打开控制板，我迅速地将整座别墅的电量调至零点，同时又将电闸内那一堆不知名的开关全部关闭，我房间的那盏夜灯已经不再闪烁，从窗户外向别墅里望去看不到一丝光亮。一切都很顺利，趁着备用电源尚未打开，我也按照原计划来到了车库，切断了备用的电源，现在这栋别墅与外界的联系被彻底切断。屋内两位演员的手机也被我事先藏好了，那些科学家唯一能做的就是通知离现场最近的那些演员来检查究竟发生了什么，而离这最近的演员也有十分钟的车程。

我该走了，但是车库旁边的汽油罐还有一捆捆的柴堆让我想出另一个主意，以那些科学家的手段完全可以复原我逃跑的全过程，甚至可以推测出我接下来的逃跑路线。如果把一切证据烧毁的话他们就需要大量的时间来找到证据，我也能够多几分成功的可能。我的理智告诉我应该迅速将汽油和木柴倒在地板上，车库连通着隔壁的小型地下室，木质的主体结构在干燥的夏季极其易燃，消防系统没有了电力供给，火势可以轻而易举地吞噬整座别墅。为什么我的身体没有行动起来？我尝试性地探知了一下自己的意图，这也是我唯一一次成功探知到了自己的意图，我并不想杀死那对假的父母，他们是演员，并没有付出真正的感情来将我养大，可是我付出的感情却又是如此地真实，以至于我最终还是放弃了那个理智的计划，含着泪光逃向了外面的世界。

在外游荡的第一年我并没有执行复仇计划的下一个部分，其中主要的原因还是害怕被那些演员和科学家发现，每当我察觉到有人对我有任何的敌意或怀疑时，我都会第一时间转移到别处继续躲藏下去。偶尔我会遇到一些极为聪明的人，那些人我很难完整地猜透，但是随着游荡时间的增长，我也渐渐提高了自己的能力，紧接而来的是空虚感，所有人都能够被我看穿，为什么所有人都有那么自私贪婪的一面呢？即使是陌生人也会出于好奇心或是其他的目的来迎合我，和我成为朋友的人大多数也都是为了我的能力而来，真正愿意交心的人我从未遇到过。连那些与我无关的人也都是那么虚伪，宗教信仰和失去信仰之间的界限是如此地模糊，善举背后的伪善更是令我感到麻木，这个世界似乎真的没有完全不自私的人。

从进化论的角度来看这也是再正常不过的，人类普遍拥有的特质就是为了繁衍下一代而形成的，无论是心灵上的安慰还是物质上的满足，大家追求的快乐都不可避免地产生一种自私自利的欲望。这种欲望使人类作为一个物种活到了现在，然而现代社会这种欲望也已经腐化越来越多的人。虽说这种欲望并不总是会造成坏的结果，但是观察每个人的意图还是可以发现那股邪恶的存在，而我每天面对的就是这一种邪恶，它从内部击垮每个人的心理防线，在最不经意间毁掉最优秀的人类。那个不属于这个愚蠢世界的学院或许可以被算作一个例外。

我对于自身的质疑也同样来自对那种邪恶的厌恶，我始终无法了解到自己真正想要什么，如果我真的想要报复那些演员当初就该一把火烧掉过去，可是我想要的不过是一个答案，我需要知道自己究竟是谁，来自哪里，给我带来麻烦的这种天赋从何而来。在这一片混乱之中我来到了学院的大门前，提前通过了笔试，当我得知还有一次面试时我不禁发笑，没有什么面试官能够难住我，他们的意图都很明显。年轻的我总是认为自己的能力已经彻底觉醒，但这一切在我遇见管理学院的林氏家族后改变了。

那次面试安排在一个纯白色的房间内，面试官故意这样设计来将面试与外界隔离开来，尽量控制好所有含有随机性的变量。我面对的是这座学院的校长，他身穿黑袍，与四周的白色墙壁极为不搭。听闻学院当初是林氏家族创建的，现在之所以这么繁荣兴盛是依靠了学生自身的背景以及校友的大力资助，这样的系统就是拜金主义系统的典范，如果没有了钱财和头衔，他们和常人有什么不同？不过是聪明一些罢了。

"欢迎你来参加面试。"面试官说道。

"您客气了，不过我觉得面试没有什么过多的必要了，我知道您想要问的问题以及所期待的满意答案。"

"什么意思？"

"您是想要从各方面来测试我对自己热爱的学科究竟了解多少，以及判断我的价值观和未来的目标具体有哪些，最后就是我的道德准则是否与学院所定义的有偏差。"

"大家都能猜出来，这只不过是面试的一部分。"

有趣，这个人并不感到惊讶。

"我决定对您实话实说，不过在这之前我想了解一下您的界限在哪里。"

"你有想问的问题？"

"如果有一个学生对学院甚至是世界贡献很大，但是他却是一个疯子，或者说偏离了学院的道德准则，您会收他入学吗？"

这真的很好玩，眼前这位校长的注意力并没有放在问题上，他正在分析我。

"你这是说你自己吗？"

"还是换一个问题吧，寻求知识的道路上道德究竟有多重要？"

"你并不是真心想要知道这个问题的答案，这对于你来说只是消遣而已。"

他是怎么知道的？

"即使您是对的，我这也是出于好奇心啊，好奇心不是好的吗？"

"我劝你还是放下这种自信吧,否则我们就可以结束面试了。"

他是认真的,看来我还是装作认真一些才好。

"您说的对,我之前的态度有些不礼貌,我们还是继续面试吧。"

"我都说了劝你放下脸上的面具。"

我又被识破了?为什么有种和自己说话的感觉,他是怎么分析出我内心的想法的?他的双眼死死地盯着我的脸,从对话开始就没有移动过,他不可能是机器人,我可以明确地感受到人类的各种想法。

"您能读出我的意图?"

"这不是你的能力吗?"

"我们见过面吗?"

"我见过一个与你相似的人,但是他可比你熟练多了。不过你既然来到了这里肯定就会想知道那个人在哪里吧?"

"还有和我一样的人?"

我必须找到这个人,他或许能够给我很多答案,那个实验应该也和他有关,我需要知道自己的身世。

"起初我以为自己遇见了一个疯子,他坚持声称自己在梦境之中,我们的现实毫无意义。不过他的很多预言都成真了。现在那个人已经不在这个世界了,他现在在一个更好的世界。"

他在试图隐瞒什么,不过他说这句话的时候并没有在撒谎。

"我应该有权知道真相，既然您知道他的存在就应该知道我经历的实验才对。如果需要我用什么交换的话我也愿意，我的能力和钱财都将为您所用，想要我去窃取情报也可以，这个世界对我来说没有任何秘密存在。"

"你又在撒谎了，这可不是什么天赐的礼物，活在这个世界上对于你来说一定很苦恼吧，你可以一定程度上预判所有人未来的举动以及他们背后那些不为人知的意图。无论生活中发生什么事情对于你来说都不会觉得奇怪，所有的人在你眼里都是自私自利的，你肯定自己也在找一些不可预测的人还有事物来刺激自己的大脑，无论是赌博还是什么其他的。我并不觉得你能给我什么，你作为一个赌徒并没有任何筹码，即使你想尽办法伤害我来获得答案，你最终也会发现我是不会说出一个字的，更何况以伤害人为目的对你来说可不是什么有趣的事情，所有的痛苦所产生的现实对于你来说不过是一个个可被预见的变量而已，所有的知识你都知道了，不可能不腻烦。"

"您这么说并不是想要打击我，您其实有一件事情想要用我来确认。"

"还真有实力，居然察觉到了，看来你的天赋也不差。我的确有一件事情可能需要你，这件事对你也有好处，就当是帮你放松一下身心，有趣地度过一个下午吧。"

"您想让我感知学院的那些天才背后的意图。"

"不错。"

"好的，成交。"

校长第一次向我露出了笑容，他的视线也从我脸上移走。我很清楚这样精明的人背后总是有某种自私的意图，现在他就是想要炫耀自己的学院有多么强大，里面的学生每个都能抵抗外界的诱惑，我也很乐意向他证明他的虚荣心都是错的。真正的善意是绝对不可能存在的。

"你需要做什么才能了解到他人的意图？"

"与我一同去听听讲座，然后再去课堂里走走就行了，距离近了我就能察觉到。"

"跟我来吧。"

我们二人穿梭于教学楼的复杂迷宫中，我放空脑中其他的念想，专注于捕捉周围这些学者自身的意图。至今为止的大部分时间我都在尝试屏蔽这种能力，如此海量的信息让我一时感到有些不适，在走到顶层的迷宫时，我示意走在右手边的校长停下来。

"这么快吗？"

"除了几个人的意图有些复杂以外，驱动着其他人的那些意图都被我捕捉到了。"

校长还在尝试分析我。

"速度比我预想的要快很多，不过这也很正常，你并不能感知到所有人的每一个想法，综合所有的能力来看你没有那个人强大，但是你纯粹的判断力却更胜一筹。"校长评论道。

完整的读心术吗？我如果真的有机会见到那个人就必须认真准备一下，我可不想被骗。

"你是在考虑如何与他抗衡，真的很天真，我都被他一眼看透，这已经不叫猜测了，他就是知道一切，连同你知道的一切知识也都能一并感知出来，那才是真正的全知。"

"我开始怀疑您在骗我。"

"你这只不过是在抗拒事实罢了，你明知道我早已放下了防备，没有任何欺骗你的意图。"

他的确没有。为什么会这样？

"我们来谈一下我刚刚收集的数据吧，校长您似乎有些高估学院的表现，这并不是什么圣地，所有学生都带着私心在学习。"我朝校长摇了摇头，笑着说道。

"你继续说。"

"的确，我能感到这里的人与外面世界那些平庸之辈有所不同，你们所追求的也的确比外界存在的要高尚许多，但即使你们担当领导者来引领世界的走向，或是将科技与学识开发至令人望尘莫及的境界，造就这一切的根本与外界那些自私自利的意图在我的脑海中并没有什么差距。"

我想听完。

"我想听完。"

"我理解创办学院的意图，不就是在满足物质生活的前提下为学者们提供最大的精神自由吗？"我继续说道。

"什么意思？"

"光这一点古代的人就尝试过了，这可不是什么前沿的实验啊，产生伟大思想家的必要条件就是摆脱物质生活的枷锁。最初人们依赖的是奴隶制，那时候学科间的分界线不是很明确，但是能够选择追求知识的都是精英阶层的人，他们由于父母的社会地位而接受到良好的教育，天生无须为生活中的琐事而担心。学院不过是人类求知历程的一个缩影，只不过你们做得更加完美一些，因为如果说还有别的必要条件的话，学术的绝对自由以及政治豁免权的确可以加速整个过程。学院的确并未以营利为目的，可是这一切并不能够证明你们是为了绝对的善而开创学院的，甚至连那些创办学院的人都有着延续家族这种私心。"

"为了家族的传承不就是无私的一种体现吗？"校长质问道。

他终于开始反驳我的这些论点了，不过他应该很快就会发现这对我和他并不是一个可以辩论的话题。

"把集体的利益放在自身前面就是善意了吗？"我问道。

"假设士兵为了国家的利益而去杀人的确有待争议，但是我们并不是为了集体的利益而杀人，我们是为了集体的利益追求知识，各个家族的兴盛繁荣能够确保在未来会有人将我们的精神延续下去。"

"但是你们所说的集体并不是全人类，甚至连单个国家都不算，你们的集体无非是这个温室罢了。那些收纳外界贫困生源的项目也只是为了扩大家族的影响而已，在他们进入学院的时候就已经不再代表资源匮乏的外界。就像招生时会遗漏掉一些物质条件匮乏的天才，你们一样也不可能考虑到所有人的利益，永远只是养尊处优，安逸于保护这个世外桃源般的小集体。"

"但是我们获取的知识是公开的，实验数据都会与其他学府分享，新型的产品研发以及研发成果也会召开面对公众的新闻发布会，知识与成果造福了整个人类。"

"真的是这样吗？分享信息可不等于造福人类，科研本身只是人类进步的一部分而已，那些知识产权还是会落在与学院合作的各个家族手中，最终被用于商业用途。即使有一部分产品是无偿赠予社会的，您如何确保所有的人都希望得到什么高科技产品呢？真正的平等是将金钱用于确保所有人都有收获，吃不饱饭的人可不会想要乘坐什么新型的高科技电车，将大笔的资金投入研究和把等额的资金捐给那些饿着肚子的人不一样，后者真正帮助到了需要帮助的人们，而前者则显然更为自私。"

"你不觉得这样比自私自利地挥霍钱财好一些吗？你可能认为自古代以来那些出身于精英阶层的伟人有运气或是不公正的成分，但他们终究是伟人，带给社会的影响也是常人无法企及的。"校长皱紧眉头评论道。

"在我眼里这两者都是自私的,手法和程度不一样,结果也很不一样,我并不反对你们学院的教育系统,说实话我很惊讶你们能够秉持这样一种原则,同时又做得如此完美。论结果你们肯定是胜利的,但是从本质上来说是自私的,你或许会选择忽视这种本质上的自私,但假设有一天你能拥有我的天赋,你就会知道我有多么绝望,没有一个人为了真正的公正,没有一个人真正带有百分之百的善意。"我回答道。

"自私就是坏事吗?"

"自私地维持自己的家族利益与地位在我眼里就是一件坏事,这就是为什么您无法攻破我的论点,无论再美好的结果都无法掩盖一个举动本身的意图是自私还是无私,除非您能找出一个完全为了人类的进步和知识的获取而活的人。"

"这里的学生难道没有这样的意图吗?"

"不够纯粹。他们的意图中总是夹杂了自己的未来以及家族的未来,那种自私总是存在。"

"但是对于家族未来的那部分意图也是为了这种对于知识的探索可以继续下去啊,每个人的生命毕竟有限,确保下一代能够继续自己的研究,让求知继续下去,这不也是一件好事吗?"

"不够纯粹。"我否认道。

校长不再言语,他已经意识到了我们所定义的善与恶存在着本质上的不同,与其相连的价值观也不一样,这种不统一定义的辩论没有多少意义，令我感到有些惊讶的是他还想继续瓦解我的论点，这样一来显然是要攻击我的定义。

"那么一些无意义和无意图的举动呢？"

"我目前无法预判过于快速的反应，那些随机的还有突然想到并且说出来的话的确很难预料，您之前躲避我的感知也是运用了这样的漏洞。"

"这些举动是否也证明了人性并不完全是自私的呢？"

"但是也并不证明人类就是富于善意的，因为无意义也并不代表具有善意。我想证明的是人类没有纯粹带着善意的意图。"我总结道。

"谢谢你，我也看出来了你自己的问题所在，你定义的这一切过于绝对，我并不能理解为什么你会这样定义自私与无私的区别，不过这也是因为我没有你那种感知他人意图的天赋吧，我的确会去猜测甚至是忽略他人的意图，同时我认为这也是必要的，我邀请你也先尝试一番后再重新定义这一切。如果按照你的定义来展开讨论的话，没有人能够达到你要求的无私，即使完全为了所有人的利益而活，在探索知识的过程中获得的任何快乐，甚至受到教育来丰富自己的阅历也变得十分自私，活着本身就是自私的，因为你所定义的自私更像是进化论中的那种求生的需求。以你的定义似乎不可能有真正善良的人，但是不知为何你却认为这是一种坏事，或者说认为这是出于人类的无能，我认为这只是证明了定义本身存在问题，因为如果没有真正的善怎么会有恶呢？那样的话所有事物都只是相对而已，人类不能达到绝对的善良是因为那种绝对的善良是一个不好的定义才对。"

"您是不是在逃避事实呢？"我再次露出微笑问道。

"你应该看得出来我这是想理智地做出总结。"

"潜意识的逃避现实可是很难看出来的。"

"他当年可是一秒就能识破，即使是那些我们自身意识不到的心理机制。"

"即使真的是理智的总结，我的定义也是正确的，您只是不想接受我所说的而已。"

"为什么这么说呢？"

"您可能忘记了一点，您一直都在通过辩论和思考来证明善与恶的定义，我可不一样。"我忍不住笑着继续说道，"善与恶对于我来说是可以被感知的，我能够感知到不同行为的善与恶，一个人犯罪或者杀人时的举动对于我来说是一种'恶'的感觉，救人或是做好事的举动则又是'善'的感觉，我的感知能力能够清晰地区别这二者，因此我不需要推理或是深思，我只需要扩散自己的感知来收集信息就行了。在更为复杂的战争或是特殊情况下的确很难判别善恶，出于保护自己或是国家而杀人与故意杀人的确不太一样，但是其背后的意图却都是自私的，我也只能从意图中感受到同一种自私。什么举动都有善恶，而其背后的意图我却始终只能感受到一种

'自私'。"

"我没法相信你,因为那个人并不是这么说的,就像你批评我忽视了你的感知能力,为什么你要盲目地认为自己的感知就是绝对正确的呢?说不定那个人的感知就比你的更为敏锐,能够区分出自私中的善恶成分呢?"

"太棒了,您是不是也该告诉我此人的下落呢?我见到他一定会求教关于是非善恶的难题。"

"我已经说过了,那个人已经消失了,我也无法找到他,如果他不想被找到就不可能有人能找到他。"

校长没有撒谎。

"既然您以前就认识他,那个实验难道是学院操控的?"

"并不是,但是我知道那个人离开之前的确授权了另外的某个组织进行一些实验,不过我一直以为那些实验都只是与他自身的能力有关,我更没有想到还会有其他的人受了同样的诅咒。"

校长似乎在撒谎,我有些分辨不出来。

"您知道怎么找到那个组织吗?"

"这一点我也帮不了你,这个实验的存在我也只是在一两年前无意中打听到的,好消息是大家似乎都认为你死了,你能够成功制造出这样的假象也是很了不起的。你要知道这个世界背后的势力纷杂,学院虽然掌控着大部分的权力,我去调查一些敏感的事物也还是会被幕后的一些野心家盯上,把你留在这里也并不符合所有家族的利益,而我也是一个自私自利的人类啊。"校长大笑着说道。

他明显是在隐瞒整件事的真相,可是我又无法判断出怎样从这里获得真相,他的意志力的确十分强大,手段也十分高明,我并不认为与学院为敌是一件明智的事情。那种烦躁不安的心情又回来了,接下来我又该何去何从呢?所有的线索到学院这里都中断了,除了这件事情以外一切又都太乏味了,我感知不到自己还想要些什么。

"那个人能够预测未来吧?"

"的确比你要强一些,但同样也不是完美的,就像你无法做到每时每刻觉察世界上所有人的意图一样,他也无法做到觉察世间所有人的全部想法,很多非人为的因素也富有随机性,因此我也只是说他会读心术而已,同理他应该也只能预测出离他很近的一些人的未来。"校长回答道。

"应该?"

"我和他接触的时间很短。"

"终究是凡人。"

"我反而不觉得他完全是凡人,但你的确是凡人。"

"我能理解为什么您认为这是一种诅咒了。"我回应道。

"我只能祝你好运了,与这份天赋共存一定很痛苦,我希望你能找到办法真正开心起来。虽然这对于你而言肯定很困难,但人性中还是有一些很美好的亮光,这个世界就像一片宁静的夜空，你只需要找到那些闪烁的亮光就能真正感受到活着的美好。"

校长说的或许有些道理，他之前关于学院理念的见解也的确对人类发展有很大的帮助，从某个角度讲我对于学院的那些学者抱有欣赏的态度。但是换一个角度想，这个世界为什么需要他们来拯救呢？或者说值不值得被拯救？校长在那个温室停留太久了，或许是因为他没有我所拥有的天赋，他才忽视了人类意图中自私的一面。

3

离开学院后我便开始重拾生命所剩无几的意义，留给自己的选项并不多。我无法忍受每日坐在同一张办公桌前的那种痛苦，缺乏趣味的工作注定不是我的谋生之道，犯罪的道路同样也十分无趣，并没有足够聪明的执法者来与我较量。事后我才发现只有学院里的人与我最为相似，但是那里的人都以探险家的方式去做各类研究，他们并没有时间理睬我。我必须犯下滔天罪行才能引起他们的注意，但是我并不喜欢惹上麻烦，同样也不喜欢以伤害他人来达到自己的目的，我的犯罪必须都是完美的。

多年来我的手机通讯录上只有两个名字，第一个是那位天真的校长。他一直与我保持着联系，表面上是为了在获得那位会读心术的人的消息后方便通知我，可他背后的意图也不过是为了防止我做出什么太出格的事情。我能够觉察出他在利用我，但这种利用也是相互的，因为我也时常会找借口去学院参观，顺道去挑战那里的天才来给自己找些刺激，同时我也能从校长那里学到一些关于识别肢体语言和面部细微表情的技巧以备不时之需。

另一位与我保持联系的则是我的合作伙伴。她是真心因为对我的天赋和人格感兴趣才选择与我交往的，在认识她之前我从未遇到过这类人，大多数人的意图都放在怎样利用我的能力创造财富上，虽说她的意图也并不纯粹，毕竟在与我相处的同时她也获得了快乐，这样看来也是一种自私的意图，但从她的眼里我看到了只有镜子里才会出现的寂寞感。这很大程度与她的职业有关，和我一样她的犯罪也是完美的，而在这个世界上全能往往比无能要令人感到无趣百倍。

她是与我接触最多的人类，有时候她的本意会逐渐变得模糊，这令我感到兴奋，因为我发现生活不再那么无趣。她的特长是制造证据，无论是电子视频还是纸质文件，对她来说没有不能仿造的不在场证明，这也是我很喜欢她的原因。我能够看破一切侦讯技巧，而她能正大光明地犯罪并消失，我们是最契合的搭档，只不过我们的犯罪本意并不相同，她犯罪是为了寻求一种刺激，而我犯罪是为了见到她收获刺激后的反应。

可惜这样的合作并没能长久下去，世界错综复杂的意图拉开了我们的距离，我没有完全猜透世界的意图，也没能看穿她的意图，在她选择离去之前我没能及时挽留她，如今我们只是在必要的时候合作而已。我也并没有太过伤感，毕竟这只是证明了世界对我是多么冷漠，作为神同时又拥有信仰是一件很奇怪的事情，在无数次尝试寻找答案却都失败后，我放弃了感知自己的意图，我的未来似乎一直被别的某种存在所掌控，无论我能够多么准确地预测他人的意图与未来，我自己却总是无法逃脱某种悲剧的结局。这种预感与我自己所拥有的天赋不一样，他人在未来的举动我能通过感知意图得知，然而我自己的未来却只是一种直觉，这种直觉与常人无异，随之而来的无知和上述无趣同样令我感到气馁，我还是无法一窥自己的未来。

这大概就是我会喜欢赌博的原因吧。一路走来我也经历了人生的跌宕起伏，风雨过后我真正可以依靠的并不是他人伪善的同情，更不是虚假的友爱，而是我的天赋。我的天赋使我能够站在峰顶凝视人类的种种丑恶。选择去赌博也是为了逃避这种无法避免的角度，在纯粹依靠运气的博弈当中，未来对于我和任何一个赌徒来说都是未知的，我并没有任何赢得赌局的优势，我们在赌桌前是真正公平的。若不是校长早上突然来电通知我去一趟学院，我今天可能也会在赌场输光昨天晚上赢来的钱，度过较为愉快的一天。

我从校长冷淡的声音里并没有听出找我麻烦的意思，昨天那个学院来的家伙没有将遇见我的事上报给校长，纵使校长知道了也不会管我，要知道除去赌博以外我还可以制造更大的麻烦，我没有选择那些更坏的事已经是在替校长分忧了。

这次难道是打听到了那个读心者的消息？由于对话时间过于短暂，我没能完整地感知到校长的意图，如果真的是有消息告诉也应该是那个读心者计划好了的，看来是时候把我准备的那些问题搬出来了。

带着这样的想法我收拾好了随身物品，从酒店打车来到空港，穿过人头攒动的候机大厅，登上了前往学院的一架航班。

坐在我身旁的是一个与我年龄相仿的男子，他穿着一身浅蓝色的风衣，见到我后礼节性地露出了微笑，向我微微点头便坐了下来，我能感到他友善的意图，可是我内心却响起了警报。

我回敬了他同样友好的笑容，同时开始采集更多的信息，他的手提箱上印着执法部门的警徽，裤腰处配有空的手枪枪套。警察吗？执法部门的便衣标配并不会有这样的徽章，这更像是一枚作为奖励的徽章才对，即便他真的隶属于执法部门，我也不必慌张，任何为我量身定制的抓捕计划都能被我第一时间察觉出来，这个人并没有那样的意图，他是谁呢？我需要更多的时间才能更好地了解他深层的意图。

大概是由于我的目光在那个警徽上停留了太久，身旁的人顺着我的目光猜测出了我在想什么。他先是感到了一阵疑惑，紧接着又开始暗中分析我。

"您是做生意的吗？"他转着笔开口问道。

为了避免被人识别出来后的一系列麻烦，我的确伪装成了一名商人，目前还没有人怀疑过我，但此人的意图已经开始转变了，我决定继续假装研究他脚前的这个皮质手提箱。

　　"对啊，我是做古董生意的，你这个箱子似乎很有些年头了，不过这个徽章却是新的，貌似执法部门的徽章？"

　　"先生眼力不错，箱子是祖上传下来的，徽章是之前一段时间帮执法部门做过一些事情才荣获的。"

　　"你手中的笔也很有意思啊，像是新款，能借我试一下吗？"

　　眼前的人犹豫了片刻后便将笔递了过来，笔出奇地重，我拿出纸张随便画了画又将笔递了过去。

　　"为什么我看您感觉很眼熟？"他问道。

　　"你知道那种电车上的镜子吗？"我答道。

　　"镜子？是车门关闭后转变成的镜子？"

　　"对的，那些就是我设计的。"

　　"是吗？没想到您还做设计？"

　　"有时候古董很难卖出好价钱，现在大家都喜新厌旧。"

　　我说的话并没有产生任何正面的影响，甚至还增加了他对我的怀疑，多疑和单纯的好奇给我的感觉向来不同，而我脑海中响起的警报很明显在告诉我出现在这里的是前者。为执法部门做过事的话，就有可能是科学家或者是私家侦探，但科学家一直都是独来独往，很难想象一个科学家会公开将执法部门的徽章放置在如此显眼的地方。这样分析的话，他更有可能是私家侦探，可是私家侦探将这个徽章亮出来就瞬间失去了他所需要的掩护。索性就直接问他好了，之后再通过他的回答及意图来辨别真假。

"那么你是从事什么职业的呢？"我问道。

这个人停顿了片刻，对我的怀疑并没有衰减，他考虑了一下是否有必要撒谎，随后又决定说出真相，警惕的性格以及极快的思考速度，果然是个侦探吗？

"我是个私家侦探。"

录音笔和私家手枪。

"你居然直接说出来了？"

"您为什么感到惊讶呢？"

"私家侦探的身份不应该绝对保密吗？"

"我是在度假，所以没什么关系，平时这个徽章一直藏在家中的保险柜里。"

"去学院度假？"

"是的，正因为是学院我才打算抱着度假的心情去度过接下来的几天时间，那里大多数人可都拥有着外交豁免权啊，执法部门在学院里束手无策，毕竟是不同的监管部门，规则不一样。"他勉强挤出一个笑容后回答道。

他的内心变得不是很稳定，我能感到他的那种不甘，他想要找到足以推翻学院体制的证据，但是作为个人而言他又十分喜欢学院，工作与私人生活泾渭分明，这个人真的很有趣。

"你很反感学院的运营模式吗？"我追问道。

"不能说是反感，但我也并不认为这就是最好的模式，只能说有利有弊。"

他并没有将内心的话说出来，这个人的价值观很有意思，在很多地方与我很像，我想从他口中得到确认。

"保持中立吗？"我质问道。

"我的家族与学院签署了契约，因为其中的条款规定以及家族的名誉问题，我不得不作为家族的一分子来表示支持，但是作为一名侦探我并不觉得这是一个公正的系统，从录取学生的选择一直到各种契约制的项目，还有那些赦免权和秘密进行的实验，没有一个真正符合我所定义的原则。"

"真有趣，但是很多人会说这样的系统造就了一批社会顶层的精英来领导政界，更不用提那些精通学术的科研人员，学院在各个方面都是最拔尖的。"我故意说道。

"但是这种美好的背后还有许多阴暗面，为社会做出贡献就能够获得赦免权吗？"

"古代就是这样啊，外界也时常有利用金钱与权力来逃避责任的案例，这就是现实的样子，学院只不过明显地表明自己选择这样一个注重精英主义与能力培养的系统而已。"

"问题在于应对外界那些抱有侥幸心理的罪犯是可能的，我可以利用自己的能力来侦破案件，无论是什么样的真相，我都会尽力配合执法部门找出关键性的线索来将犯人绳之以法。

"但在学院里这一切都没有丝毫作用,学院的一部分成员完全免于法律的制裁,就算我找出铁证也无法起诉他们,这种一手遮天的行为就是错误的。"

他的内心再次变得坚定不移,我能够感知到他的真诚与无奈,这真是太有趣了,很少有人能够如此相信绝对的正义,大多数人都会认同学院的做法,我还想要继续试探一下他。

"学院也有自己的一套规章制度啊,他们有自己的立法者和执法者。"

"利益相关。"

"那你觉得自己是合格的执法者吗?"我接着问道。

"我自认为是真正的执法者,现存的系统很容易因利害关系而放弃真正的正义,最简单的例子就是学院的终极赦免权,我选择秉持真正的正义。"

"也就是说你不选择相信法律条文?"

"为什么这么问?"

"因为学院获得的外交赦免权当初可是获得国际法认可的,你所描述的执法者系统的确存在漏洞,但是这些漏洞也算是合法的。"

"但他们的行为并不符合正义。"

"所以你认为法律和正义有区别。"

"对的。"他自信满满地回答道。

他还是没有选择撒谎,这才是最可怕的。今天最令我满意的一点就是撞见了这位可遇不可求的人,我实在太幸运了。

"那么你所定义的正义就是由你自己来判断对错,所以假如由你重写法律条文,那么新的法律会代表绝对的正义?"

"对的。"他重复道。

"所以你所定义的正义就是你所信奉的主观道德观念之集合。"

"的确可以这样理解。"

"那么你凭什么认为自己的主观判断就是绝对正确的?为什么学院的价值观就是错误的呢?"

"因为我只看行为本身的对错,意图是无法被清晰辨别出来的,结果的成败并不应该诠释行为本身。"他回答道。

他跟我一样反感学院,不过我是因为认识到了学院的自私,而他是因为学院的很多实验与行事风格都不符合伦理。还有一点就是他认为意图很难辨清,而我却认为单论行为很难理解透彻,必须依靠意图才能完美地判断出一个举动的善恶。这越来越有趣了。

"好的,那么我有三个问题想要请教你。"我向他点头说道。

"请说。"

"如果你需要去杀一个人来拯救一百个人的生命,你会怎样选择?"

"我不会去杀那个人。"

"因为杀了那个人就开启了先例吗？"

"不是，因为杀人是不正确的。"

"你为什么这样肯定杀人是不正确的呢？要知道在古代很多游牧民族文化中杀人代表着荣誉，征服其他国家的帝国主义也曾是被崇尚的。为什么我们社会定义的一些代表善与恶的行为就是绝对正确的呢？"

"我生活在这个时代与这个社会，我作为公民有义务履行社会所期待的职责，同样我的价值观在这个社会中也是正确的，我不会考虑那些别的时期的价值观，我们现有的法律在未来也许也会被推翻，但是因为此时此刻社会赋予我的道德观念使我认为杀人就是坏事，我绝对不会选择杀人。假设我生活在您所描绘的某个古代的游牧社会，我也会认为杀一个人就是正确的，因为在那个社会那就是正确的。单论一个行为是否正确应该很简单，杀人就是错误的，偷盗就是错误的，犯罪就是犯罪，可是这些判断还会受时代背景的影响。"

"那假设你从朋友那里借了一件武器来打猎，后来这位朋友要你把武器归还于他，因为他想用这件武器去伤害他人，你还会把武器还给他吗？"

"这个话题很古老啊，很多人都讨论过的，我会归还武器，因为如果有借不还就是错误的。"

"但是可能有其他人因为你的正确举动而丧命。"

"这就是我之前提到的，单论一层行为很容易看出是非，这与之前杀一个人来救一百个人的问题一样,后果都是坏的。可是我认为这其实是两个不同的举动,我是否归还武器跟我是否杀人是一层,而那个朋友是否伤害他人跟那一百个人是否丧命是另一层,我应该首先考虑第一层的正确举动,至于第二层的举动并不是我的行为。你可以说这是有直接关联的,有些法律也会惩罚间接性的伤人,但是我在回答你的问题,考虑完第一层后也会面对这第二层,出于道德的角度我会在归还武器的同时劝说这个朋友不去伤害他人,因为即使我不归还武器,这位朋友也可能从别的地方找到武器去伤害别人,他人的行为永远不是我能够直接操控的。"

"如果有一个人按照你的想法只考虑第一层自身的行为,你会去惩罚那个人吗?"

"这需要根据法律来定罪,但是从我所定义的正义来讲我并不会认为他有任何错误,除了没能阻止第二层行为这一点以外,我是还是那句话——他人的行为永远不是我能够直接操控的,因此我不会以我定义的正义来惩罚这个人。"

"你的回答很有趣,我还有一个问题。"我再次点头说道。

"您请继续讲。"

"假设你能完美知道一个人的意图呢?假设你知道有一个人会在三天后去杀死一百个人,你会去采取行动吗?"

"我不会以法律或者个人的手段来直接惩罚这个人,我还是会首先说服这个人放弃现有的那些坏的想法,但是直到这个人真正采取行动之前我是不会去干涉的,因为我坚信执法者能够找到足够的证据来进行质证并且惩罚恶人。"

"假设这个人行走于法律之外呢?我们假设校长先生真的有在三天后杀人的意图,而你很清楚他可以完美地击垮一切证据,不受法律的制裁,你会以个人的名义去惩罚他吗?或者说必要的话你会去选择伤害他以避免未来的悲剧吗?"

"不会的,我永远不会违背自己所定义的道德观,如果我自身违反了道德观,这一切就都没有意义了,不过确认一个人的意图可是件近乎不可能的事情呢。"他回答道。

"的确,我们换一个话题吧。司法系统本身的一些性质不就是运用惩罚的手段来制裁恶人吗?"

"我并不直接参与具体的惩罚,我只是一名提供证据的侦探而已,我的第一层并不是加害于他人,我只是将真相公之于众,仅此而已。"

"但是我们所定义的后果很片面,不是吗?"我追问道。

"我理解您的意思,我理解人们为什么会用一个行为的后果定义行为本身,可我真正意义上相信的其实是一个行为和后续而来的后果之间的时效性,我提供的证据在短期内使得真相水落石出,但是在长远的时间中却伤害到他人。"他回答道。

"不错,但是这似乎并不是你所担心的?"

"因为如果真的这样讨论的话我们的行为就没有什么意义了,必须相信短时间内即可见效,那样才能说明行为因为后果而有意义。"

"行为因为意图而有意义。"我反驳道。

"真正影响到现实的是行为啊，如果所有人都会什么读心术的话我们也就没有必要继续做过多的举动了，可是并不是所有人都知道彼此心中所想的是什么。"

他的内心给我的感觉仍然自信满满，我很想知道他在现实生活中真的面对这情况时会做出什么样的选择。如果我没有理解错的话，假如我们共同审视一个为国家杀了人的士兵，他会忽略掉为国杀人的意图而认定这个士兵杀了人就是错误的，而我会厌恶爱国主义背后隐藏的自私——那种胜利者的自私，还有因为自卫杀人认定士兵的意图是为了自己而并不纯粹，这明显也是自私的。

"您难道也是去学院的吗？"见我不理会他的回答，他继续问道。

"让我看看你是不是一名称职的侦探吧。"我笑着回应道。

他的眼神迅速地在我身上扫了一遍，我内心中被怀疑的那个警报也再次随之响起，片刻后我就感知到了他接下来分析出来的种种结论，不出意外的话他即将开始重复我脑海中的话。

无论是手提箱还是定制的礼服都符合标准的商务着装，看得出您出手阔绰，社会地位很高。我可以排除掉偷盗的可能性，因为您的打扮需要常年的维系才能成型，而小偷不太可能一直伪装成同一种身份来行窃。您很可能是小时候就开始接受这方面的礼节训练。

"无论是手提箱还是定制的礼服都符合标准的商务着装，看得出您出手阔绰，社会地位很高。我可以排除掉偷盗的可能性，因为您的打扮需要常年的维系才能成型，而小偷不太可能一直伪装成同一种身份来行窃。您很可能是小时候就开始接受这方面的礼节训练。"他重复道。

"但是这些都只是表象，因为您的伪装可不只是服装。您的声音也被刻意压低，年龄其实应该和我差不多才对。至于为什么刻意伪装成这个样子我还没有足够的信息推理出来，但是看得出您是一个很擅长骗术的人。"他继续说道。

"我还推论你其实很受纳这种刺激，您的表情在与我谈话的过程中变了许多次，每次我的答案超出您的设想时您的脸上反而会露出笑容，如果是好奇心或者单纯在骗我的话也有可能，不过您双手上的老茧还有极限运动员的身材可不是好奇心可以训练出来的，您一直追逐着刺激的经历。"他最后说道。

"很好。"我保持着笑容说道。

这是一个够资格引起我注意的对手，他能看破我的伪装，我也能够跟上他的思维速度，这样的组合刚刚好，但为什么还要继续怀疑我呢？这就是侦探的职业病吗？

"不过，我还认为您是学院派来测试我的，因为校长大人今天早上打电话专门告诉我有人要来试探我是否会秉持一名侦探的守则。根据您刚才说的话，我有理由相信您就是来考验我的那个人。"

他最后的推论我并没有预测出来，这种没有经过过多思考的随机推论我即使预测出来了也不可能反应过来，更何况这更像是他单方面的直觉，而这种直觉又顺理成章地解释了为什么我会感受到他的怀疑。

飞机开始下降，我决定不在学院的光辉下与他展开什么课堂辩论。同堂辩论校长一定会很开心，这可是完美的教学课机会，但是对于我来说那并不是很有趣。这次的事我想要用自己的方法来解决，一个不那么光彩的想法就这样在我内心开始逐步扩展开来，最终击败了我其他的那些选项。

"真的很巧，校长也是今天一早通知我去学院，这一切都说得通，不过既然我们都要在校长面前进行一番较量，不如先互相了解一下彼此怎么样？"

"什么意思？"

"我对你这个人很感兴趣，我们也快到空港了，按照计划我们肯定会去学院与校长见面，但是你的论点我也听得够多了，我提议我们不按学院的流程来进行这场考察，给我你的联系方式。还有一个月的时间，我会尊重校长的意愿，为你准备一场真正的考验，同意吗？"

"就这样约定好了，这是我的名片，我接受您的挑战。"这个有趣的人最后回应道。

他的自信令我倍感激动。校长先生当年说得真对，无论是关于我的预言还是别的事情，此前我还不知道自己究竟想从这个世界中得到什么，不过现在我终于找到了一份称职的工作：我最新的意愿就是将夜空中最黑暗的那面披露出来，世上没有绝对的正义或善意，我需要扮演那个末日预言家来带给人们这个坏消息。这次我也需要充当侦探的角色，我会将人性公之于众。

校长是错的，没有了黑夜，再明亮的星光也无迹可寻，那样的世界犹如一团乱麻。

疯狂的侦探

1

"先生,您是一个人吗?"服务生大声地问道。

"对的。"我大声地回答道。

"您有预约吗?"

"没有。"

"那您在谁的名单上吗?"

"不,我是来找你们老板的。"

眼前的服务生内心变得紧张起来,她以为我来这里是故意找麻烦的。出于礼貌,我将头上的帽子摘了下来,脸上也同时挤出一个勉强的笑容。

"您找我们的经理？"服务生再次问道。

"不，我想找的是他背后的那位老板，真正拥有整个夜场的女主人。"我指着走廊的另一边回答道。

"那么，请问怎么称呼您呢？"

"就说赌徒想找她开设一个赌局。"

"那还请您先进去等待，我这就去通知老板。"

我伸出了左手，服务生用仪器在我的手腕处做了个标记后便恭敬地向我点了点头，倒退了几步后转身走进了办公室。我极快地感知了一下周围的人，确保安全后便默默地走进了这个无聊的洞穴。

几乎每首电音歌曲的魅力都汇聚于曲中的那个爆发点，作曲者好像在挥舞着手臂召唤舞池中的灵魂们跟紧那带有节奏感的鼓点和无限放大的音量，无论忧伤还是快乐，都会在短暂的沉默后被电子合成的音乐吞噬，舞池中的灵魂们如获新生，重新开始随着节奏摆动身体。在走廊入口我便能够感应到里面所有人的贪婪，就像死亡一样，这一点似乎永远都不会改变。

他们的身体和脑中的声音在我看来如同树叶般随风摇曳。在酒精的催发下，舞池中几乎没有人有明确的目标，他们的意图此刻十分模糊，我唯一可以感到的是他们那跟随着电音跌宕起伏的期待感，这是一种和生命力很相似的期待感，这是一种非常容易上瘾的感觉，只可惜我很早以前就看破了其中假象，在尝试过几次后便放弃了这种生活。我倒不认为这是虚度光阴，这不过是一种生活方式罢了，就像我在赌博中能够勉强找到一种面对未知的乐趣，这些人不过是在用自己的方式打发时间，我们所做的都没有多少意义。与这种生活相伴的精神食粮更不能引起我的兴趣，人类仅存的那一丝理智都被这些瓶瓶罐罐带走，剩下那些赤裸裸的意图我不需要拥有什么神奇天赋都能一眼看破。若不是这次情况特殊，我也不会来这种地方找她——那个精通完美犯罪的女王。

此行我还特地准备了一支防身用的麻醉枪，虽然很原始，但是作为计划的一部分是必不可少的。这种特制的麻醉枪可以避开安检处的各类探测仪，在这种野蛮的地方通过道理来说服他人并不是最便捷的方式。

在嘈杂的混乱中等了一会儿，那位服务生终于回来了，她的声音被音响吞没，可我清楚地觉察到了她内心想要我跟着她去见那位女王的意图。我还从这位服务生心中感到了一种强烈的困惑，但我不会将自己的时间浪费在自我介绍上，满足他人的好奇心并不是我的本意，以此来显摆自己的特殊身份也毫无意义，这些都太无关紧要了，尤其是现在。我已经计划好了如何实现目标，与真正赋予我意义的事物比起来，凡间的这些琐事显得微不足道。

"是什么事情迫使您屈尊来我这里啊？"一个熟悉的声音问道。

我抬起头来，看到了那张精美的脸，她的脸像艺术品一样吸引人。曾经我是多么喜爱这张面孔，可惜现在留下的只有无奈，我深知她就像时间一样，无论我怎样尝试都无法挽回。这种感觉和先天赋予我的感知不一样。不知为何，平日里最痛恨直觉的我竟觉得这种感觉第一次为我的生活增添了一份意义，虽说这是一份悲伤的意义。

　　"明知故问。"我回答道。

　　"这次校长大人可是在全球范围内寻找你，我还没见过他发那么大火，你又猜出了学院中什么不可告人的秘密啊？"

　　"我才懒得去理会学院的秘密，但是校长找了一位信奉行为中存在绝对正义的执法者来考验我，碰巧这位执法者一路伴我同行，还没有到学院我就已经想到了应对的办法。"

　　"为什么不直接去学院解决呢？"

　　"又明知故问，你这些问题都是在确认自己内心的想法。"

　　"你果然还是不喜欢被人操控呢，多年来学院可是为我提供了很多乐趣呢。"

　　"犯罪的乐趣吗？你也还是老样子。"

　　"既然他们表面想被视为正派的那一方，我身为一个同等级的对手就应该扮演那个坏人的角色才对，要不然他们还怎么教育后代啊？"女王笑着说道。她的笑容还是那样迷人，不过笑容并不能掩盖她的意图，她非常很好奇我此行的目的。为了确保本次的合作，我会尽量满足她的好奇心，她可算是极少数值得我这样做的人之一。

"那还真是辛苦你了，这个角色我也考虑过，但我可没胆量去挑战那个势力强大的学院，搞不好会被全球通缉。"

"你现在不就是被全球通缉吗？到底是不敢还是觉得没有意义啊？"她并没有收回自己的笑容。

还是被她一语道破，需不需要撒谎呢？

"显然是后者，你又明知故问了。"我并没有改变自己的回答。

令我没有预料到的是她接下来的沉默。我们二人坐在三层的一个包间中，隔音玻璃的下方便是那群疯狂的野兽，不知今天有多少人在这个不眠之夜来到此处摘下面具，我无法目测出一个准确的数字，可是凭借自己的天赋我还是感知到了超百个带有相同意图的人们。测试出自己的能力还有效，我又望向她重新开始分析。不过她那张面具使得我无法看出任何破绽，这令我感到兴奋，但也意味着我需要承认自己的无知，摘下我的面具来面对她。

"为什么不说话了？"我问道。

"时间够久了，你应该可以一语道出我接下来的话才对。"

最初与她相处的确就是这样的过程，我总是能够猜出她的每一个想法和举动，她在我身边常常沉默不语，仿佛一直在试探我能力的深浅。奇怪的是我的感知能力随着我们关系的推进而减弱了,我逐渐失去了控制未来走向的能力,以致在最后分别的时候她质疑我因为知道未来明确的选项才故意引她生气,为的就是赶她走,因为如果我想维持这段感情定会做出正确的决定,反之我们之间的隔阂恰恰证明了我并不在乎她。当时我对这种未知感到恐惧因而选择了不做解释,现在想来我在当时便已失去了看破她的能力,或者说我的能力突然就消失了,因此她的质疑根本不成立。我在那段关系的最后阶段已经不知道自己怎样选择才能避免最坏的结果,在她面前我与普通人一样,不能把控未来。

"我对你的行为和意图一直都无法完美地展开预测。"我深吸一口气坦白道。

"这句话是什么意思?"

"我能够清楚地感知到你的一部分意图,但是你的另外一些意图和举动我并不清楚。"

"你这是在开玩笑吗?最初你可不是这样的。"

"对的,但是后来这一切都改变了,我当初就知道你喜欢上的其实是那个能够全面理解你的我,因此我害怕告诉你真相,不过现在这似乎不再重要了。"

她的脸上浮现出短暂的悲伤。通过非凡的控制力,她拾起面具重新戴上,可那毫秒间的悲伤还是被我捕捉到了。还真是可笑,这个识别面部表情的能力还是拜校长所赐,不过我只假装没有看见。更可笑的是，她此刻的意图和思绪我都能猜透，她正在控制自己的情感，意图通过缩短反应时间来避开我的怀疑，她不想让我感知到她内心的情绪波动，我也不想感知到她内心的情绪波动，可这一切却偏偏不可控。

我对你的能力还是感到好奇。

"我对你的能力还是感到好奇。"

"为什么这么说呢？"我故意地问道。

你能感知到憎恨和嫉妒？

"你能感知到憎恨和嫉妒？"

"对的，非常明显。"

那么你能感知到爱意吗？

"那么你能感知到爱意吗？"

"可以，但是并不那么清晰，要知道大部分爱意都掺杂着生理需求、价值观、对于未来的预期和欣赏水平等多方面的因素，我很难说清具体是什么占据着主导地位，但是对我而言那种所谓爱意不过是自私的情感而已。"

仅此而已吗？

"仅此而已吗？"她追问道。

"如果按照普遍的定义来看的话，我的确无法保证自己感知到的就是大家口中的爱意，可我确实能够感觉到有某种东西影响着那些拥有爱的人。要知道，我能够感知到多数人的意图，或者说那些意图对于我来说是可感知的，它们带给我的感觉十分不同，通过感知我也能够大概知道他们的想法和行为，从而做出回应控制未来。但我并不能感知爱意，那些表达爱意的话语和想法是不一样的，有些话说出来会有一种真实的感觉，我最初以为那只是幻觉而已，因为对我来说行为和意图本质上没有太大的区别，不过那些传递爱意的话语却偏偏不同于其他的举动，对于这件事我没有更好的解释了。"

"这种感觉一定很绝望吧，毕竟你没真正去用心感受，你大部分的感觉几乎全是感知出来的。两者的区别就像咬一口苹果来判断甜度和从别人的描述中感知到苹果的甜度一样。"

"有点这个意味吧，只不过爱意并不是苹果，我也并不确定它究竟是不是甜的。"

"但是这就意味着爱意和其他的意图都不一样啊，因为其他人都不知道一个人的言行和意图是否相符，而你的天赋允许你知道一个人的大部分意图，可是对于爱意你却和常人一样无知。"她总结道。

"可以这么说吧。"我赞同道。

"我们还是不要谈论这个了吧。"她提议道。

"同意。"

"太晚了，不是吗？"

"太晚了？"

"太晚了。"她答道。

"太晚了。"我重复道。

我突然失去了对于她的感知，凭借自己不可靠的直觉，我依稀感到了她话中的无奈，也许是因为我们二人的默契，我总觉得她也能够知道此时此刻我内心的想法。

"你从我这里需要些什么呢？如果你真的想与学院作对，可别指望我会选择公开协助你，我很喜欢现在的这种共存关系。如果是关于赌场之类的事情你可以放心去享受，这几年各大赌场的管理层都派遣了负责人来向我反映你的种种罪行，我已经帮你摆平了，不会有人再找你的麻烦，他们反而很期待你的光临。"

"我要的并不是这些，我只是想证明校长还有那位侦探都是错的，他们的价值观都不过是纸上谈兵而已，生活中不可能存在绝对正确的善与正义。"

"你还是那么幼稚啊，还在探寻这个问题，我都听烦了。"

"一个人说自己会怎么做是一回事，但真正在情景之中会采取怎样的行动却是另一回事。也许在你眼里这很无聊，但对于我来说这可是当下最重要的事情，就像学院那帮家伙喜欢做实验一样，你可以把我的幼稚看作是我自己的实验，这次我终于感到自己的存在有些意义了，这种期待感远远超越了赌博。"

"那句话是怎么说的来着？"

"什么话？"

"期望越高，失望越大。"

"如果这次等待我的是失望，那么这个世界也没有什么可以给我的了。这些年，学院并没有给我一个答复，我自己也没能调查出自己的身世，赌博带来的短暂乐趣逐渐变成麻木的感觉。这些我以前就向你诉说过，如今我只是无意义地活着而已。"

"千万不要这样说，我会尽力帮助你的，不过如果失败了也不必灰心啊，世界这么大，凭借你的能力，完全可以去其他地方寻找意义，更何况有时候真正的意义一直就在你眼前，只是等待着你去发现而已。"

"也许吧，但是我已经尝试很多次了，至今依然无果。你说的没有错，每次尝试我都抱着很高的期望，但随着一次次的失败我的失落感越来越强烈。"

"我会帮助你的，前提是我需要知道你的具体计划。"

"那就谢谢你了，你当然有权利问问题。"

"校长一直利用学院崇尚的效率、高尚品德以及丰富的实验成果来掩盖背后那些恶劣的手段。这是只重结果的一种价值观，不知你所说的这位侦探的价值观又是怎样呢？"

"他只看一个人的行为，如果行为不符合社会所定义的真善美就认定其为作恶。他似乎信奉绝对的正义，当然这也只是一种主观的、可笑的正义罢了。"

"他完全忽视意图和结果？"

"是这样的，或者说他在自己的设想中总是忽视意图和结果。"

"所以一个人出于良好的目的开启实验，即便实验将为人类社会带来无量的贡献，这名侦探还是会认为实验过程中的一切决定整个事件的对错？"

"就是这样的。"

"那么更为复杂的情况呢？"

"他会把行为分成很多层，在每一层都会首先分析个人的行为，而结果被认为是外界因素造成的而非个人行为造成的。"

"但是个人的选择会直接影响结果啊。"

"可个人选择并不会真正造成结果，杀一救百的例子中并没有明确说明个人的行为会杀掉一百个人，这不是杀一或者杀百的选择，他可以选择不杀人，而杀死另外一百人的并不是做出选择的人，因此个人行为的选择在这里只是杀人或不杀人。同理，改变行车轨道杀死一人还是不改变轨道杀死五个人的例子也是一样的，改变行车轨道是杀一个人的行为，而不改变则列车会杀死另外五人，并不是面对选择的人杀死了那五个人。"

"但是他的选择还是导致了五个人的死亡啊。"

"但那名侦探作为执法者只看行为本身。"

"可是法律上也有量刑，抛开这些经典的问题，杀人罪也会有不同的级别，是否蓄意伤人、是否有计划犯罪、有无特定的外界因素、个人情绪与状态等都是判决中所需要考虑的啊。"

"是的，但是他并不认为法律代表了正义，杀了人就是杀了人，加上法律中也有很多赦免权，学院的豁免权在他眼里就是不公正的。真正的问题在于他如何判断行为本身的对错，他给出的定义是，正义是由社会的普遍价值观所决定的，可是这也不过是很多主观意见融合在一起的结果而已。社会所定义的真善美并不总是一致的，因此他所定义的正义也并不是某种客观的正义，或者说他从实际的角度出发不认为一种客观的正义对在现实中的应用有所帮助，继而选择了只考虑社会所认同的正义。"

"还真是有趣的一个人，他是学院出身吗？"

"是的。"

"更有趣了。"

"你是怎么理解这些的？"

"理解什么？正义吗？我可不觉得自己有资格去评判正义啊。我想听听我们的女王是如何看待法律与正义的。"

"以前为什么不问我这个问题？"她问道。

"以前不敢和你吵起来，后果太严重了。"我答道。

她的眉毛刚要动，内心的怒火就被强行扑灭，我能感应到她的意图开始改变，但片刻后又恢复了正常。

"我认为讨论道德和正义其实就是在为我们的规则制定规则，我们可以就第一层规矩——法律展开讨论，学院的豁免权以及存在不同的法律体制就说明第一层规矩不是绝对的，或者说这第一层是为了多数人而制定的规则，而我不认为学院以及我包括在多数人中。你也在我定义的少数人当中，无论你喜不喜欢，我们注定就是社会的少数人。"

"所以你认为少数人就不应被这一切所约束吗？"

"我们本身就不受约束，因为我们所拥有的超出了法律所规定的范围。"

"我不太明白你的意思。"

"我不认为法律就代表正义，这一点我和你的那位侦探朋友所见略同，从古代石碑上的法典到现代各国的宪法，法律的创立很大一部分原因是为了确保社会的稳定发展，就像契约一样，我们遵守法律是履行契约的一方，而政府作为契约另一方要确保社会的繁荣与稳定。因此，正义是由人们的价值观决定的。"

"那么为什么学院就可以为所欲为？"

"我将学院定义为一个独立于所有政府体制之外的组织，一个由学者、领导者、精英主义者和能力主义者组成的国家，以一个国家的法律体制去要求或是限制另一个国家的法律体制不是很可笑的事情吗？学院又不是某个大国的附属国，因此我们在讨论这个问题的时候在定义上就遇到了难题。"

"你说的有道理，学院的确不在任何一个国家的管辖之下，更多的是不同的国家争先恐后地想与学院合作。那么你自己呢？"

"我也建立了自己的地下王国啊，而且我与各个国家的交情可不比学院浅，这个世界的各大势力其实都只是互相利用而已，我与学院唯一的区别在于正面的事情都交给了学院，而那些肮脏的交易都靠我来运作。我麾下也有不少天才，不过就像那些学院的天才被学院的精神洗礼一样，我这里的天才大多数也都认可我定下的规则。"

"这只是你为自己罪行的辩护罢了。"

"我们不都是有罪的人吗？没有绝对的善，这句话可是你说的。"

我能够理解她的意思，这的确是个强有力的观点，不过这并不对客观的正义产生任何影响，因为她所说的不过是如何证明不同主观正义的存在。这一切对我的实验并没有什么影响，我更加感兴趣的是那个侦探的价值观，至于世上的其他人怎样选择是他们自己的事情，出于礼节我决定陪她将话题继续下去。

"那么我又有什么权利来脱离法律的限制呢？"

"你和学院的那些天才是一样的，他们的家族早早就脱离了任何一个社会和国家的管辖，那些非家族的成员也是在进入学院后就变成了学院国的国民。你也可以选择，无论选择哪一个国家或是学院，哪怕是我这个无关紧要的国度，你都可以获得足够的自由和财富，只不过你并不怎么在意这些而已。你在意的只有人的本性和本意，而那些完全脱离了现实以及我们的感知范围。那是你自己所定义的正义，因此你也可以说是一个自身的国家，因为你没有那些复杂身份，你没有家庭和朋友，更不会有任何牵挂抑或爱国主义情怀。你只身一人在这个充满凡人的世界行走，怎么可能受到特定法律的限制呢？"

"照你这样说的话,每个人出生后或者受教育后就应该可以选择一个自己认为合适的国家才对,就像选择不同的契约一样,每个人的偏好不同。即使是这样都还不够,教育应该也被包含在内,需要一个相对客观的教育体制而不是一个受某种体制影响的教育,一种完全国际化的教育理念。"

"这就是为什么我说在当下只有少数人有这样的特权。你所说的那种选择太不切实际了,真正要执行这样的政策并不是件易事,这并不是所有人都认同的。假设这是最理想的策略也并不代表它就是在我们这个时代最好的策略,真正执行需要等几百年之后,我们现在有更加棘手的问题需要解决。比如你所说的教育问题,你把这样的自由给没有受过教育的人是行不通的,就像问一群从未喝过咖啡的人他们偏好的糖度、牛奶的含量、咖啡豆的品种及产地,等等。他们从未学习过和咖啡有关的知识就要被迫做出选择,这和赌博中的猜测有什么不同?现在的问题在于世间真正了解和学习过,或者说有机会去学习并了解咖啡的人太少,更何况人们面对的是比选择咖啡更重要的问题。"

"我很享受这次对话,没想到你还会去想这些问题。"

"你还是猜不出我的意图吗?"

我重新尝试了一遍,依然只能感知到一片空白,唯一能够收集到的信息都是从她微微泛红的双颊以及代表着沉思的肢体语言得到的。我无法猜透她的意图,更无法知道她接下来要说的话，属于未来的语句并没有浮现在我的脑海中。

"还是不行。"我摇着头说道。

"其实这还是因为你，要知道你可是一个特例啊。"

"为什么这么说呢？"

"你不是一直以非人类自居吗？"

"是又如何？"

"在我眼里你比任何一个人都更有人性，因为你并不是因排斥他人而感到无趣，你是因为得不到他人的陪伴而感到无趣，所有人在你眼里都那么简单易懂。从某种意义上讲，你能够识别意图的能力使你成为世上唯一一个精通意图识别这门学问的人，其他所有人都不具备这种感知能力，更不用提对于未来的掌控力了。同时这也并不是一种极端的全知，因为你的能力本身也被意图识别所限制，如果你识别不出意图就不可能预知未来。"她停顿后看了看我的表情，又继续说道，"和咖啡的例子一样，你也应该获得比常人更多的自由。这种权利应该带给你更多快乐才对，不过你却堕入深渊，我在你身上感觉不到任何快乐，生活对于你来说很痛苦。这一直是令我感到不解的一件事，只有你之前说的话对我另有启发。"

"请继续说下去。"

"你对人类的不信任完全是出自童年的那场骗局，而这种不信任逐渐发展成为一种对未知的不信任，我认为你其实排斥一切不可以被自己所了解的事物，或者说你害怕这些不可控的因素，而这种害怕使你逐步远离了人类，但这些都只是表面的问题，你内心比所有人加起来都更有人性。回到我的身边来吧，接受校长的提议，去好好赌一把后重新拥抱这种不确定性。你可以去寻找一些丰富自己生活的事物，不一定是学院的那种为科学进步献身的精神，你可以尝试为自我进步和丰富内心世界开发些有益的事物。从音乐和艺术开始就很好啊，或者去世界的某个角落住一段时间，相信你会感觉好一些的，同样也会找到自己的目标。"

我并不知道如何作答，这的确是我一直在思索的事，我不能感知到自己真正的意图，现在我最感兴趣的还是那名侦探，仿佛我整个生命的意义就在他身上。我被先前的那股无名的力量所操控，这种直觉很难抹去，我不打算抗拒。此时我又能够隐约感知到她的意图了，但是我继续与她纠缠下去是不会有好结果的，只有放下这个羁绊才能安心地去完成我的计划。我必须要让她放弃我才行，即使这样会令我感到十分痛苦。

"也许吧，但是我认为自己还是应该继续走下去，我无法相信那个侦探所说的话，我必须完成这个计划。你说过我是唯一一个可以分辨出意图的人，那么单论意图识别，我所说的就是真相，因为只有我知道那是一种什么样的感觉。"我装作很愤怒地说道。

"所以呢？"

"我并不认为你说的完全是正确的，因为令我失望的并不完全是那种无聊透顶的感觉，令我失望的是人类本身没有任何纯粹的善意。我寻找了很久，没有找到任何一个人可以做到这一点，现在好不容易来了一个拥有那种绝对价值观的人，我很想知道他能否言行一致，我需要确保他没有欺骗我。"

"但是你不能否认我们之间的爱意以及我们曾经的快乐时光，还有世间所有美好的感觉。"

"站在我的角度来看，这些背后都不是纯粹的善意。自私与纯粹的善意在我的定义中相悖，对于家人的爱是为了基因的延续，友谊与工作中的关系也都是为了个人的生存与发展。没有完全不自私的意图，我并不知道为什么，但是我得出的结论就是这样，而你刚刚也说了，我的结论就是真相。"

"真相和怎样理解真相是两回事，你可能认为快乐本身就是自私的感情，但是为什么一定要这么极端地定义呢？承认人类的不完美又如何？难道自私或是不纯粹的意图就证明人性本身是恶的吗？"

"我的论点并不是人天生都是带有恶意的，我的论点是人性中没有绝对的善。"我故意提高音量说道。

"我真是要被你逼疯了！你能不能正常一点！"她也提高音量说道。

"我还以为你说我是最具有人性的那个人呢。"我抓住机会批判道。

她张口准备继续吵下去，可接着又将她脑海中未说出的那句"看来你不是"吞下了肚,这令我再一次感到意外。

"你就是,我不知道为什么你会这样说。抱歉之前失态了,不过你从未要求别人达到过什么绝对的善意,为什么对那个侦探如此执着?"

"因为他既是一名真正的执法者,同时又拥有那么绝对的价值观,我想看看他能否履行自己的职责并且坚定自己的信仰,他是我完美的试验品。"我假装评论道。

"你真是和学院的人一模一样。"她淡淡地说道。

"谢谢夸奖。"

"你需要我做什么?"

"给我一些资料就好了,当然是关于那个侦探的。"

"已经准备好了。"她打了一个响指,随即一个神情严肃的保镖便走了进来,一个文件袋出现在了我的面前。

"还要有劳你帮我把以前的那个藏身处准备好,附近的闭路电视、网络信号等都屏蔽掉,关闭任何可能留下证据的记录设备。"

"都已经安排妥当了。"她平静地说道。

"情报工作不错啊,这样的信号屏蔽能够取消吗?"

"我才不会留下任何痕迹呢,那些电子设备都已被破坏,除非把整个区域的电路窜改或者将所有的电子产品重新安装一遍,这几天是不可能恢复记录的。那些屏蔽器连私人带进去的录音设备都能屏蔽,你在那个区域做的事不会有任何人知道。"

"我以为你已经放弃监视我了呢，居然还能提前知道我还在用哪个安全屋。"我故意笑着说道。

"你根本没有尝试过隐藏自己的行踪，这次校长亲自来找我，引起了我的重视。那名侦探的资料还有你的资料我都分别准备了一份，校长没有给予我足够的尊重，他的提议并不能给我带来多少好处，甚至可以说他的提议完全不合道理，我怀疑他自己并不想赢得我的信任。你虽然也帮不到我，可是看在过去的分上我还是选择把资料交给你，这次我们也算是两清了，以后不要再来找我了，说实话我有些失望。我很惭愧自己最终没能将你带回正道上。你的天赋实在是独一无二，只可惜这种天赋只是将人性中的恶无限地放大，这种能力使你无法认清事实的真相。人的生活方式远不止于这种追求绝对的定义，还有许多其他美好的生活方式，只可惜你还没能体验就被自己的心魔吞噬，我对自己也感到很失望。"

那双操控一切的手让我有些喘不过气来，我不敢再去直视她的表情。不过我的目的达到了，是时候放下过去来迎接自己的最终乐章了，不能在此逗留。

"好的，谢谢你了。"我起身鞠躬后准备离去。

"等一等。"我的脚步随着她的命令停了下来。被她识破了吗？

"你之前为什么在网上发布那个骗人的传单？我说的是那个心理学实验的传单，为什么要随机邀请志愿者去那个藏身处？"

"你在说什么呢？心理实验不都是骗人的吗？"我转过身来笑着回答道。

"你还没有告诉我具体的计划是什么。我需要知道之后再决定是否满足你的要求。"她无视我的调侃回应道。

这就是无法完全感知他人意图的缺点，我还是没有掌控好节奏。怎样重新获得控制权呢？重新分析已经太晚了，撒谎很容易被她聪明的头脑识破。我摸了摸口袋中的麻醉枪，双手已经开始不由己地冒汗，我决定告诉她真相。

"我准备给那个侦探一个选择。"

"具体是什么选择？"她问道。

"杀一救百还是看着一百人死去。"

"你在开玩笑吧？"她追问道。

若不是那层厚厚的隔音玻璃，眼前的她肯定会怀疑自己的耳朵。她并不相信我真的会选择杀人，那名侦探肯定也会有同样的疑问，需要改变计划了，我暗中将麻醉枪的强度下调了几个级别。我需要让她相信我真的会选择杀人，不过她要是提早醒来的话她又会干涉我的计划，不能让她通知那个侦探。以侦探之前的意图和价值观来分析他肯定会只身一人来与我谈判，可是具体的时机如何把控呢？我不知道她具体会何时醒来，只能赌一把了。

"如果他真的选择无视我的意图与事件的结果就不会干预我，这也就证明了他的确是一个会履行职责并且秉持正义的人。"

"你真的会杀掉那一百个人?"

她还是在怀疑我的回答,我必须让她相信我是会去杀人的,这样才能确保她能够说服那个侦探来做出真正的选择。

"一定会的,我这次已经做出了决定,没有人能够阻止我。那名侦探如果能做到守住自己定义的原则,也就意味着这个世界上有一个绝对善良的人。那样,我用一生去证明的定义也就失去了意义。你可以把这个看成我的一个自我终结,因为我在杀死那些人后也会自行了断。"

"你是认真的?如果他做不到呢?"她再次问道。

她已经变得警惕起来,再次确认之后她会拉响屋内的警报,外面的保镖也会在几秒钟内冲进来,警报器应该在她身上……不对,她身后的办公桌上,我需要拿捏好准确的时机。

"他要看着我杀死那一百人,否则他就要用我准备的枪支射杀我。"

"你疯了!我是不会允许你这样找死的。"

她脑中浮现出拉响警报的意图之后我立即扔下了手中的文件袋飞奔至她的身前,左手捂住了她的嘴,右手将麻醉枪抵在她身上,在她转身的时候及时制止了她。她挣扎了一阵后再次转身,紧皱着眉头,一脸不解地望向我,我努力压制自己的情绪面对她。

"这是一把麻醉枪,我们最后一次见面,你还有什么想要说的吗？在脑海中说一遍就好了，我能够理解的。"

她松开了紧握在我右臂上的双手，放松了神情，脑海中也在同一时刻放空了那些焦虑不安的情绪。

能放开左手吗？有些话我想要亲口对你说一遍，我保证不会喊出声来，不信可以感知一下我的意图。

她的确只是想要传达自己的心声。

"很聪明，但是我之前并没有撒谎，我一直无法准确地感知到你的意图，这次我不想因为轻信你而误了大事。"

你能够逐字逐句地理解我的想法就证明你现在是可以感知到的啊。即使你无法感知，请你凭着直觉来回答，我到底会不会骗你？

"你是在要我赌博吗？"

你不就是个赌徒吗？

"但是这可是把所有筹码都押上桌啊，我可不觉得有什么乐趣。"

相信你的直觉，我是不会骗你的，即使这次阻止了你也不能保证不会有下次，我真正的目的是帮助你。

我犹豫片刻松开了左手，她并没有求救。

"我不知道你有没有感觉出来，但我对你的爱意从未变过……"

"我也一样啊。"我想道，但我又怎么知道现在的能力是准确的呢？

2

　　我驾驶着轿车穿梭于喧哗的城市中,离黎明只有几小时了,一切都已经安排妥当,但我依然能感到那双手在紧紧地掐着我的脖子,不肯放开。刚才的一切发生得太快了,还未待她说完,或许是条件反射,或许是我太过紧张,我的右手不自觉地按下了那个按钮,我看了看仍在发抖的右手又暗中咒骂自己,我永远无法知道她究竟还想说些什么了。

　　现在怎么办呢?计划还要继续吗?想要知道她最后说的是什么,还有回去的可能吗?能不能判别出她的真情实感?不是预想过这些情景了吗?为什么还会拿不定主意?我开始与自己的内心展开辩论。

　　这种艰难的挣扎让我透不过气,我摇上窗户并将轿车停入安全屋的车库,拿起手机又想起这里所有的信号都已被屏蔽掉了。我快步朝着枪械库走去,清楚地意识到需要做出决定了。阅读那一摞文件时我已不再分心,但我依然无法专注于按照原计划准备实验。

　　我下定决心告诫自己反悔没有任何意义,只有将这个实验继续下去才有意义,我并不属于人类的任何集体,她所说的那一个个国家也并不可能接纳我。我并不需要人类来照顾我,我存在的唯一目的就是提醒那些学院的学者不要忘记一些铁定的事实,这个荒诞的世界上并不存在所谓善意,他们所追求的根本没有意义，所有这些都不过是一些短暂的、自私的意图罢了。自私将一切好意都扼杀在了摇篮之中，沉睡中的凡人尚未意识到这一点，或者说他们像校长一样意识到了但是选择用成果来麻痹自己的罪恶感。

这些道理一直都在我的脑海中回旋，至今为止我所相信的价值观是绝对正确的，我很确定自己的逻辑以及感知并没有出错，可是这种"我错了"的感觉又来自哪里呢？难道我一直以来都是错误的？这不可能。这绝对不可能！我对于人性的理解只会比校长他们更为透彻，她所说的话也不过是为了挽救我，而挽救我的意图也并不是真正出于善心。私心占据着所有人的主体意图，这可是我几十年的结论，我不会允许没有证据的说辞就把我说服了。这名侦探是唯一一个真正有可能违背我信仰的反例，我必须以实践证明他所说的都不过是一些设想，在真正的现实面前他还是会选择妥协，就像其他人一样，就和那些欺骗我的人一样。

如果侦探先生扣动扳机我就会获得解脱，因为那将恰恰证明我是对的。唯一的反例也不过如此，那会是一种很高尚的死亡方式，相信这件事情也会被学院记录在档案中。接下来的几代人或许不会同意我的观点，但是总有一天人类社会会得到解放，真正的正义也将得到伸张。我一定会被认为是最有远见的人，我仿佛能够听到他们欢呼雀跃的声音，那是为真理而欢呼的声音，只有未来的人类才会真正不带任何自私的意图来称赞我。我第一次听到了属于自己意图的心声，这心声不可能是错误的。

　　眼前存在的只有假象，我身为可以看破一切假象的人就不应该苟同。我不愿被这些假象麻痹，只有绝对的真理才是值得追求的，假象只会令我感到无聊，更何况一切都太晚了，侦探就要到了，我还有更重要的事情要做。侦探声称自己秉持绝对的正义，他的意图和他人的的确有些不同，假设他不扣动扳机，我的存在就失去了意义。不过我有种预感侦探先生会扣动扳机的，他没有其他选择。

　　她或许说对了一点，我的天赋的确让我比其他人离真理更近一步，不过想要享受那种无意义的生活，我就必须先证明自己。我带着自己理智的意图，最终来到了实验室。

3

　　这个简陋的实验室在一座厂房内，由于面积的大小正好合适，我与她曾经在这里停放所有盗来的车辆，再后来还一同幻想过把这里改造成一个展览大厅来专门放置我们偷盗的那些战利品。此处的设施应有尽有，从武器库到街对面那个可以被称为家的小房子，也不知道现在是谁住在那间小房子里，无论是谁，过得都应该很幸福吧。

　　前方的大门随着一声巨响打开，一束光从门的开口处涌进黑暗的实验室，一道身影迅速地闪了进来。这道身影放慢了脚步，参加实验的人已经就位，我起身打开了室内的照明灯，现在需要集中精力来看看自己能否赢得这场赌博。

"我按照您的要求来了，但是我不希望按照您疯狂的游戏来进行什么实验。"侦探叉着腰说道。

他的意图很明显，他迫切地想要解救出那些志愿者。这可不是很好啊，为什么现在就退缩了呢？他并没有犹豫的念头，难道女王说了谎？

"你似乎不会贯彻执行自己信奉的正义啊。"我评论道。

"我来到这里就是伸张正义的。"

"但是我还没有做出任何犯罪的行为啊。"

"您涉嫌诈骗和绑架。"

"他们可是自愿来到这里的，我并没有强迫他们，更没有把他们的双手捆绑在一起，我并没有做出任何违法的事情，不信你看右边。"

参加实验的志愿者们都被我带到了隔壁的一个装有单向玻璃的隔音房间内，他们十几人正在有说有笑，享受着免费的甜点和香槟，我从头到尾都没有碰过他们一根毫毛。

"您欺骗了他们。"

"你应该把这句话写下来送给每一名用过人类作为试验品的科学家。我告诉他们只需要在那个房间中等待几个小时就可以拿到丰厚的报酬，你并没有证据可以指证我，因为我还没有欺骗他们。"

　　侦探的脸沉了下去，他开始重新分析局势了，实验又开始朝着好的方向发展，接下来该我摊牌了。我需要做到完美，如果让他发现我根本就没有准备杀掉这些人，一切就毫无意义，对他来说这根本不是一个选择。我必须让他相信一切都已经计划好了，只要他不扣动扳机，这些人就会死。

　　"亲爱的侦探先生，你不必分析了，我都已经帮你分析过了。"我笑了笑继续说道，"整个街区都被信号干扰器所覆盖，无论是你随身携带了录音笔还是在这附近安插了闭路电视都毫无用处。你无法呼叫救援，也无法暗中通知那个房间内的人远离危险。"

　　"您想做什么？"

　　"女王应该已经告诉你了吧，我还担心她能不能在你进入信号屏蔽区之前通知你。"

　　"为什么要她通知我？"

　　"我可不想再解释一遍实验内容。"我撒谎道。

　　"我需要麻烦您再解释一遍，我刚才仅和她通了几分钟话，只收到了警告而已。"

　　他并没有撒谎的意图。

　　"你身前的桌子上有一份名单，上面是参加本次实验的所有志愿者的信息，他们都是我随机挑选出来的。名单旁边是一把手枪，几年前的警队标配，我第一次见到你就注意到了你的枪套，不过一直不确定是什么型号，仔细研读了你的资料后才发现原来我们的侦探先生还当过刑警。"

"然后呢。"

"在接下来的时间内你需要做出那个我们讨论过的决定。"

"什么决定。"

"你的第一个选项是拿着手枪射杀我。第二个选项是什么都不做，但是那样的话我就会杀死隔壁房间里的所有人。"

您简直是疯了！

"您简直是疯了！"侦探吼道。

冷静！一定有其他的办法。

我已经能够感知他的想法了，一切都和计划中的一样。

"没有其他办法，我不会告诉你我将怎样杀害他们。你的选择很简单，在准备好后我会进行倒数，倒数结束他们就会死，因此你在最后的时刻千万不要犹豫，手枪的起始速度比声速要稍微快一些。空气的阻力、人脑的反应速度、你手部的肌肉记忆等等我都估算过了，保险起见你必须在我喊到'1'的时候扣动扳机。"我继续说道，"我们之间的距离在这把手枪的有效射程以内，档案中记载你有百分之百的射击精准度，曾经是警队知名的神射手，致死的部位我就留给你的专业知识来判断吧，不过你若是射中了但我没死，隔壁的那些人还是会死。"

你真的是一个怪物。我不会妥协的，一定还有其他办法，冷静下来思考！

侦探这次没有将他心中想的这些说出来，他似乎还是在逃避，不过这次他别无选择，我设计的实验是完美的，每一种可能都被我考虑进去了。

"不要挣扎了，亲爱的侦探先生，你只有这把枪，想用武力威胁或是制服我的话，他们立刻就会死，开枪射击照明灯他们也会死，你档案中记录的反应速度比我快一些，但是我们之间的距离足以弥补我更长的反应时间，隔壁的玻璃是防弹的隔音单面玻璃，除了跑过去打开房门通知他们之外，你别无他法。逃跑或是自杀也都会被视为第二选项，他们也会死去。如果你选择了第二选项，事后这里不会有任何证据来指证我，所有证据都会消失，我的不在场证明和逃跑路线也已经安排妥当，法庭上也不会有足够的证据来将我定罪。你不要忘了以我的能力来应对法官有多么容易，我会像学院一样逍遥法外。我欢迎你以后委托她或是校长来伪造证据，如此一来恰恰证明你会向罪犯的手法妥协，我所相信的定义也会再一次被证实，只可惜到时候这些人已经死了。"

她和校长应该快到了，我不能相信他说的这些话。

"真的不要挣扎了，拖延时间也是徒劳。我们可是商量好了你一个人过来，我知道你并没有通知校长。学院离这里最近的据点也在另一个城市，当初我们正是看中了这一点才选择这里作为安全屋的。她派遣的增援最快也需要两个半小时才能赶到，这里只有你我二人和这一把枪。"

侦探先生已经放弃了伪装，他似乎真的还秉持着原则，不过一切都还没有尘埃落定，需要给他一些时间来思考才行。

"我给你一个小时的时间进行思考。"我指了指墙上的挂钟说道。

"有必要进行这样一个实验吗？"

"非常有必要。"

"为什么？"

"我需要考验你的意图会不会因外界因素而改变，你的情况十分特殊，因为你的意图就是自己定义的正义，你坚信自己可以秉持这样的正义，对这种绝对的正义我很认同。如果换作是其他人我也许只会当作笑话，毕竟每个人在一生中面临的无数选择中总会有一两个选择会违背本体的价值观，违背的原因往往是自私的，这也是为什么我对人性没有信心。每个人的价值观都会随着年龄和阅历而改变，你的特殊点在于你的定义是永恒的，因为你认同了这种改变，所以你并不是排斥他人的观点而是接受了不同社会拥有不同的定义，进而形成了一种愿意服从自身所处的社会所定义的价值观。以上只是我的分析，从我的角度来看，你的意图比其他人的都要纯粹，我不确定这是不是自私的，但是至少它是纯粹的，因此我想看看你会不会因外界因素而改变意图。"

"我有些无法理解，您说的又是些什么外界因素呢？"

"本身就很难理解，因为我在尝试把你没有的一种感官用语言描述出来。不过外界因素很简单啊，假设你的亲人犯法，你能做到大公无私吗？"

"当然可以。"

"那么将一个尚未行凶的人定罪，或是私自进行惩罚呢？这点我们可是讨论过的。"

"当然不可以。"

"伪造证据来给一个拥有完美不在场证明的罪犯定罪呢？"

"伪造证据本身就是错误的行为，我身为执法者不能强行逼供或是伪造证据，那是滥用职权。"

"很好，道理不都很简单吗？现在你只需要执行上述原则就好了，不带任何感情又不滥用职权，同时也不去惩罚没有犯罪的人。这与那些阻止恐怖分子的特警还不一样，恐怖分子在被阻止的时候已经犯罪了，他们被逮捕的时候身上有炸弹和伪造的护照作为证据，可是今天你面对的是一个完全没有证据的、还没有实际犯罪行为的人。我完全有可能只是在骗你，我完全可能只是利用了你的意图来操控你，因为你没有看到雷管，那些志愿者也没有中毒的迹象，你并没有证据证明我真的会去伤害他们，如果此刻你选择逮捕我也会是在滥用职权去逮捕一个没有任何行凶行为的人。"

"您在被捕后也会改口说这只是一个正常的实验，可是我却滥用职权在没有证据的情况下逮捕了你。"

"就是这样的，因为曾经是刑警，仅凭侦探的身份你还不能逮捕我呢，还有什么问题吗？"我笑着回答道。

"既然您能够识别出我的意图，为什么还要进行实验呢？"

"这个问题我不是回答过了吗？"

"对不起，我是说假设我不选择射击您，在最后一秒的时候您能够察觉到我真的不会伤害您，在那样的假设中我也证明了您用生命所定义的东西是错的，杀害这些人还有意义吗？最后一秒您就会知道答案，不需要因此杀掉那些人啊。"

"你很聪明，但是我是不会冒那个险的，因为你有可能是为了骗我才故意装出来的。"

"但您不是全知吗？"

"我以前也是这么想的，不过校长的出现让我觉得必须落井下石才可以确保实验的顺利进行。我必须杀掉他们，你所设想的不可能发生。更何况每个人都有随机性，你有可能在最后一秒改变自己的想法，我需要确保你不是为了骗我而装出来的意图，而是真正改变或保持的意图才可以过关。我这次不仅仅会观察你的意图，我还需要观察你的行为，你要么犯罪，要么遵守自己的原则，没有别的选项。无论是从自身定义的正义还是作为执法者的准则来看，你都没有权力和理由逮捕我，因为我的犯罪不过是一个假象而已，没有任何证据。"

"但是为什么一定要用这些人做筹码呢？"

"他们只是普通的公民而已，没有什么特殊的身份需要你去注意，你所定义的正义，所有人应该是平等的，对吗？"

"您是指什么样的平等？"

"抛开现在法律的限制，如果让你来作出判决，一个杀害儿童的犯人、一个杀害成年人的犯人和一个杀害老人的犯人应该得到相同的判决吗？"

"这是肯定的，他们都是杀害了一条生命。"

"但是你知道在现实的法律中，判刑可不一定是相同的。就像人们救人的时候也会先救小孩而非大人，但是你和我都会认为从客观的、绝对正义的层面来看，挽救一个孩子和挽救一个老人都是救人，杀害一个孩子和杀害一个老人都是害人，当然前提是造成了同样的伤害，毕竟身体承受伤害的能力是不同的，虽然这本身也很难具体量化。"

"同意，但是现实生活中我们还是会出于保护欲而去选择先帮助老人和孩子，即使是在他们的生理状况和成年人相同的状况下，比如有一个孩子、一个成年人和一个老人都晕倒了，而我们出于某种原因只能帮助一个。"

"你刚才看过档案了，这就是我选择各个年龄段的人参加试验的原因，因为我有种预感你在面对选择时会考虑这些，如果参加实验的是一群孩子或是一群拥有重要社会地位的人，你说不定会改变自己的选择。这次的人选完全是随机的，或许有一两个孩子和一两个拥有较高社会地位的人，但我不想给你施加过多的压力，这次实验我只想看看你对伦理学中的经典命题会做出怎样的选择。"

"社会地位也会影响我的选择？"

"我不确定，但是对大多数人会有影响。一个穷人捐出仅有的金钱和一个富人捐出相同数额的零花钱，客观来讲他们的行为都是一样的，可是由于身份的不同，前者会被认为慷慨，后者则会认为吝啬。劫富济贫也是同样的道理，盗窃富人觉得微不足道的金钱只会导致短暂的不悦，不足以构成犯罪。特定的身份在法庭上也会导致一定程度上的不公正，社会地位的不同也有可能导致不同的判决，所以需要隐去犯人面孔和随机选择陪审团。"

"我同意关于陪审团以及社会双标准的推论，可是关于犯罪的定义我还不能同意。"

"不需要同意，因为这并不改变犯罪的结果，蓄意导致他人死亡在任何和平的社会中都是犯罪。"我回应道。

我们的侦探先生又开始改变计划了，不过这次他真的放弃了逃避和拖延的意图，他想要说服我放弃实验。

即使不运用您的特殊能力，凭您的头脑与严谨的态度也足以过上美好的生活，为什么您如此执着地想要追求这种疯狂的结局呢？

"即使不运用您的特殊能力，凭您的头脑与严谨的态度也足以过上美好的生活，为什么您如此执着地想要追求这种疯狂的结局呢？"侦探说道。

"我们好像聊到过第三选项,当我问你该不该给一个想要犯罪的人提供武器的时候,你说应该提供,但是提供武器的同时需要劝阻那个想要犯罪的人吗?"我问道。

"的确是这样。"侦探答道。

"我不想浪费时间,我很想知道你会怎么选择,不过这样的对话也挺有趣的。来吧,尝试一下用你的逻辑来证明我所追求的是错误的。"

您追求的定义过于绝对。

"您追求的定义过于绝对。"他否认道。

"我们的定义没有多少不同,最大的区别无非是我只看意图,而你只看行为。你有没有考虑过我的定义比你的更加正确?行为只是意图的延伸啊,你研究的不过是人类展现出来的假象而已,真正想要伤害一个人和表面装出来想要伤害一个人是不一样的。我看到的是所有人最基本的意图,这是比你所定义的第一层行为更加根本的内在。"

"这样的举例我也会,如果一个人想要杀人但又从来没有真正把这个想法变成行为,为什么一定要认定这个人就是邪恶的呢?同理,一个一心向善的人如果不真的做一些善事又有什么用呢?这还不是违背了向善的定义?行为是意图延伸出来的,行为对世界造成了实际的影响,就像您设计的这个实验一样,我需要根据您是否留下证据来判断自己该采取怎样的策略,因为留下的证据才是执法者关注的,只有意图而没有行为是不会留下证据的,这就是我无法逮捕您的原因。"

"所以才有漏洞,这个实验就是为了暴露你的漏洞。你是无法根据自己的定义和价值观来采取有意义的行动的,除了违背自己的意愿并且杀死我你别无选择,难道你还真的能够忍受这种罪恶感?你可是知道我要杀人,同时又有能力在现场阻止我的。"

"可是您这个实验和那些经典的伦理问题并不一样,您问我会不会杀掉驾驶列车的人来拯救那五个人,是否会杀掉那个准备杀死一百个人的人,命题中两个选项的受害者都是无辜的。"

"真的是这样吗?你真的觉得我不是无辜的?我做出的微调就是为了向你证明,你通过行为判断无辜和有罪是多么不堪一击,你脑中的疯狂驾驶员径直冲向那五个躺在铁轨上的人,准备杀那一百个人的凶手也被默认为是有罪的,在两个例子中你有足够的理由和证据来制止他们。"我停顿了一下继续说道,"我设计的这个情景可不一样,上述两个例子中我们设定的是他们会去犯罪,可是在我的情景中我明确告诉你我有犯罪的意图,从女王那里你也确认了我有犯罪的意图。可是我随时可以改口宣称自己其实没有那样的意图,由于我还没有真正犯罪,所以你也没有任何理由确认我真的会犯罪。加上现场不存在任何实质的证据,所以你也没有足够的理由和证据来射杀我。因此,第一个选项违背了法律,你自身的行为会构成犯罪。第二个选项我就不必分析了吧,你选择放任我去杀死这些人是你的自由,由于不存在任何证据,你也不会担负任何法律责任。你的确会在定义上战胜我,因为那样的话你的行为和意图就是纯粹的,但是你作为一个执法者和侦探并不能找到足够的证据将我绳之以法。"

你太可怕了。

"你……"侦探这次并没有说出他内心的想法。

"如果你抛弃自己的正义并且拯救这些人,你只能选择第一个选项,而正因为法律正义里不存在'意图'证据,我在行凶之前就是无辜的,而你射杀我就是滥杀无辜。你坚信自己是正义的,我在行凶之前也是无辜的。你只能选择第二个选项,可是那样的话这些人就会死去,你在未来也会失去指证我的机会,这个实验证明了当下的法律系统还有你定义的正义都不是完备的。"

"但是如果我选择第二个选项的话您其实也会失败,因为那样的话我还是秉持了自己定义的正义,没有滥杀无辜。"

"是的,那样的话严格意义上来讲你没有做错什么,可是你也放任了我去杀害这些无辜的人。况且我很确信你会选择第一个选项的。"

"为什么?"

"因为我了解人性,而你的意图还有你的正义正在动摇,你扣动扳机的那一刻我也将获得胜利,没有真正的善意,没有真正的正义,人类永远不过是安于表象以及那些伪善罢了,背后的自私自利还是操控着所有人。"

侦探不再说话，我深知他正在思考，因此我选择了不去打扰他。我们就这样保持了一段时间的沉默，此间他的脑海间流淌有生以来最丰富的情感，我的感知与他一同从愤怒到无奈，从挣扎到绝望。

"如果只看您设计的这个实验，我不得不表示佩服，这的确是个完美的设计。尤其是考虑到您有为理想献身的精神，如果不是女王警告我您真的会杀人，我也许还会怀疑您最终能不能下得了手。"

"她是了解我的，我们曾经相处那么多年，不要小看我的决心。"我大笑着说道。

这一切也接近尾声了，是时候让我们的侦探先生做出最后的决定了，他放弃了决定……不对，他还有想要说的话，究竟是什么呢？

我还有一个问题想要问您。

"我还有一个问题想要问您。"

"问吧。"我回应道。

您不觉得生活中还有更为重要的事情吗？

"您不觉得生活中还有更为重要的事情吗？"

"我们又回到了这个论点，为什么大家每次劝阻我都用的是同一句话？"我问道。

那么您有没有考虑过大家都是对的，而您是错的呢？

"我考虑过了。"我抢在他前面说道。

"那这么多年来您有没有停下来看看自己身边的人呢？那些对您最为重要的人？"他也抢着说道。

"什么重要的人？我的那些假的家人自始至终都在撒谎，他们都是为了实验和钱财而按照那个剧本来与我接触，我的朋友们也都是提前安排好了的，我以前的生活没有任何一点是真实的！在逃出那个实验后更是如此，大家都是那么虚伪，没有一个人能够真正放下心来在意我，哪里有身边的人？怎么可能有重要的人？我的生活一直以来都是一个痛苦而无趣的过程。"

"那么校长呢？女王呢？并不是所有人您都能够猜透吧，您凭什么认为他们就不是真心在乎您呢？为什么否认这样的可能性？您何时又准确地了解过自己的意图？"

"就在今天，我的意图就是要证明我是对的，我存在的意义就是为了证明自己的观点是对的。"

"我愿意投降，只要您愿意放弃这一切，我愿意承认自己也是自私的，没有什么是太晚的，您还能挽回自己失去的一切，即使不行也可以创造新的意义啊，您还有大把的时间来寻找别的意义。"

"侦探先生，请你拿起枪来！"我威胁道。

"我也通过这件事情学到了很多。"

"拿起枪来！"我命令道。

眼前的人在我的命令下拿起了手枪，双手熟练地将子弹上膛，解除保险，他的食指已经放在了扳机上。他的意图现在十分混乱，我能感知到他正在考虑自己是否应该隐瞒某个事实，我尝试了一下通过感知来推测出这个事实是什么，但是这次我的天赋却失效了，究竟是什么？那种无形的力量笼罩着整个实验室，我能听到远处的警笛声，女王似乎离我越来越近，时间过得有这么快吗？我需要知道侦探在隐瞒什么，我需要快点执行自己的计划。

"你在隐瞒什么？快点告诉我。"

"我不能说，除非您放弃实验，回到大家身边。"

"无所谓了，你现在救了我，未来也不能阻止我，你难道忘记了我有多么危险吗？"

"我并没有忘记，这也是我感到惋惜的原因，您如果作为我们的伙伴该多好，我想大家都是这样想的……"

"我要开始倒数了！"

"如果能够早点遇见您的话，说不定就能够在这之前阻止您。"

"10。"我开始了倒数。

"如果没有那些误会的话，现在您本应该过得很幸福。"

"9。"

"每个人都值得被爱，每个人都可以获得幸福。"

"8。你别说这些没有用的，我已经听够了，不要再说话了。"

"但是您还是可以听见,不是吗?十分抱歉,我知道您说到做到,我也放弃了自己的那份执着了。必须救下这些人,请您也放下那份执着和自尊吧。"

可恶,为什么我的感知能力突然又变得这么敏感?

"7。"

"女王将最后没说完的话告诉了我,可是我不想您走之前还留有遗憾。"

"6。不要再说了。"

"您还有一个孩子。"

"骗人!5。"

"这是真的,您能感觉出来,我没有撒谎的意图。"

"4。"

侦探没有欺骗我的意图,可是这一切可能就是他为了阻止我而装出来的,校长当时就做到了这一点。

必须告诉侦探不要做那个选择。他并不是真的打算杀人,都只是假象而已,我应该早点看出来的。

"3。"

刚才那个想法不是侦探的,也不是我的,究竟是谁的?难道女王来了?女王发现真相了?不对,是幻觉才对。不能再分心了,必须接受成败的事实,我需要知道侦探究竟会怎么选择。

"2。"

可恶啊,这种感觉是什么,我能感到女王已经到门口了,她的意图是什么？侦探现在的意图又是什么？这些意图怎么这么奇怪？是憎恨吗？不对。无奈？也不对。悔恨？更不对。欺骗？不可能。嫉妒？厌恶？反感？怎么不是自私？这种奇怪的感觉究竟是什么？为什么我不能感知出来？直觉呢？我曾经感到过这种温暖，上次是多年前和她在一起的时候，再上次就是那些家人的意图，或者说我以为他们拥有过这样的意图，都不纯粹啊，这次的为什么这么纯粹呢？这是爱意吗？我究竟在做什么？追求的是什么？我的意图是什么？

不行！有更重要的事情，必须继续下去，太晚了，对不起。

"1。"

枪声响起，那种温暖的感觉也随之消失……

4

祖父明显知道我有预知未来的能力，否则他也不会专门把这样的内容写给我看。书中的赌徒最终因为对于概念与绝对性的过度追求而死去，祖父是为了告诫我不要太看重自己的天赋吗？可是我只是可以设想出他人的未来而已，根本无法证明什么。如果能像赌徒那样判别出别人的意图的话确实是一件很悲伤的事情，整个世界的人类都会变成可被预测的实验，而赌徒一个人也会孤零零地飘荡于其中，那样的确很难找到自己的位置。

不过为什么要专门写这样一篇故事来警告我呢？从目录来分析剩下的三个故事也会是这样的安排，小故事的构架配上很多人生哲理。

赌徒因为自己的能力而对谎言格外敏感，可他为什么不去寻找自己的亲生父母？或者是他害怕自己找到后会更失望？

这是不是对学院体制的一种批判？是为了阐述祖父自己对于正义的理解而写出来的故事？我无法做出判断，不过这其中运用了许多现实中的元素。学院的确会以面试的形式对外招生，校长的特点也都抓得很准，毕竟祖父与学院曾经有过很多交集。

既然祖父知道了我的天赋，那接下来就更好办了，现在直接去找祖父就可以了。如果是因为我的能力而选择躲避我，祖父就是在真正意义上抛弃了我，如果还有什么其他原因，我还是会选择去了解真相。祖父的布局能力极为强大，这与我在学员中遇到的那些天才还有所不同，与其被书本中的布局所欺骗，我更愿意在现实中当面去和祖父对峙。

木屋外除去路边的一些火把以外并没有其他光源，这个由木屋组成的小村落早已被黑夜吞没，天空中的那些积云预示着来日的风雨。我独自沿着小路走向祖父所在的那座木屋，在黑暗之中只能看见木屋的大体轮廓，里面并没有任何火光，可是我有种预感祖父并不会这么早就睡去。爬上楼梯，来到木屋的门前，我再一次犹豫要不要去面对祖父。

我无法确定自己究竟想要问什么，我依旧处于一种心烦意乱的状态，我急需知道祖父为什么要编造出这么荒诞的一个故事来劝说我。更重要的一个问题应该是祖父具体对我的了解有多深，难道他老人家认为我能够识别出他人的意图？

不对，这其中另有蹊跷。祖父如果认为我能猜透意图的话就没有必要和我交谈了，他只需要像书中那样来试探我就好了，更没有必要去刻意回避我。有没有可能祖父也有某种能力？书中提到的那位拥有全知天赋的人会不会就是祖父？这个世界上是否还有拥有其他超常感知力的人？

黑洞洞的木屋似乎给了我答案，祖父大概是预见了我会来找他，木门的另一边没有人应答。我不会去强行打开面前的木门，更不会去强迫祖父来解答我的问题。我拥有的只是自己那不完善的天赋，以及祖父送给我的几篇故事。思索再三，我最终还是决定回到书中的世界，希望祖父在那里埋藏了一些答案。

最后令我感到困惑的是祖父具体知道多少，他似乎看出来了我无法对自己的未来进行预测。书中的赌徒也无法预知自己的意图。如何应对不确定性，这也许就是我真正想要问的问题吧。他人的未来对我来说就像电影一般，我能清楚地感知到他们最终的走向，虽然这些走向一直都在变化，不过最终我还是能够做出一个相对较为精准的预测。可是这一点偏偏在我身上并不适用，我无法知道自己的未来将会是什么样的，而正是这种未知感导致了我的迷茫。

假设听从祖父的教导来进行改变的话,我就不能像赌徒那样继续固执下去,虽然这种未知感时常会带来出乎意料的快乐,可最终关于自己的那一段未知还是会使我抓狂,就像赌徒在面对自己时不知道如何判断自己想要什么,我也缺少了一种关于自身未来的预测。

可是这种理性的分析并不能够为我排忧解难,我不知道的方面还很多,尽管有很多他人无法预测出的结果帮助我更好地了解这个世界,我还是会被这个终极问题所困扰——为什么要活着?这一切对于我的意义究竟是什么?我现在知道的还是太少了,祖父如果真的想要通过这些故事来向我阐述某些人生哲理的话,我还是先读完后再做出判断吧。

回到自己的木屋,重新平息心中的那些负面情绪,我迅速地回到了阅读之中。

孤独的宇航员

1

发射基地位于岛屿中心的群山之中，启航时间定于明日的清晨，所有的科研设施以及飞船备份的燃料都已经准备就绪，测试也于一周前结束。我清空了自己在地球上的办公室，换好保暖的内层宇航服，最后看了一眼自己工作了三年的办公室。接下来只需要等待发射就好了，没有什么需要担心的，一切都在计算之中。

无所事事的我在岛屿西侧的科技实验区域找到了一个瞭望塔，快步爬了上去。我在顶端朝着西方目送最后的日落，心中所在意的并不是夕阳的消失，令我欢喜的是那横跨天际线的晚霞。那种金属质感的粉色是如此令人着迷，粉色点燃了云朵又映射在天际边缘的海面上，在粉色边缘又是一圈淡淡的黄色，两者之间的融合将色谱中所有色调的橙与黄带入了现实……

将这一刻变为永恒的可能性：0%。

现在出发晚点的可能性：74%。

现在出发不晚点的可能性：24%。

观赏完后晚点的可能性：98%。

观赏完后不晚点的可能性：2%。

还是不能享受完这份美景再走吗？也不知道校长她是想要我去做些什么，临走前为什么需要专门去实验室以外的地方呢？

放弃发射计划的可能性：2%。

改变发射计划的可能性：2%。

发射照常发生的可能性：98%。

发射计划成功的可能性：98%。

一切都正常，我无法判断出校长召唤我的意图具体是什么……不管了，晚点的可能性正在上升，还是出发吧，我暗中向那片神奇的色彩道了别。

我朝着电车站的方向走去，那是一个极其老旧的电车站，与其配套的是几节同样古老的列车，也许这就是晚点的可能性会逐步增加的原因吧，每年都会有专门的工程师定期维修，但由于整个系统的设计存在漏洞，电车在行驶的过程中总有一定的瘫痪概率，也不知道是哪任岛主留下的规矩，老旧的设施为什么不能更换掉呢？

电车瘫痪的可能性：2%。

电车顺利到达的可能性：98%。

看来并不是因为电车的原因，那可能就是我考虑到从实验室到这里的路程和电车的班次？又或者是岛屿另一侧发生的什么状况？电车瘫痪我又是怎么判断的呢？大概是因为考虑到今天的天气吧，前一段时间和一名工程师聊到过这个电车系统，也许是根据这些信息推断的？

带着这些问题我走上了这辆历史悠久的电车，随便找了一个位于角落的座位，开启了内心中的旅行。

我的天赋比较独特，我的大脑可以自动将接收到的信息转换成数据，这些数据和它们所代表的因素都储存在我的脑海中，虽然我不能理解单一数据的意义，同样也并不记得所有的信息，但是在必要的时候我只需要集中精力就能得到一个精准的可能性。我的大脑中仿佛有一个自然的模拟器，这个模拟器会运用所有已知的因素和数据来模拟未来的结果，从而在脑海中得出一个相对可靠的数值。人类的记忆毕竟有限，我虽然在大部分时候不知道自己是依据什么知识得到的数值，但如果根据最有可能的那个数值来采取行动的话永远是可靠的。

不过这种天赋似乎也存在漏洞，通过无数次实验，我发现每次依照98%的可能性来采取行动永远是正确的，理论上来说，一百次的98%会有两次失败，可是98%却从来没有失败过，这个98%似乎就是100%。我同时也发现98%就是一个最大值了，例如我刚刚在观赏晚霞时得到的数值，我每多欣赏一阵，那个起始的数值就会向上增长一定量。最为诡异的是存在一个不符合逻辑的现象，即事件发生与不发生的可能性相加并不是100%，这种概率的递增会持续到96%，紧接着就会变成可靠的98%，成为100%稳定的未来。那种稳定未来当中为什么会缺失2%？我至今没有得出答案。

98%为什么代表100%的成功率我也并不清楚，这种奇怪的现象总是会伴随着我的天赋出现，但我就像一个原始人一样，始终无法理解那2%有何意义。由于我自身了解到的信息有限，对于长远的未来我没有精准的预测，所有的预测都受到我的记忆与知识总量的限制，对于没有任何信息的问题我根本算不出数值，因此我其实和常人没有什么过多的不同，只不过我的运算能力还有记忆力强大很多而已，这样看来，我的天赋更像是一种判断的能力。

在母亲去世之前我也去问过她，预知未来的天赋似乎是一种家族遗传，家族世世代代都有可以依靠某种天赋预知未来的成员，上一代是我的母亲和某位远房亲戚，而这一代是我。每个人的天赋似乎都不一样，所有人也都只能看到一部分的未来，我对自己的未来更是一无所知，电车和飞船有没有我的存在也会启动，我能知道它们的成功率和各种情况的可能性，但是我并不能知道自己的行为会产生什么效果，那只能通过日常生活中的经验来推导，像其他普通人一样。

我在太空中死亡的概率：未知。

我能够精准地知道空中的骰子在未来产生的点数，母亲却只能知道我在短期的未来会有掷骰子的行为，大家看到的都不同，因此我们也一直告诫后人不要过于自大，没有人真正带有全知的眼界，我们与普通人并没有过多的区别。家族成员之间避免过多的接触和相互的预言，应该把自己的天赋用于善事。以前就发生过很多悲剧，大家都以那些悲剧为鉴，时刻反思自己的行为有没有违背祖上立下的规矩。

论影响的话，家族曾经出现过很多因为没有控制好自己的能力而失去理智的案例，有些是因为被迫目睹人性最坏的一面，有些是因为预言而惹来了杀身之祸，还有一些则是被庞大的信息量给压垮……

我并不认为自己会因为这份天赋而疯掉，至今为止我都把其视为一份礼物，它帮我以优异的成绩早早地从学院毕业，直接来到这座岛上展开自己对于时间和宇宙学的研究，时不时会有一些神经科学部门的专家团队来对我进行测试，缺点是在繁忙的工作中，我真正与他人接触的时间很少。

我失去理智的可能性：未知。

但是真正影响到我生活的事情还从未发生过，我与学院和岛上的学者们接触的时候并没有感到任何不自然，除了有时候他们会把我看作一台超级计算机以外。他们大多数人都比我要聪明得多，可以说我是因为自己独特的天赋才在他们一行人中找到属于自己的位置的。

他们真心在乎我的可能性：未知。

我真心在乎他们的可能性：未知。

电车的速度慢了下来，我望向窗外的那一片海滩，在夜幕的掩盖下，原本浅蓝的海浪以及那淡黄色的沙滩都转变为了一种深蓝色。沙滩旁的那些建筑物在这种颜色的搭配下看起来出奇地顺眼，远处是那座俯视万物的尖塔，近旁是每年举行各类庆典的宴会厅。

对了！校长说的是在宴会厅碰面，我起初以为是有紧急的会议，根本没有往这方面想，难道是要办什么宴会吗？

紧急会议的可能性：2%。

宴会的可能性：98%。

看来我穿错衣服了。

从宴会厅传来的交响乐曲覆盖了半个岛屿，走过迷宫般的长廊与楼梯，我最终抵达了今晚的目的地。踏过镶有金边的鲜红地毯，我提起笑肌走过这一群天才与各大家族的代表，来到了我的伙伴们面前。

"宇航员你好啊！真的是好久不见，外太空好玩吗？"说话的是我在学院认识的第一个朋友，年纪轻轻的阿龙已于去年被确定为了下一任校长，由于老校长的身体状况日益恶化，现在他已经开始接管学院的主要业务。

"代理校长先生您好啊。"我回答道。

"快不要这么说。"一旁的学妹悄声说道。

顺着她的目光望去,我发现了一些带有敌意的目光,似乎是一些不那么支持阿龙的家族派来的代表,他们对学院校长之职一直虎视眈眈,不过林氏家族仍然掌握着过半的股权,还有来自古老家族的支持作为坚固的后盾。林氏家族是学院的创办者,每一代都会出一个严格遵守家规、富有责任心的校长。然而老校长决定将学院校长之职传给年纪轻轻的阿龙,一些家族不免会产生怀疑。阿龙还需要极度优秀的成绩才能说服所有人。

"学妹你好!这次是我不对。"我一边说着一边点了点头,学妹也礼节性地帮我拿了一杯香槟。

"你还真是心急啊,这么快就换上了宇航服。"学妹的男朋友也发话了。这位同样年轻有为的工程师作为我们研究小组的第四人给予了我很多的帮助,他和学妹二人已经于上个月订婚,两个人出现在一起的每一个镜头都像一张美好的结婚照,满满的幸福感让见到他们的每一个人都替他们感到高兴,只可惜我将错过他们的婚礼,回来的时候他们应该都有孩子了吧,时间真是可怕啊。

"我没想到会有宴会。"

"这可是专门为你准备的啊。"阿龙说道。

"那我还真是备感荣幸,话说时间的流速有改变吗?"

"初步估算的还是1∶7左右，你感知到的时间流速会是我们的七分之一，物理系给出的建议是在前半段的旅行当中多多锻炼以适应流速的不稳定性，不过我个人感觉不会有过多的改变，流速应该会稳定在1∶7上下。"工程师抿了口香槟继续说道，"当然，运动还是要坚持的，回来后一定再找你切磋柔道啊，虽然到时候我估计都年过半百了，学长可不要放水。"

"1∶7吗？真是恐怖啊。五年的航行计划转换过来就是地球上的三十五年，我到时候也都至少五十多岁了。"学妹感叹道。

返回后二人已经是父母的可能性：未知。

"到时候你们肯定都做父母了，名字想好了吗？我可是计算出了可能性呢。"我调侃道。

"学长你在说些什么啊？"学妹瞪着我说道。

"请问具体的数值是多少？还望我们的宇航员指点迷津，名字早就想好了……"工程师憨笑着问道。

片刻后他脸上的笑容被一种狰狞的表情所代替，学妹已经从关节处制服住了他的左手，那种痛苦导致他的话也只说了一半。

"你闭嘴。"

"好了，注意下形象啊。"阿龙劝阻道。他的高鼻梁在灯光下显得十分显眼。

"对啊，公共场合。"我苦笑着说道。

学妹在我们的劝说下放开了工程师，后者将香槟放在了桌上并且开始活动手腕。

"女孩的话叫阿远,男孩的话叫阿久,还请宇航员先生做孩子的教父啊。"学妹恢复了笑容后说道。

"你这还不是说出来了?"工程师摇着头抱怨道。

"我想自己说出来。"

"救救我……不过话说回来,一个宇航员教父听起来还真不错呢,远在人类认知边缘的无尽空间中遨游,这个主意还是很亮眼的,以后在学院都可以随意显摆。"

我与阿龙决定不参与他们的对话,这种情景实在太常见了。

"我需要抢在所有人之前向你致敬。"

阿龙双手握杯,他的表情十分真诚。

"饮酒后驾驶世界上最先进的宇宙飞船不太好吧。"

"所以才有自动驾驶的功能啊,如果遇到了外星人交警记得通知我们,在它不同意自拍的情况下千万不要接受酒驾和超速的罚单。"

"一定。"

我举杯接受了他的致敬。

饮酒驾驶的成功率:未知。

"你最好做好准备。"阿龙说道。

"什么准备?"

"宇航员先生您好!"

"恭喜您即将踏上征程!"

"能否帮我带一些标本回来?"

"您将是后人所歌颂的探险家。"

"成功的可能性是多少？"

"恭喜您！"

"代表人类去探险是件伟大的事情。"

"有什么预期吗？"

"我听说选择你的是很久以前一位校长的遗嘱，但这怎么可能呢？你是自己争取到的这次机会。"

"回想起以前一起做研究的时候，时间真是快呢。"

"能否最后采访一下您的感想？"

"我代表学院的物理系向您致敬。"

在一小时内问完问题的可能性：2%。

在两小时内问完问题的可能性：2%。

在三小时内问完问题的可能性：98%。

我的天赋并没有出错，接踵而至的记者、各大家族的掌权人、学院各部门的领导与同学们、商界和学术界的代表、各国的发言人……我与在场的每个人都交谈了一次，他们的身份也化为数据和信息，收录于我的脑海，可是我还是没有真正认识他们。

宴会的流程和往日一样，唯一的区别在于校长全程缺席，我问阿龙是否知道校长去了哪里，他只是摇了摇头并告诉我要耐心地等待。可能性在不断上升，按照数据来分析的话，校长应该会出现的。

老校长出现的可能性：78%。

在宴会接近尾声的时候校长终于出现在了演讲台上，几天没见，她的脸上又增添了一些苍老的气息，这可能是我见她的最后一面了，我很反感这样看待这位导师，可是这种可怕想法却又挥之不去。

"各位晚上好，我不想浪费太多的时间，我们的宇航员也需要早一点休息。我看他的表情应该是喝醉了，大家的祝福非常热情啊，明天如果不宿醉就已经是万幸了。"

老校长在机器人的协助下来到了讲台的中间，她的表情十分平和，双眼中仍是满满的智慧。

"为什么坚持对于宇宙的探索呢？第一个原因当然是我们已经从陈旧的世界中走了出来，人类达到了一个新的顶点，无论是地球上的种种难题还是宇宙航行中的科学障碍，我们都已经基本解决了。学院外的各国也做出了很大的努力，地外殖民的第一批宇宙飞船也已经返航。我们并不是为了扩张地球的影响力或是抢占什么稀有资源，我们是因为人性才选择去探索，我们的宇航员先生同样也具有这份探索精神。"校长望着我的方向说道。

在所有人的目光中，我起身朝着校长深深地鞠了一躬，心中默默地感谢着她为了学院和全人类所做出的贡献。

"当然，我们必须承认自身并不是完美的。从生物学的角度来看，人类还是太脆弱了，我们的寿命远远无法与永恒的宇宙进行对比，我们身体的机能也并不适合在太空中遨游。因此，宇航员的勇气实在值得称赞，受限于安全问题，我们只能将一个人送上这次的探索之旅，我们的宇航员需要只身一人完成所有的数据收集，去面对那些未知的困难。我们搭建的时空隧道虽然不能修改以前的错误，但宇航员在返程后就会身处于未来，宇航员在这次穿越时空的旅程中会帮助我们完成对时间的定义。初步发射的探测器的时间流速都是1∶7左右，本次五年的航行转变过来就是地球三十五年的时间，到时候在座的各位都会老去，但这也意味着我们的下一代也将准备好他们丰满的羽翼，和我们的宇航员一同在太空中遨游，在群星中找到属于他们的新家园。宇航员这次所收集的数据至关重要，这个可见的未来需要我们进一步丰富对于时间和太空旅行的知识，因此我在此代表学院献上最为诚挚的祝福。当然，我们在等待宇航员的过程中也要完成我们自己的任务，这个计划需要世上最聪明的一群人共同执行，为此我希望学院和岛上的各位能够齐心协力，让我们在未来相遇！"

校长的一番话激起了整座岛屿的欢呼声，同样振奋人心的演讲在往日里也回荡于这座宴会厅之中，在未来也会有世世代代的校长、学者、科学家与领导者在此发言，可以说这座演讲厅见证了新时代人类的发展历程。与此同时，在这一片金碧辉煌之下也存在着厄运和风险，所有的发言人都是克服了重重困难才来到讲台上的，无论是生命力的枯竭还是实验的失败，阿龙未来也需要攻克这些难题才可以站在台上发言。想到权力的纷争以及未来的各种不确定性，我默默地为阿龙献上了自己的祝福，我还是相信阿龙的。

阿龙在未来克服困难的可能性：86%。

宴会接近尾声，校长在临走前又来到了我们四人面前，我们四人也随即从各自的椅上起身，起初我以为她会过来送上祝福的话语，举杯向我表达致敬，这是所有人的做法，可是她并没有选择这样做。

"散会之后你们四个方便去一趟办公室吗？"校长问道。

"谁的办公室？"阿龙问道。

"岛主的办公室。"

"是有什么事情吗？"阿龙又问道。

"有一些关于未来的安排需要和你们四人讨论一下。"

"那我们现在就和您一起过去吧。"我表态道。

老校长看了看我们四个人，我判断不出来她为什么会这么紧张。

"等五分钟吧，我先去找一下岛主。"

"好的。"

校长因为害怕阿龙失去权力而紧张的可能性：52%。

我的天赋在这种判断上并没有多大用处，只会放大那些现有的证据而无视可能存在的未知证据，有可能是因为我只听到了来自阿龙的分析才会这样想，这也正是令我最为沮丧的一点，我必须了解到大部分或者全部的信息才能准确地做出判断。和物理中稳定的公式不同，代表人类行为的公式似乎有过多的因素，我只能尽量去一个个排除，但最终的数值也不是完全准确的。

　　校长并没有做出过多的解释就迈步走向了大门外，我们四人保持着站立的姿态，不知所措地望着她远去的背影。

　　"阿龙你知道这是怎么一回事吗？"学妹发问道。

　　"我也不清楚，但是我猜测应该是和学院有关，如果是和发射有关的话应该只需要叫宇航员就好了。"

　　"还是到了这个地步吗？"工程师说道。

　　"有这么严重吗？学院的保险设施呢？"我问道。

　　"理论上来说学院的委员会还有岛主这边的关键一票，可是最近那些蠢蠢欲动的家族一直都追着岛主要求他表态。"阿龙解释道。

　　"可是岛主应该和校长站在一边才对啊，历年来学院和岛上的科技公司一直是处于合作关系，竞争并不是大家想要看到的。"学妹追问道。

　　"我们出发吧，到了之后就知道了，岛主一直忙于工作，上次见到他还是一年前在岛上举行的学术论坛，那些反对校长的家族一向主张改变学院的很多传统，我觉得岛主他不会放任不管的。"阿龙说完后就带领着我们走向了大门外。

　　深蓝色的沙滩与靴子摩擦所产生的那种声音非常好听，我非常想脱下靴子来用脚体验细沙的柔软，可是如果这样做的话又需要重新把沉重的靴子换上，那可是一个极其费力的事。"

外太空中踏上陆地的可能性：2%。

这次的任务并没有停靠单个空间的可能性，登陆其他星球的可能性也几乎为零，下次能够脚踏实地来感受到大海的宁静需要整整五年啊，还有这种被海风吹的感觉，这真是个美丽的星球。也不知道以前的人为什么会破坏环境，那样利用大自然的确给短期的经济发展带来了便利，可是接下来的几代人都生活在没有蓝天的生活中，小时候看到的纪录片里总是有各类令人反胃的画面，墨绿色的海水和纯灰色的天空，想着都让人难受，这可是赋予一切生命的大自然啊。

"这些都是历代的校长和岛主们？"学妹指着台阶两侧的雕像问道。

"是这样的，最开始的时候，学院的保密性很强，以前只有在学院的图书馆里才能找到这些伟人的雕像。上一任校长为了获取所有伟人的肖像可是走遍了世界的各个大陆。"工程师解释道。

"岛主的画像倒是非常容易找到。"一个苍老的声音从楼梯的尽头传来，岛主站在办公区域的门口迎接我们的到来，在我们鞠躬问好时礼貌地露出了一个祥和的微笑。

"这些都是各个时代的先驱，他们都为了真理与人类做出了各自的贡献，如果没有他们的贡献，我们肯定早就被人类自身的缺点打败了。"岛主背后的校长继续说道，"你们面前的雕像就是第一任岛主,传说他对神经科学和医学的研究超越了我们现有的技术。初代的脑内芯片就是这位岛主亲手开发研制的,据说他还研究出了复制大脑和记忆的内容的确切方法,这些都是跨时代的研究啊,可惜他的大部分研究因某些原因没能保存下来。"

"您说的这些我们从小就当作历史来学习。"阿龙说道。

"但是你们真正了解那种精神吗?学院所秉持的精神可不是某本历史书能够写得出来的,我们作为继承者必须传承这样的精神,这一点是我真正想要最后托付给你们的,阿龙你尤其需要注意。"

"董事会出了什么事情吗?"阿龙问道。

"目前还没有,你们之前应该也猜到了,的确有人想要改变学院运行的系统,我和岛主联合领头的几个大家族把那些人的提议打回去了,接下来的几年应该也不会出什么事情。"

"但是未来怎么办呢?在我回来的时候学院和岛上的人都会换走一批才对,校长您的接班人已经定好了是阿龙,可是岛主并没有表态要选择谁为下一任岛主,问题就出在这里,不是吗?"我分析道。

"的确,根据传统,每一任岛主都需要从各个家族外的学者中选出,我想到的第一个人就是我们的工程师先生,但是竞争压力会很大,因为那些改革派的人也推举了许多聪明的学者。"岛主说道。

"被您这么一说我还真是受宠若惊呢，不过那些改革派的人又是怎么推举他人的呢？不是不可以推举家族成员吗？"工程师问道。

"就是因为说服力不够啊，往年都是有一位远超同辈的天才担当岛主的职位，大家对这一届的天才都褒贬不一，你的确很有竞争力，可是你的主要成果是这艘尚未起航的新型宇宙飞船。如果宇航员带着数据成功返航的话，下任岛主的职位就非你莫属了，不过我并不觉得自己还能活三十五年，校长一定也是这么想的。"岛主回答道。

"他们这样做的动机是什么呢？"

"权力的争斗在以前根本不是各个家族在意的事情，这也是学院和岛上的政权体系能够存在至今的原因。"校长解释道，"可是地外殖民的方案改变了这一点，地球的磁场变化近期不是很稳定，学院高层一直在商讨迁徙的计划，虽说我们不能百分之百确定这些计划是否会被执行，磁场的变化最终会不会导致毁灭性的灾害也是个未知数，可是既然有这个可能性我们也就准备了数个备用计划。"

"如果我们未来执行这些计划就会改变整个世界的格局，学院和岛屿手持财富和科技的顶级政权，而这就意味着这里有巨大的利益可图。"我接着分析了下去。

"具体是什么利益呢？"学妹问道。

"地外殖民计划的执行代表着人类将会进一步提升自身在

宇宙中的活动范围，不同星球的殖民都是可能的，考虑到并不是所有星球都是可被殖民的，未来很有可能会出现几个相离甚远的殖民地，而这些殖民地是否还受学院乃至是地球的管辖就不太好说了，我认为他们的动机其实就是脱离学院的系统去统领未来的某个殖民地，这也是可以被理解的，新的星球意味着各类乌托邦以及理想国的可能啊。"阿龙总结道。

"这样的想象极其大胆，现在的改革派并不会活到那么久，他们这么做一定是为了后代着想，这还真是恐怖啊，我们解决了人类社会的许多问题，最终还是有可能会败在内部管理上，地球的环境问题被解决了，可是磁场的不稳定性却证明了我们还是改变得太晚了，如果能够早一些作出努力就好了。"工程师说道。

"这也是没有办法的事情，创办学院的初衷并不是为了什么权力争斗，各类外交的豁免权以及内部的权力自由为大家进行学术的研究带来了便利，可是同样也让那些图谋不轨的人有机可乘。"阿龙说道。

"这次召集你们四个人来就是为了告知你们现在的局势，同时也请你们各自做好准备，我们二人会尽量保证在宇航员满载而归之前不正式移交权力，但是这个微妙的平衡十分脆弱，你们也需要做出努力才行。"岛主说道。

"明白了。"阿龙说出了我们四人的心声。

"宇航员先生请你单独过来一下，我还有一件事情要托付于你。"校长挥着手说道。

我默默地跟在校长的身后，与她一同来到尖塔顶层的瞭望台上。阵阵海风经过瞭望台抵达内陆的群山，我已经听不到身后四人在讨论什么了，校长是故意把我带到这里的，我有一种不祥的预感，难道还有什么事需要向身后的四人隐瞒吗？

"不要相信阿龙，我有理由怀疑他也藏有私心，虽然我不确定这具体是什么，但他也想改变学院的行事风格。"

校长正在开玩笑的可能性：2%。

我没有立刻理解校长说的意思，这个消息太令人惊讶了。不过即使阿龙藏有私心也应该不会和那些改革派合作才对，否则改革派只要不动声色地忍耐几年，等到阿龙真正掌权之后再现身就好了。

阿龙串通改革派的可能性：2%。

"您为什么这么说呢？"

"你的祖父曾经也有过预测未来的能力，与你家族其他的人不同的是他在预言中的取舍，他只会预知到相对坏一些的未来，而这些未来也仅仅是一种可能性而已，但是通过他的预言，我们成功打击了许多棘手的犯罪集团。"

"所以祖父最后的预言是阿龙会叛变？"

"比这个更糟糕，他预言了地球未来的毁灭。"

地球在未来毁灭的可能性：98%。

我在未来死亡的可能性：98%。

"这我也行啊,地球是一定会毁灭的,只不过具体的时间呢?"

"你说的对,时间才是关键,我起初以为他在开玩笑,即使是毁灭肯定也是很久以后的事情了,但结合现在的这些证据你再预测又会是怎样的一个数值呢?"

"我无法精准地预测,可即使真的是这样,为什么就能够断定阿龙在骗您呢?"

"这是我自己的预测,凭借的是我多年的阅历,我并没有一个准确的数值或是什么疯狂的预测能力,但是我就是知道。"

"那么您希望我怎么做呢?"

"我之所以没有将所有的权力交给他就是希望他能够改变,之后我也会多找他谈谈。阿龙跟你的关系要比跟我更亲近,再加上你平时对政治和学院的管理都漠不关心,他在你归来之后肯定会劝说你加入同一战线。我希望在那个时刻到来时你能够说服他吸取往日的教训,所有不考虑后果的改革都注定会失败,我并不觉得他已经准备好了。只可惜目前学院并没有其他家族的成员能够充当一个逆流而上的天才角色。这样下去那些改革派肯定会排除异己,我实在是为学院的未来感到担忧。"

我不知道如何作答,从来都没有预测到这件事情会发展成这样,阿龙为什么会追求权力呢?论天分他完全可以在任何一个领域打造出自己的王座,为什么一定要选择这样一个存于未来的虚构王座?我一直不是很能理解这些人的野心从何而来。

"你不必答应我，我相信你在那个时刻来临时会做出正确的选择。"

我阻止阿龙的可能性：未知。

"您又是怎么得出这个结论的呢？"

"我相信自己的判断力，有时候真正需要聆听的恰恰就是自己的心声，作为一个预言家更是如此，我指的并不是你脑海中的那个天赋所计算出的数值，我说的是你真正的心声，那是所有人都有的一种直觉。"

可是我现在听不到其他声音……我痛恨这种不确定性，没有一个真正的参考数值，我的能力毫无用处。我最不愿意看到的就是自己的导师和朋友们反目成仇，希望回来后不会有校长所预测的结果。

"您的直觉告诉您阿龙会背叛学院？"

"我的直觉告诉我这个事件会在回归之日结束，也就是说你的回归会使阿龙心回意转。"

"我明白了，您还有别的事情吗？"

"关于你的旅行，我希望你知道这次的探测器并没有接收到地面发射出的信息，也就是说你在旅途中很可能接收不到一些特定时间节点发出的信息，有一部分音频和信件会被一些不知名的因素隔绝。我们会把重要的信息连续发送三次左右，但是那个屏蔽信号的间隔时间还有待研究，最终你收到的信息可能只会有三分之一的量，通信方式还是主要以邮件为主。"

"我明白了，这不会带来太大的影响的，所有的航行计划都已经设定好了，即使地面要求我提前返航也是不可能的，这不会对航行带来什么重大影响。"

"这你可是判断失误了。你报名参加的任务条件可是实时通信，通信功能可是你与地球唯一的联系，如果你真的无法接收或者只能收到部分的信息，那会是件痛苦的事情，要知道你在航行中面临的真正挑战并不是来自什么食物与水资源的匮乏，储备的氧气十分充足，船舱的耐久度远超百年。你唯一的敌人就是你自己，孤独感可不是所有人都能够忍受的，即使是再聪明、再理性的人也需要他人的陪伴才行，为此我希望你能够做好充足的心理准备，这次旅途中不会有任何休息站，没有什么人能够真正接触到你，你是一个人去面对来自工作与航行的压力，那种枯燥无味的生活可是很恐怖的。"

"这一点您大可放心，我已经做足了心理准备，三十五年的航行对于我来说也只是五年而已，即使没有信息和视频的联系也不会有太大的问题。我每天面对的不过是数据的处理和分析，那种概率筛选的过程对于常人来说可能很枯燥，但是对于我来说却是很简单的事情，所有的数据和方程都被我掌控，我的成功率将是百分之百。"

"正是因为简单我才怕你耐不住那种孤独感。"

校长的神情变得十分奇特，我能够感受到一股很熟悉而亲切的情绪，就像在镜子里看到自己的神态一般。这样的感觉转瞬即逝,也许是因为校长以前接受过某种类似的训练,所以才能预测出我在未来的反应?

"飞船上不是还有各种模拟器吗?还有厨房和时间冰箱储存的新鲜食材,做饭可是件涉及创造力的趣事呢。"

"也许吧,但食物也不是取之不尽的。"

"您放心吧,您只需要料理好学院的事情就好了,不必担心我。"

"那好吧,不过我还是需要提醒你注意一下,那种孤独感你从未经历过,这里任何一个人都没有经历过。我一直对你非常有信心,因为你算是最幸运的那种人了,拥有家族天赋的同时还免疫于负面的影响,可是这种幸运也使你至今为止都一帆风顺,我有点担心你在那种冰冷又遥远的地方能不能够生存下去。"

我笑着点了点头,不再说话。校长似乎也猜出了我心中的想法,她留给我了更多的时间与其他人道别,我的确会想念那些友人的,最后一次见校长和岛主我感到很伤心,这一切都是不可避免的。通向未来的航行等待着我,五年的时间意味着五年的研究,我又怎会感到孤独呢?

2

模拟格斗的最后一关开启了,面前的对手体形和我的体形相同,按照以前的规律,我在他左手打出刺拳的时候稍微后退，随后侧身躲避他的右直拳，一手抓住他的手腕，一手瞄准衣领，转身调整右脚，稳定重心并且借助他的力量和动能将其重重地摔在地板上，他的身体在落地的同时化为缕缕黑烟。与此同时，我的身后出现同样的一位对手，他的攻击规律并不会改变，永远都是最简单的左手连发刺拳加上右手的直拳，唯一的难点就在于我需要掐准时机避开或者格挡他的攻击，因为他的攻击全部被视为一击必杀。而我获胜的条件则是运用投技与绞技将其制服，或者进行三次有效的打击。

　　鉴于他的攻击完全相同，我只需要复制前面的动作就可以轻松取胜，可是我担心的是制服这个敌人后出现的对手。其他关的敌人都有丰富的进攻模式和组合，但唯独这一个进攻方式简单的关卡我已经不记得打过多少遍，每次都会死在最后那个敌人手中，因此这次我决定对自己的策略做出一些改变。

　　我同样是后退避开刺拳，用左手手臂将他挥出的右直拳格挡住，随即迅速地将双手重新架在身前，由于他暂时不会做出更多的攻击，我只需要连续有效地打击他三次即可。右手肘击、左手斜上勾拳、右侧转身的反手一击，这一套动作一气呵成，对手应声倒下。我转身看到了最后的那个对手，他拥有一把霰弹枪……

　　之前的几次我都因为使用投技或绞技而耽误了大量的时间，这次的快攻给了我更多时间，可是这个对手几乎是在前一个敌人消失的那一瞬间出现的，和平时一样，他还是出现在我的身后，这太不公平了。

通关的可能性：2%。

没有任何反击的时间，他在我五步开外，柔术根本没有机会近身，拳击也没有达到有效的攻击范围，即使在现实生活中也是不可能避开的，我也不能像那种老式的电子游戏一样跃起跳向空中避开子弹，可能性明显是百分之零。随着枪响，我直接被判出局。

我平躺在空荡荡的模拟室中，不自觉地望向左右两排的观众席。心中闷着一种说不出口的绝望，我很想大喊一声，不过在这浩荡的宇宙中又有谁能够听到我的呼喊呢？我是一个独自航行于星海之中的旅行者，只身一人，没有任何生命做伴，我感到的并不是无趣，我感到的是孤独———一种真正意义上的孤独。

随着呼吸慢下来，我听到了来自驾驶舱的音乐，提琴演奏的声波无法在真空环境下传出，我也不能继续这样坚持下去了。我所抱的希望连同我的生命力一起，随着乐章结尾处最后的音符戛然而止。

我在原地躺了不知道多久，现在应该是东半球的白天，只有神知道具体是几点。和工程师先生预想的一样，时间的流速没有过多的变动，截止到这个月，我在旅途中的每一分钟都相当于地球上的七分钟，起初我对这一点还感到兴奋不已，毕竟我只需要工作一天就相当于完成了地球上整整一周的工作量。现在看来真是可笑，我远远高估了自己，在其余的六天中我找不到多少事情做。可是这样想并没有什么用，今天是我的工作日，完成了每天的锻炼就需要工作了。

昨晚的梦境非常真实，那时的我还期待着旅行会有多么刺激，这真是可笑啊。我怀揣着种种不满换下柔道服，洗完澡后便走向餐饮区域就餐。

冷冰冰的金属机器人带给了我一份预热好的早餐，新鲜的食材在第一年就耗尽了，虽然有极个别的食材还保留在可控时间的冰箱中，我还是打算将其留给最后的一年，我想在旅程的最后一程再享用那些美食，这样做还能留下一些念想，带给我一些活下去的动力。至于现在，我只能依靠冷冻食物维生了。距离上次吃新鲜的食物已经过去了近三年，真的好久没有亲自下厨做饭了，我不自觉地望向位于角落的大型冰箱。

端着手中的速溶咖啡，我来到了信息收发站所在的驾驶舱，现在距离出发日期已经过去了三年十个月又十六天。宇宙飞船承载着人类的希望，以极快的速度穿梭于宇宙的时空缝隙之中，算上时间的稳定流速，地球上应该已经过去了接近二十七年了，我也感觉自己经历了二十七年的漫长等待。

校长当年的警告一点也不错，在这个封闭的空间内我近乎抓狂。为了了解我想要的群星，我用尽可能多的时间去学习宇宙与时间流，可是这一切的意义正在一点点地离我而去，知识的宇宙根本没有尽头，真理离我如此遥远，地球离我也同样遥不可及，就算我死了又怎样？任务失败又怎样？我开始忘记这些问题的答案了。

　　邮件的往来在第一年没有出过差错，所有的消息我都按时收到了，可是接下来的通信却变得十分不稳定，有时候我会接连收到三封相同的邮件，有时候一封也收不到，近期在每周固定的通信时间中也没有收到过什么新的邮件。大概在第二年过了一半左右，我与外界中断了联系，直到第三年开启返航时我又神奇般地收到了几封来自过去的邮件，那时我才意识到问题根本没有出在信号的稳定性上面，我确实可以收到来自地球的邮件，不过由于时间流速的改变，其中一些邮件只有在我返航的时候才会送达，而我向地球发出的邮件之所以没有任何音讯也是同样的原因。我与地球上的人们在时空中错过了彼此，按照这个理论来计算，有很多邮件直到我回到地球的前一个小时才会正式出现在通信这端的信号收发站中。

　　与前几周不同，我这次的等待有了结果，有一封邮件传输到了收发站的资料库中，资料库自动打印了出来并且又由机器人送到了收发站的铁箱中。屏幕上显示信号良好，如果没有计算错的话，这封邮件应该是来自一年前，也就是起航二十年后的地球。

好消息的可能性：36%。

坏消息的可能性：62%。

　　为什么我的大脑会认为坏消息的可能性更大呢？那2%又去哪里了？这些问题还是没有答案，我默默地放下咖啡，开始了

阅读。

致宇航员：

　　前略，自从上次收到你的来信已经过了太久，学院的物理部门还在讨论你是否还活着，由于时间流速的扰乱，很多因素都已经超越了我们的常识，也超出了我们起初的判断。我们实时监测到的飞船信号以及你的生命信号都有着数年的延迟，运用量子纠缠打造的记录仪也出现了奇怪的错误信号，我甚至不知道你是否能够收到这封邮件，有可能你已经牺牲，而我们还没有观测到……

　　不过我还是对你抱以极大的信心，要知道你可是我们最厉害的宇航员先生啊，我们四个同伴将一直祝福着你，期盼着你的回归。为什么说是四个人呢？不知你是否收到了以往的邮件，但是我还是决定再次将这则消息写给你，学妹和工程师的孩子进了学院，是一个男孩，名字果然是阿久，他学的是哲学和政治科学专业。也许是因为他属于能够传承学院精神的那一派吧，我总是能够在他身上看到老校长的样子，尤其是在学院的图书馆里，他一表人才，未来肯定会在学院大显身手的。

　　老校长于上个月去世了，葬礼由岛主亲自主持，墓地就在岛屿南部的那个悬崖旁边，这是非常高的荣誉了。她走得很安详，没有过多的痛苦，她与病魔抗争多年，能看出来她实在是太累了，最后那周她似乎也感受到了死神的降临，还把我叫了过去最后谈了几次，我自己也有很多事情想要找你聊一聊，只可惜一直收不到你的回信。

我现在正式成为了学院的新任校长，目前一切都很稳定，当年所担心的改革派已经不复存在，现在岛主选择了工程师作为下一任岛主，我们也许是最不起眼的一代，但是你的归来将意味着我们的努力都没有白费。星际旅行的安全保障必须依靠你收集的数据才行，我们都想早些见到你的回归。这些年来，学院新添了很多厉害的家伙，我感觉到自己已经老了，或者说我的确老了。新的技术将很多以前令我们感到烦恼的难题解决了，你回来一定会感到非常惊讶，不过这些都可以等我们以后再谈。

也不知道你这个家伙活得怎么样，外太空会不会很无聊啊，我在格斗模拟器里的最后关卡专门准备了一道难题，你大概也已经打到那一关了吧……

老实和你说，我并没有想到三十五年会这么长，真的是太长了啊！这连三分之二都没有过完。通过你，我第一次体会到时间的长度。我们以前经常开玩笑说时间不过是相对的，但是这二十年真正教会了我时间相对性的概念,并不是说你的时间流速把一切都简化了,恰恰相反,这种相对性把一切都复杂化了,但是无论你身处于宇宙的哪个角落,我们都一直牵挂着你,作为朋友我们会一直等待着你,这也是那对父母的想法。

祝福!

阿龙

距出发时间已过去二十一年八个月又两天

我做好心理准备了,我很早前就做好心理准备了,从出发的那一刻开始我就知道自己再也见不到那几位恩师了。可是为什么我还是会感到这种负面的情绪?这个消息把我灵魂的深处仅存的一丝信念挤了出去,我急促地喘着气,企图找回信念,然而太空中的氧气如此稀薄,我无法找回我的信念。

我就这样躺在驾驶舱的地上,就像之前在模拟室中一样,脸贴着地板,双眼盯着前方的空间。选择这次航行真是一个错误的决定,我在这里根本无法帮助到远在地球的友人们,无法及时地赶到学妹和工程师的婚礼现场,无法在老校长的葬礼上献上自己的敬意,我错过了他们一生中的重要时刻,对于这一点我实在是无能为力。我能够做的只是继续收集数据,从数万组数据中找到可能性偏高的数值,之后再通过排列组合与脑海中的98%来找到正确的那一组,最后记录在庞大的资料库中,这是一个最为保险的数据收集方法。时间流中的偏差会危及未来的星际旅行,为克服这种偏差以确保稳定性就需要这些数据,这是一个很伟大的工作,我的研究在未来将造福上亿的人类,可是如今我却找不到继续做下去的理由。

改革派已经不再是主要的问题,阿龙是否改变了主意呢?校长临终前给出的劝告是否起到了作用?我急需和阿龙面对面谈一谈,我急需和一个人类面对面说话,哪怕无法交流也行,我需要的是一个人类的拥抱,这是那些机器人无法给予我的。我终于理解了家族中那些死去的前辈,他们一定也曾带着这种绝望面对这个世界,他们是否终其一生无法被世人理解?如果我的工作能够有趣一些或许还能给我带来一些生气,问题就在于这个监狱般的空间中没有任何惊喜,除了痛苦之外,我感受不到其他情绪。

这一切的原因是什么呢?所有的意义又是什么呢?为什么这样痛苦地活着?这些问题还真是没有答案,我脑海中的数值永远都处于未知,我无法判断出未来,家族的传承又有什么意义呢?如果没有记错的话,以前就和他们讨论过这个问题了,这是一个解释宇宙的终极问题。但是我始终无法找到终极的答案,或者说终极的问题本身就没有答案……

"所以你想要说的是所有这一切都只是模拟出来的?"学妹问道。

"并不是我想说,而是种种迹象表明我们的世界有可能只是一个模拟器啊,要不然为什么我们找了这么久了都没有找到地外生命呢？"工程师解释道。

"其实问一问我们未来的宇航员不是更好？"阿龙提议道。

"我也不知道啊，这件事的可能性你大概需要将宇宙中的总信息量全部传输给我。理论上来说我可以给你一个答案，可是我的大脑可能会因为信息量太大而崩溃，数值在出现的一瞬间就会消失不见。"我说道。

"你是说我也是模拟出来的？"学妹又一次反驳工程师。

"并不是这个意思，完美模拟人类的技术我们还无法做到，这其中的困难实在太多了，光是复制出大脑就已经很困难了，何况还要以现有的人为蓝图复制一个人的意识，并且创造一个世界上从未出现过的新意识体。我只是在阐述一个可能的宇宙观而已，要知道宇宙本身可能根本没有什么意义，我们的存在也许只是某些更高层次的存在所策划的一场模拟实验而已，就像我们现在模拟出的一些游戏一样。"工程师继续说道，"这样的话，我们所知的物理公式也就都是形成世界的最基础代码，再就是最小单位量的时间、信息与空间，这些我们都已经找到了，可以说我们已经找到了我们世界的基础单位了。"

"不太准确吧，组成空间、信息和时间的基础单位都仅仅是理论中的单位，我们无法像造物主一样控制那些单位来创造出空间和时间啊。"我说道。

"这就是模拟的意义啊，什么时候模拟出来的生物可以自行改变规则，自行创造？我们是受限的那一方，真正在外面观测我们的那些存在才掌控着创造的能力。"工程师反驳道。

"你说我们的宇宙和那些模拟器很像,但是这并不代表我们就是被模拟的啊。"阿龙说道。

"你是什么意思?"

"模拟器的最终目的是模拟现实,所以是先有现实,再有模拟出的现实,之所以两者很像是因为用我们所处的现实中的规律和最小单位来进行模拟是最有效的,最像现实的。所以并不是我们的世界像是模拟器,应该说模拟器本身就是世界的一种产物,因此这没有什么奇怪的。现实在理论的层面是有基础单位的。信息、空间与时间的一些基本单位非常合理,因为如果不合理的话这个世界就不会存在,或者不会以同样的方式存在,因此并不是因为世界合理才像模拟器,世界就是合理的,为什么一定有什么神或者高等级的存在创造合理性呢?这样的讨论其实没有太多的用处,所有的证据都可以被模拟出来,所以无法完美地证明我们不在一个模拟器中。除非我们其中一个是管理模拟器的人,不然的话完美地证明我们在一个模拟器中也不现实。"阿龙说道。

"说的很有道理,但是时间并不是我们想象的那样,时间也有很多不同的理论。"

"你指的是哪些理论呢?"

"一个就是关于最小时间,就像人们看电影一样,一定帧数下会产生连续的动作,虽然是一种幻觉,但是我们还是会认为时间是流动的，其实时间也可能是一帧一帧翻动的。"我解释道，"还有就是关于时间不存在的理论。"

"时间不存在？"阿龙问道。

"对啊，其实一切都只是人类大脑正好能够接收到的改变罢了，如果我们无法识别出因果关系的话就不会有时间的概念，宏观地来看，或许根本没有时间这个东西，因为人类实在是太复杂了，大脑的构造偏偏能够让我们认清各种改变。"

"如果时间的概念也是人类创造的话，宇宙又是什么呢？"

"我们所认定为时间的，不过是改变过程的不同阶段而已，将过程抛开的话其实只是宇宙的不同状态，或者说是能量的不同状态，我们只不过碰巧将不同的状态联系起来，创造出了或者说感知到了一种因果的关系，随后才认识到有时间的流逝而已。"

"这还真是有趣啊，有没有什么证据呢？"

"没有啊，如果有的话那就是存于我们定义的时空外的证据，但是那样的东西我们又无法观测，身处于系统本身的一分子是无法理解系统本身的，人类自身就被限制了。也许有一个创世者将我们所定义的很多概念都创造了出来，但是同时这位创始者也把自身经历的大部分概念和感知能力都隐藏了起来，这和那个关于感官的问题相似。也许在造物主的世界和概念中有着许多的感官，但是我们注定只能有这几种了解世界的方法，对于时空的感知能力也因此被限制了。"

"也许这就是我们至今都没有发现地外生物的原因吧。说不定有地外生物,只不过它们体验时间的速度甚至是流向都与人类不一样,那样的话我们是绝对无法相遇的。宇航员先生是一个例外,但即便是他也并没有突破感官的限制,只不过是预测力异于常人,而且他并不能预测自己的未来。"学妹说道。

"你是对的,有这个可能,只不过我们上述所讨论的不过是一些理论而已,并没有证据,至少在这个年代是没有的。假设造物主存在,我们生活在模拟宇宙当中,那么我们很难真正接触到世界外的真理,又或者说造物主是不是修改过人类的认知能力,使得我们只能分析因果以及现有的感官?如此一来我们是不是完全无法理解那个真实的世界?这些都是不可知的,至少以现在的科技水平是达不到的。"

"那就留给未来吧。"

"同意。"

这些都是回忆?

这种感觉真是太怪异了,难道我出现了幻觉?

荷尔蒙失调的可能性:2%。

身体因素导致幻觉的可能性:2%。

看着散落在面前的邮件,我努力从地板上爬了起来,绝望不能帮到我,心中的无奈和悲伤会慢慢消失,最后我还是会变得麻木和孤独,我能做的只有等待回归时日的缓慢到来。

我决定今天给自己放一天假,如果再继续进行数据分析的话我肯定会疯掉的，一想到那些数字我就感到头疼。这种孤独感一直在缓慢地侵蚀我的思想，有时候我会尽力保持清醒，有的时候我会故意不起床，无论我是否有意识，那种孤独感始终在我脑海深处，就像我心中的那个数值一样，这种孤独感永远不会消失。

自杀成功的可能性：8%。

整个飞行器是处于封闭状态的，我并不能强制改变航行的轨道或是舱内的任何设置，只要有任何影响我生存概率的事件发生，整个飞船的氧气设置等就会重新启动。绝食也是不太可能的事情，那些机器人虽然不会聊天，强制灌输食物和水的能力绝对比我强大，它们的体积的确占有优势，它们重量也足以让我感到束手无策，这些都是工程师亲自制造的机器人，管理权的编程代码我是绝对抢夺不过来的。

飞船上没有毒药，更没有上吊用的绳索，模拟室的兵器都是经过特殊处理的，根本无法伤到我。我必须找到一把武器才能成功自杀，任何非致命伤口都会被机器人察觉到并且瞬间开始强制治疗，厨房中的刀刃在检测出目标为人类时会自动变钝。这都是科技带来的烦恼啊，工程师在设计的阶段应该已经考虑到宇航员会有自杀的可能性了吧。

剩下的8%是哪里来的呢？我好像忘了飞船上的那些玻璃，可是那些都是五层以上的玻璃啊，最外面那层更是比强化钢板还要厚，如果真的有可以突破那一层玻璃的武器我也不用在这里精心策划自杀了……

　　终于，一道闪光引起了我的注意。光源是一个藏于金属铁板之下的物件，我伸手将其拾起，仔细研究起来。

　　这是一枚老式的戒指，一环铂金托举着上方的一颗钻石，没有比这更传统的钻戒了。但这枚钻戒为什么会出现在这里？

　　有人将其遗落在此的可能性：2%。

　　有人将其抛弃的可能性：98%。

　　戒指为什么会出现在这艘飞船之中呢？遗落的可能性被排除，为什么要抛弃这样的戒指呢？又或者是求婚失败了？可是那也没有必要将戒指扔掉啊。

　　无论是谁的戒指，那个人一定有故事可讲吧，说不定也是一个行走于世间的旅行者，在孤独中抛弃了这个象征幸福的物件，我真的很想见一见这个人。但是根据物品的年代来判断，那个人大概已经不在这个世界上了。我将戒指放在了口袋中，一时又觉得自己的这些想法很可笑，为什么我会对这些问题产生兴趣呢？

　　我最终并没有自杀，或者说我根本没有想出可行的方法。那些机器人并不知道我之前一直在计划些什么，飞船外的宇宙也根本不知道我想了些什么，如果宇宙真的是一个巨大的模拟器的话，外面的那些生灵是否观测到了我的行为和想法？专心一点，宇航员，你不能走神！

　　以一名科学家应有的逻辑面对这件事情，即使我们所讨论的这一切都是真的，假设所有的这些都没有意义，活下去没有意义、自杀没有意义、返航和继续探索都没有意义，假设我们所感知到的时间与空间都并不是全面的信息，假设我们看到的都只是一片假象，那还有什么是真的呢？

如果人类所感知到的都是假象，客观来讲，没有什么是真的，但危险应该还是存在的，孤独也应该是存在的，怀疑和真实的存在构造出了人类面对的假象。假设一个双目失明的人站在铁轨上，迎面驶来一辆电车，这位盲人感知不到电车的信息却又听得见电车逼近的声音，这时候的知识受感知能力的限制，这种知识注定只是片面的，并不能够被称作为客观并且绝对正确的知识，可是电车还是存在的，盲人所面临的危险也还是存在的。也许我们认不清万物的真实面目，但是它们的确存在，这种真实性并不是客观的，可是我们却集结于人类的旗帜之下，向着未知和客观前进，这是学院的使命，同样也是我的使命！

可是我又该如何面对内心的孤独感呢？它比一切都要真实，我几乎感受不到其他事物的真实性了，这种孤独感注定会杀死我。

依靠意念强行停止大脑思考的可能性：2%。

真是该死！为什么这些数字还是会自动出现在眼前……

不久后，那种孤独感渐渐退去，只有我留了下来。

3

一觉醒来，我感到阵阵头痛，困意和那种疼痛感折磨着我，看来之前是生病了。时间并没有因为我的头痛而过得更快，我也只是睡了短短的几个小时而已，机器人给出的诊断是过度的情绪波动。

我在床沿稍作休息后便重新返回了收发站，那封邮件还在地上静静地等待着我的归来，我弯腰拾起那封带来厄运的邮件，同时又顺手刷新了一下屏幕上的加载页面。令我惊讶的是系统中居然又出现了两封邮件，这就是两封崭新的邮件！

我慌忙打开新的两封邮件，顺手又端起一旁的咖啡喝了一口，带有一丝苦涩的咖啡，这冰冷的液体使我阵阵牙痛。这些邮件也不一定全是好消息，不过我还是感到了一阵兴奋，至少又能读到关于人类社会的消息了。这大概是我后半程旅行唯一的心灵寄托了，带来的书籍我早已全部看完数遍，模拟室中的所有游戏都太容易猜透，工作的内容实在是太简单，没有什么能够减轻我心中的那份孤独感，如果这样下去的话我只会重复之前那种疯狂的状态。

好消息的可能性：未知。

坏消息的可能性：未知。

我不怎么在乎消息的好坏了，是新的邮件就已经很满足……

致宇航员：

　　我还是不确定你究竟能否收到这些邮件，理论上来说你的回信有可能因为时间流速的影响而比预期的要稍稍迟一点，也许那些回信根本无法到达地球，又或者你可能并没有写什么回信。这些并不是最重要的，因为您的学妹总是提醒我在每一封邮件中都把历年来发生的重大事件都重新写一遍，由于这封信待会还要通过她的审核，我现在也只好照办了。

　　说起您的学妹，我们已经结婚了！我们结婚了！这个消息我写上几万遍也不会感到厌烦，即便这是许多年前的消息了。我已经开始在岛上工作了，岛主的工作带给我很大压力，我竭尽全力完成每一项任务。她也当上了岛上的顾问，未来可能还会回到学院去当教授呢。我们的家在南海那边的一座小岛上，每天空港来回大概一个小时，还需要接送阿久上下学，他已经入学了，这一点我也经常写进信里。

　　时间还真是转瞬即逝，又想起我们曾经一起在学院进修的时光，那时还真是天真啊，大家都想要改变世界，那时想象中的未来带有无尽的可能。可惜我们永远无法生活在一个完美的理想世界当中，即使在学院的环境中也还是会被现实所束缚，随着年岁的增长我们都会最终遇到一个无法攻破的瓶颈，这也是人类最为悲伤的事实吧，没有人能够永远活着，老校长已经去世一年了，这个消息我也不得不每次都重新书写一遍。

　　你也不要误会，我们几人并不感到绝望。在老校长走后的第一周我们的确有些力不从心，不过我们学院的宗旨就是将前辈们的精神传承下去，怎么能够在这种时候因为情感而退缩呢？阿龙比我们做得好很多，他重新组织了学院的董事会，接手了相关的事宜，我们都为他感到自豪。先前我们所担心的什么改革派并没有在这个新时代站住脚跟。阿龙算是建立了自己的王朝，所以你尽管放心吧，这边没有什么好担心的，天灾人祸都阻止不了学院的发展。我们会将完不成的研究交给未来的学徒与传人，没有成功的人生梦想也都留给下一代来慢慢实现。

　　以上的很多内容我都是从往日的信件中复制粘贴过来的，虽然这是必要的，可我还是会感到内疚，总觉得自己并没有真正增添多少内容。不过这次我还是决定多啰唆几句，冥冥之中感觉这封邮件说不定会和往日不同，可以在时间的风暴之中找到你的飞船。你如果看到了一定会笑话我，这种事情怎么想都是低概率事件，阿龙或岛主肯定会用几个心理学的理论来嘲笑我的预感，作为一名科学家本身也不应该把赌注押在运气和预感上。如此看来我还是受你影响，毕竟你的预测力有时候就会自动推翻一些完美的理论，也许我们对于直觉的理解都带有误解吧，我也没有别的办法来进行判断了，因此该写的还是要写下来。

老校长走之前一直都很担心你会在外太空感到孤独，我也有着同样的担忧。以我对你的了解，我相信你会感到很孤独，因为他人的陪伴一直是你喜欢的，虽然表面上你和大家走得都很远，但是你始终还是依赖他人的存在生存。这并不是什么坏事，和你的那种判断力比起来也并不稀奇，人类都需要与他人产生互动，通过互动建立各类关系，不过你比我们更加依赖这些互动，大概是因为生活中的其他事情都太过于明显，对于你来说并不存在什么挑战，学业上和事业上都只需要计算一下就能得出结果。人与人之间的关系可不一样，这种未知是判断不出来的，你可以试着把这种互动当作一个游戏来模拟，我们做学问也可以总结归纳出很多社交上的理论与方法，从而凭借这些来把这种过于现实的游戏玩得更好，不过这并不是一个具有确定数值的未来，你也只有在真正了解他人过后才能得出一些推断，在这个互动中你和我们是一样的，只不过这种刺激感对于你来说更为激烈，神秘感也更为突出。

我持有怀疑的是校长的推论是否重要，我并不认为你会被孤独感击垮，即使你比我们都更依赖人类的互动，总结下来我反而觉得你存活的概率更大。我怎么得出的这个结论呢？大概是出于一种信任吧，我们都相信你。在选拔之前，你报名的时候我们就相信你，在你入选后、出发前后、航行的前二十年、此时此刻以及未来的十几年我们都会信任你……

　　我们会一直信任你的，因此你也要相信我们在等待着你，这趟旅行的科研目标有什么样的结果我们根本不关心，星际旅行的成败对于我来说已经没有什么吸引力了，对于时间的研究也都是下一代应该关注的事情，现在我们唯一在意的只是你能平安归来，其余的都可以交给后人来完成，只愿我们的友谊伴我终生。

　　祝好！

新任岛主——工程师

邮件写于出发后二十二年九个月又十四天

致宇航员：

　　不知道你在云霄之上是否能够收到我们的邮件，如果所有的邮件都如期抵达的话那真是一件不幸的事，要知道我们可是重复着同样的内容呢，那种满怀惊喜的期待现在应该都变厌烦了。不过我宁愿你感到厌烦，因为你比任何人都更需要这些邮件，如果根本收不到邮件的话，那才是真正的不幸。

　　印象中学长您一直都精通各个学科，我们以前也讨论过许多哲学问题，您在我悲伤的时候曾带给我很多希望，我视您为辩论家和学识丰富的前辈，不过这封邮件的目的和以往不同，我并不想要讨论什么学术上的问题。如果想要读的话就去读阿龙或是工程师的邮件吧，他们也写了不少邮件了。我今天想要写的是我们的生活——地球上的生活。

　　回到地球您就能尝到新鲜食物，我们都非常想念您以前下厨的手艺，工程师也尝试过在家做饭，味道还不错，只可惜他做的餐品和他设计的宇宙飞船一样难看，论摆盘还是您最擅长，也只有您能烹饪出色香味俱全的料理。

　　现在的星际旅行与二十年前相比更加完善，学院联合世界上的各个政权组成了一个有效的交通系统，目前已经有一些载有殖民者的飞船起航了。不过驾驭时间的技术我们还是无法继续突破难关，唯一一个看似有回报的研究是关于数据库的模拟，这可是你天生就具有的特长啊，通过模拟所有已知条件来推测未来。他们正在组建一批新型的模拟器来替代您，不过我觉得那些机器无法解释你脑海中的那些未知数，如果一切顺利，您返航的时候就可以与它们一决高下了。

医疗方面的发展也极为迅速，除了一些严重的事故和罕见的疾病以外，剩下的都已经不再是什么严重的问题，现在那些使人精神上受折磨的病症也都可以治疗。真正需要重视的不再是人类自身的疾病，我们目前面对的是地球的不稳定，磁场的波动越来越大，随着大气层的弱化以及月球轨迹的变化，气候环境也与往日大不相同，新的气象影响了地球的外貌，您着陆后就知道我说的是什么意思了。理论上来说地球的寿命还比较长，至少我们这两代人都不会受到严重的影响，说不定在未来的十几年内我们就能够永久性地解决这些气候问题了，但是我们还是需要您收集的数据，因此我们盼您的速速归来。

地球在这二十多年内改变了很多，环境的多次改变使人们重新思考。我们获得了更多的科技知识，人们也纷纷朝着距离较近的星球出发。没有变的其实也有很多，学院中依然有很多敢于大胆创新的小家伙，岛上依然坚持做前沿的实验与测试。电车还是会偶尔产生卡顿，宴会厅的装饰还是那么富丽堂皇，除此之外没有变过的还有你的朋友们，我们都在这块岩石上顽强地活着，等待着你。如果可以的话我建议你把自己在外太空的生活写成一本游记,虽然其中很多部分也许会显得十分单调,你一直重复着同样的生活,吃着同样口味的冷冻食物,但我还是希望你能将其写下来,这样每天能够多一件事情做。

　　致敬与问好!

你的朋友们

邮件写于出发后二十三年五个月又十九天

　　读完这两封邮件,我的心中重新燃起了一丝希望,正如阿龙所说的,我的朋友们还惦记着我,他们在等待着我的归来……

　　我与冰冷的太空仅仅隔着五层玻璃,这五层玻璃使我免于死亡,也带给了我彻底的绝望,时刻都提醒着我与地球间遥远的距离。

　　但是,我那严谨的逻辑思维还有异于常人的天赋似乎使我忽视了一点——窗外的宇宙并不总是暗淡无光。在高速运行下,每一颗星星都显得模糊不清,它们唯一的踪迹不过是那一缕缕星光,映射着亿万恒星的生命。我的大脑告诉我那些浅蓝与淡黄色的区别在于热能分布,光的偏振与时间流速的互动又使得我能够观测到不同的亮度,可是这些信息在此刻并没有多少的意义,我观测到的永远是光源的过去,就像从地球发来的邮件一样。在数以亿计的天体之中,地球恰好处于一枚恒星的身旁，这样的概率又有多少呢？这些零散的光点之中是否也有多个别样的世界呢？

有生命的星球存在的可能性：未知。

在浩瀚无垠的寰宇之中，我是单一的收信人，我见证了那些光点的存在，也听到了朋友的呼唤。这种观察并不需要什么意义，我只是静静地体验这些转瞬即逝的美感，宇宙或许是无意义的，可我的选择确是有意义的，我只需要存在下去就够了。我从窗外飞逝而过的光点之中感受到了老校长与岛主的祝福，他们充满智慧的声音指引着我继续向前航行，学妹与工程师的身影若隐若现，他们仿佛真的就在这些光点之中。

不过在此之前，现在是东半球的晚上十点，我需要先为自己准备一份早餐，然后再去睡上一觉。

新时代气象学家

1

从极速状态下退出,我的第一个反应便是去驾驶舱与地面控制建立联系,可是我走了不到一半的路程就停在了走廊的窗户旁。我已经航行了五年零十个月又十六日了,其中的每一分、每一秒我都在等待着自己的归程,不过此时我更想要做一名旁观者,静静地观察一下我离开了许多年的家园。不出意料,极速状态下的那些亮眼的光芒和陌生的星系都已经不复存在,出现在眼前的是一颗令我感到奇怪的行星。眼前的这座行星我从小就在网络上看到过,入学后也用太空望远镜观测过,上面的各个大陆我都能够完美地绘制出来，每一条重要的河流与主要城市我也都熟记于心。行星黑暗面闪烁的那些光点便是繁荣的城市，另一面的大陆边界则被太阳光点亮。

可是，处于阳光下的地球不再是我印象中的蓝色星球，海洋与地表的上方似有某种滤镜，此时的地球有多种颜色。云层几乎是一层层叠加在地表之上的，每一层都有一种奇幻的颜色，我能清晰辨认的有淡绿色、紫色、橘红色、淡黄色和粉色。其中那种粉色最为古怪，那是一种带有金属质感的粉色，这种颜色与云朵的性质十分不符，可是这种浓郁的粉色云海却偏偏是覆盖面积最广的。

除了一些被深色云层盖住的地区，地球被黑夜吞没的一面与我记忆中的地球并没有多少差别。处于白昼的那一面却全是那样的云朵，两者之间昏暗的边界处又是另一番景象，那些云朵就像化学实验中的各类试剂，在遇见夕阳后产生了新的颜色，有些云层的颜色加深了许多，另有一些云层则直接改变了颜色。唯一保持着原貌的是这层层云朵之间的大海，蓝色的加入凑齐了光谱的颜色，云层与黄昏的互动产生了深浅不同的各种颜色，眼前的星球宛如一个圆形的调色板。

这样的改变应该是磁场与大气层变化所导致的，之前学妹发来的邮件中也提到过这些，不知道这些云层有没有危险性。等到安全着陆之后我还需要找学妹要一份详细的资料，也不知道她是否正在学院演讲，去旁听一下她的课，再去工程师管理的岛屿上拜访一次，最后去图书馆坐上一阵……只可惜我不能自己偷偷把飞船停泊在学院的空港来执行这些完美的计划。

"……呼叫……"

这是来自地球的声音！我开始命令自己的双脚朝着驾驶舱走去。

"空港……呼叫……"

也不知道这是不是岛上的那座空港。

通信成功的可能性：98%。

"空港呼叫宇航员……空港一号呼叫宇航员……是否收到？"

是岛上的空港无疑了，那里的控制台应该是检测到了飞船的信号。

"我是宇航员，通信一切正常，我回来了。"

"地面指挥收到，现在就去通知各个部门，是否有紧急情况？船体与船员是否一切正常？"

"一切都很好，现在开始传输数据及备份资料。"

"收到，我们现在开始接收飞船的管理权限，预计两个小时后着陆，请问您还有别的……"

"宇航员你好啊！真的是好久不见，外太空好玩吗？"

阿龙的声音打断了联络员的问题。我隔着那些奇异色彩的云朵感受到了他声音中的激动，他苍老的声音令我回忆起了老校长的模样。我快步冲入驾驶舱，一个同样苍老的面孔出现在了屏幕上。阿龙的发际线整体后移了几公分,他高高鼻梁似乎也塌下来了一些,岁月在他的脸上留下了很多痕迹,额头上的那几道最为明显,我一时有点难以接受眼前的人就是我多年未见的好友,这个人更像是阿龙的父亲,也不知道学妹还有工程师变成了什么样子……

"校长先生您好啊。"我一边说着一边将视频功能打开。待到视频接通,阿龙的表情随之一亮。

"你真的是……"阿龙笑中带泪,我也强忍着眼泪笑了起来。

"你真是一点都没变,三十六年啊,真的一点都没变。"阿龙伸手抹去眼角的泪痕继续说道。

"你的变化倒是很大呢。"

"真的是过得太久了,宇航员先生。"阿龙说道。

"是太久了。"我重复道。

"你有收到过我们的邮件吗?"

"前后陆陆续续收到过几封,可是在航行的后半程就没有再收到过邮件,最后一封没记错的话是学妹写来的,邮件日期标明其写于第二十五年。"

"这样啊,有十多年的延迟?"阿龙的脸色变得十分苍白,起初我以为他在疑惑是什么导致了延迟,可是他的神情更像是突然想到了其他的什么事情。

"学妹他们怎么样了?"

"他们都很好啊，一直等待着你回归，他们待会就会主动和你联系的，等你着陆了我们再聊吧，我需要去准备一下。"阿龙说完后关闭了通信。

阿龙还是那么忙，三十六年的时间对大家来说都过于漫长了，我只不过体验到了其中的七分之一。如果我能够重新活一遍就好了，至少能够从头至尾把地球上这三十六年活一遍，在婚礼的殿堂见证好友们的幸福，做一名合格的教父，在危机时刻帮助这些挚友，可惜时间不能倒流，他们具体经历了什么我也只能自己想象了。

在驾驶室等候了一个多小时，学妹他们始终没有接通电话，唯有那名空港的联络员问过几个关于数据的问题。随着最后二十分钟的到来，我决定收拾行李，驾驶舱并没有什么值得我留恋的。

厨房的水池中还摆放着我从学院带来的一套餐具，在其一旁的是用起来极为顺手的一些刀具，我很想把这些带在身上，可是随即又意识到了一个较为悲伤的事实——我并没有随身携带的行李箱。这些厨具和餐具都是提前运上来的，连同换洗的衣服都是机器人一并带上来的，只能等到落地再去索要这些了。这样想着我又来到了那个打发时间的模拟室，这里的虚假兵器全部带不走，模拟器都已经可以算是古董了，到现在我还是不知道怎么突破最后一关。

我最终拿在手中的只有那件柔道服，这件练功服也算是见证了我的孤独和无奈吧，不过我至少熬过了这一切，这个旅程教会了我许多道理，比如自己该更加珍惜那些真正在意的人，毕竟是他们在困境之中给了我活下去的力量，这与什么伟大的理想或是跨时代的科学研究比起来要重要多了，这次着陆后我要做一大桌饭菜宴请所有的朋友。

地球离我越来越近，那些云层的颜色近看还在产生不同的变化，真的就像某种神奇的化学实验中的气体一样，飞船平缓地突破了大气层，穿过一片片云层，一切都异常平静，一点声音也没有。穿过最后一层淡黄色的云雾，岛屿上的空港离我越来越近，那片金黄色的沙滩和淡蓝色的浅海，我仿佛已经看到了阿龙、学妹和工程师的身影，他们正在空港的瞭望塔中看着这个宇宙飞船，旁边还有那个属于未来的阿久，等待着未曾谋面的教父。

倒数开始，舱门打开，我一手拿着柔道服，一手摸着裤线，慢步走出了舱门。等待着我的是当空的烈日与一群群陌生的面孔，他们有的拿着古怪的设备仿佛在记录着什么，还有一些人面带笑容，指示着身后的机器人为他们拍照。我并不惧怕任何人，这些人的问候与鼓掌并不会真正引起我的关注，我想要做的只是找到真正对我说出肺腑之言的那些朋友，能活下来实属不易，又何必将时间浪费在沽名钓誉上。孤独了太久，已经没有什么能够影响到我了。

阿龙从一群人中迎面走来，他来到我的面前抱住了我，随后就与我一同往车站所在方向走去，人群自动向两边分散开来，他们欢呼雀跃的声音与离开前一晚的那个宴会一模一样，我尽力保持着微笑，紧紧跟在阿龙身后。

令我感到意外的第一件事是电车系统似乎已经不复存在，取而代之的是一个看起来像高速悬浮列车的车厢，岛上的规矩不是电车与岛屿共存吗？怎么可能说换就换？而第二件奇怪的事就是学妹和工程师先生并没有在车站等我，他们的家不是离岛屿很近吗？也许他们在别的地方？或者他们正在忙别的事情？

"学妹他们呢？"我问道。

"他们正在别处开会，我们先去岛那边的办公室吧，这里的人实在太多了。"阿龙回答道。

他的脸色有些不对劲。

阿龙说谎的可能性：98%。

为什么要逃避这个问题？学妹他们发生了什么事情吗？不安笼罩我的内心，98%就是绝对的证据，阿龙在隐瞒些什么？

"为什么不用电车了？"我继续问道。

"效率问题啊，你之前不是也很讨厌那个电车吗？"

"但这是一代代的传统啊。"

"岛上有好多传统啊，不过最后人们真正延续的又有多少呢？当年的改革派不就是最好的例子吗？权力本身就应该掌握在岛主和校长手中才对，如果一个电车都解决不了我还有什么理由继续担任岛主……"阿龙的声音在最后戛然而止，他果然在撒谎。

"你什么时候当上岛主的？工程师和学妹究竟怎么了？"

阿龙面对我的质问突然不再说话，他在车厢内愣了许久，直到悬浮列车悄然驶入站内他才抬起头来看了看我。

"我们去海滩旁散散步吧，已经是下午了。"

阿龙拖延时间的可能性：86%。

"如果是拖延时间的话，还请岛主先生您就在这里解释清楚吧。"

"我保证不是这样的，请你最后再相信我一次吧，和我去海滩上走走，我会告诉你真相的。"

阿龙撒谎的可能性：2%。

我转身走向沙滩，阿龙跟在身后。那片原本一片金黄的沙滩在夕阳的洗礼之下呈现出了一种独特的橙黄色，眼前这一小段路程似乎被无限放大，时间的流速也变得越来越缓慢。等我真正到达这一片沙滩时已经感到筋疲力尽，我不得不解开衣领上的纽扣，大口喘气。我已经能够猜出来阿龙要说什么了，这和脑海中的那些数据不同，我的直觉正在告诉我这些来自未来的答案。我很想抗拒这种直觉，但阿龙的表情再次给了我致命的打击。

"他们什么时候离开的？"我问道。

"启航后的第三十年，他们在奔赴北极圈做关于磁场变动的调查的时候出了一场交通事故，飞船的导航系统受到干扰，撞上了一座冰山。"阿龙将目光从我身上移走后又望向了那一片蔚蓝，他叹了口气后继续说道，"那天的磁场极其不稳定，风暴的走向无法通过电脑模拟，新的导航系统在那时也还没有研制出来，救援队第二天才赶到，应该是当场死亡的，没有任何痛苦。"

阿龙撒谎的可能性：未知。

"葬在哪里了？"

"岛屿南部的悬崖。"

"他们的孩子呢？阿久呢？"

"也没能幸免于难。"

"为什么不派机器人去做调查？"

"和我们为什么没有用机器人代替你一样，那项任务需要采取的步骤非常具体，如果出现突发的情况，机器人的成功率很低，外加上那次是紧急情况，而工程师又是我们当中最了解那一带地形的人，学妹也跟着一起去了，他们用生命换来了无比宝贵的信息，毫不夸张地说，没有那次的数据我们很可能就要提前开始撤离计划，那样的话至少数千万人被迫留下。"

"得到了数据又有什么用呢？"

"拯救了数千万的人类啊？这还不够吗？"

"我也拯救了数千万人吗？"

"那是当然的，你带回来的数据对未来的星际航行十分有价值。"

"可是为什么他们不在了呢？为什么遵守了学院的那些准则——那些牺牲和探索的精神，就要抛弃自己的一部分，甚至是自己的生命？"

"因为学院就是这样的存在啊，我们就是人类与未知之间的隐形护盾，我们做的事情并不是所有人都知道，但是我们还是选择去做利益最大化的决定，去阻止最坏的可能性。我们的使命就是探索宇宙的奥秘，解锁新的科技，为人类的进步铺平道路。"

"学院里的所有人都是这样的吗？"我质问道。

"并不是的，还有很多滥竽充数的人，他们都比较自私自利，沉迷于各个家族的利益与成就中，这的确违背了学院的宗旨，可是现在不一样了。灾难已经被永久性地延后，磁场变化留下的痕迹不过是这些七彩斑斓的云朵，我们已经成功了，你也已经成功了，我们不再受限于星辰之间的距离。"

"可是我并不觉得自己有多么成功，朋友在危难之际我没有施以援手，他们最幸福的时刻我也没能送出祝福，如果我去驾驶飞船的话就不会出这种意外，事故的可能性我都能够精准地计算出来，预测风暴对我来说并不是什么难事。我本可以阻止这一切，可是如今我却无法再见到他们了，我难道不是世界上最失败的人吗？"

"我才是世界上最失败的人，你难道觉得我不感到内疚吗？"阿龙问道。

"可是你至少作出了自己的一份贡献，我连他们的婚礼日期都不知道，他们在靠近北极圈的时候我远在宇宙的某个不知名的坐标上，痛苦又孤独地为一个无关紧要的实验收集着数据。"我回答道。

"事已至此，你这样想也没有用，这也是他们的选择。作为朋友，我们不就是应该相信他们的选择吗？"

我的答案是什么？

眼前的大海还是三十六年前的那片海，岛屿上依然矗立着那座宏伟的知识城堡，无数的人从岛上离去，又有无数的人从远方归来，岛永远都在这里，而我也不过是芸芸众生中的一名归客，带来宇宙深处的真理。这并不是悲伤或者痛苦，离无奈也相差甚远，更多的是一种冷漠，宇宙和岛一样，二者都不过是存在而已，对于人间的生死离别不闻不问，它们的存在与我们的存在似乎并没有什么交集，学院追求真理的精神更多的还是一种人类的主观价值，亿万光年外的宇宙并不会在意，这也是我至今为止最无用而又最实用的感悟了。唯一令我感到不解的是为什么我会选择去接受这样的一种真理，我最尊敬的几位前辈都已经不在了，学妹和工程师一家人也在事故中丧生。我应该有更加激烈的情绪波动才对，宇宙中的遨游似乎已经屏蔽了我的情感，我就像宇宙本身一样冷漠，除了一些眼角旁的泪痕外，我并没有什么其他的感触，正如宇宙对于死亡也没有过多的反应。可是如果荒废了情感，人类还能做些什么呢？那样活着和死去又有什么差别？我的情感又在哪里？

"为什么不早点告诉我？"我又问道。

"第一时间就发送了邮件，可那应该是你旅途的最后几年，消息应该没能出现在飞船的系统中。"

"是这样的。"

"说实话，我们并没有想到你还能回来，尤其是三十五年的预计返航日期过后，你能够安全返航已经是我这几年以来听到过最好的消息了。自从失去联络以后我们就一直在猜测，学妹和工程师一直都坚信你一定会回来，可是我失去了信心，对于这点我感到很抱歉，时间跨度实在是太大了，我不得不作出备用方案。"

阿龙撒谎的可能性：2%。

"真的是这样吗？"

"对的，我不想欺骗你。"

"那你现在想做什么？"

"我原本打算在你返航后把岛主的位置交给你，可是现在情况有点棘手，具体涉及的事情太多了，而这些都是因为我放弃了希望。"

"为什么独揽大权呢？历史上从没有人同时担任这两个重要职责，董事会也被你操控了。"我说道。

阿龙的表情再次变得复杂起来，我的天赋只能推断出他是否在说谎，这还只是他敞开心扉的情况下，以他对心理学和面部表情的研究，他如果真的想要骗我的话一点也不难。

"这太复杂了，我并不觉得告诉你是一个好的选择。"

"那你的选择又是什么呢？"我再一次追问道。

"还是你自己选择吧，我觉得你应该自己选择未来的生活，这里已经没有几个你真正认识的人了，你应该重新开始生活，这次不必再考虑学院的使命或是我们这些老朋友，你已经做得够多了，你带回的数据是无价的。去外面的世界看看吧，那个世界对于此时此刻的你来说一定更为真实。"

"开始新的生活？"

"对的。"

我的计划似乎也被打乱了，错失了帮助朋友的机会，阿龙明显也不需要我的帮助，灾难已经被化解，内乱也已经平息，唯一令我担心的是阿龙要这么大权力的目的。难道他真的要改革吗？不过我的内心又告诉我这似乎与我并没有什么关系。如果没有理解错的话，我现在还真是这个时代中多出来的一个人，未来的计划并没有我的位置，昔日的熟人也都不在了，我的生活真的已经回到自己手中了吗？

"难道我现在就要再次出发，离开这座岛屿？"

"这是你的自由，我并不会去干涉你的未来，学院的未来由我来负责，我不希望再失去更多的同伴了。"

"仅此而已？"

"宇航员先生，我不想你误解我的意思。我真的想让你有自己的生活,这个世界比你所探索的还要庞大,环游宇宙后的你应该去了解一下自己的星球。作为一个朋友,我希望你能够拥有自由,就像学妹和工程师两人当初那样。要知道你已经经历太多了,如果换作我或者任何一个人单独去执行那次远航,根本不可能回来,你能回来我已经万分感动了,怎么会再向你索取宝贵的未来呢?你不必继续像我这样为学院献身了,这并不是一个很健康的生活方式。一个时代造就一个废寝忘食的工作狂人就足够了,这份荣耀你还是留给我吧,我愿意用自己剩余不多的时光来换取你未来的幸福,这也是学妹和工程师想要的。如果这说三十六年只让我学会了一件事,那就是人的时间真的太珍贵了,这里挥霍一阵,那里投入一分,转眼之间就见底了,我可不想看到你再次孤单地度过下一个五年。"

"但是下一任继承人呢?还有传承学院精神的人呢?"

"这些我都早已安排妥当。你不用操心了。"

阿龙撒谎的可能性:2%。

"好吧。"我最后同意道。

继续和阿龙争辩下去也是徒劳,因为我并不知道自己究竟想要些什么,外面的世界又能给我什么呢?

"明天你最后去一趟宴会厅吧,我最后还有一个小小的请求。"

"一定去。"

"那就这样吧,你先去进行医疗康复,之后直接去塔里休息，别让那些记者打扰到你，塔里厨房里的餐具和食材随便用，我晚上再来找你。"

阿龙说完后就转头离开了沙滩，我目送他至不远处的车站，他身后的白发让我感到十分不适，我忽略了阿龙的年龄。他经历了太多了，我怎么能离开他呢？但是他又是如此诚恳地坚持要我离开，我还是算不出自己的未来……

"很抱歉这么一大早就召集各位来到宴会厅，如果换在平时的话我肯定会把这次研讨会安排在学院，但是这次情况有些特殊，相信各位也认为得到真相更加重要。"阿龙站在讲台旁说道。

台下的人我一个都不认识，他们的服饰也显得很奇怪，不过胸口前的那些标志明显还是学院的设计，阿龙并没有和我聊过今天要讨论的具体话题是什么，他似乎对于我的能力有着绝对的信心。

我再次审视了我的尴尬的处境——我错过了一切。现在的地球已经渡过了难关，回到了以前的状态，学院的研究方向已转向外太空的航行与能源开发，不过现今的术语我一个都听不懂。

"岛主先生您客气了，我们还是快点开始吧。"一名身穿实验服的科学家说道。

"好吧，那我们也不必客套了，这就是我们的宇航员先生，他是那个预言家族中的一员。"阿龙望向我继续说道，"他可以通过脑海中的模拟来得出一个数值，这个数值能够告诉他一件事情的可能性。和他的前辈们一样，他并不能预知自己的未来，预测的时候必须掌握许多信息，因此如果预测一个人的话就需要非常了解这个人，我是他现在唯一了解的人，但是人类的行为总是伴随着一些不确定性和随机性，因此也出现过无论多么了解都不能预测的人。最后一点就是所有确定的事情的可能性都会是98%而非100%，失败的确定性也是2%而非0%，这一点以前我们没能给出令人信服的解释。"

阿龙发言后现场一片沉默，大家的表情各有不同，我能够明显感到大家的不信任。

"我们都是信奉科学的人，因此我觉得各位会不相信这位宇航员的的确确有这样魔幻的能力，但是请各位不要忘记，外太空的那些数据就是最好的证明。动用以前的运算设备，任何一个人都需要百万倍的时间才能够得出一天的数据，而我们的宇航员先生却能瞬间算出正确的数据。"阿龙继续说道。

"但是人脑是无法做那么大量的运算的。"一个戴眼镜的中年人说道。他身上的徽章应该是物理部门的。

"理论上来说是可以的，人脑还没被彻底开发过，现在有些芯片可以达到类似的效果，宇航员先生说不定就是大脑的构造不一样呢？"这位应该是神经科学部门的专家，他表现出的情绪十分激动。

"如果是硬币呢？宇航员先生是怎么知道一个硬币的正反？如果我在他面前抛出硬币会怎么样？"一位手拿着硬币的

老者问道。他说完后就将两根手指夹着的硬币抛向空中。

"我能够告诉你正反。"我回答道。

"洗耳恭听。"

正面的可能性：2%。

反面的可能性：98%。

"反面。"

老者将硬币收了回来。

"可是我并没有掷硬币，哪里来的反面？"

"那是因为他预测的是那一刻你掷出硬币后发生的可能性，你没有达到这一条件，因此也就没有反面，并不是他预测错了，而是你改变了起始条件。同理，你刚才握硬币的位置也不能够有丝毫的改变，手也不能够有丝毫的抖动，要知道他预测的是在那特定的起始条件中才会产生的结果。"阿龙说道。

"好的，那么还请宇航员先生告诉我接下来我选择投掷硬币的可能性是多少？选择不投掷硬币的可能性又是多少？"老者再次问道。

"我来吧，他不够了解你，在场他只了解我。"阿龙回应道。

"我看还是不必了。"老者说道。

"你不信任我？"

"并不是不信任岛主大人，是我想错了，我想在他预测出我会投掷硬币的时候就不选择投掷硬币，反之在他作出另一个预测的时候我就会选择投掷。不过这似乎和刚才的情景一样，因为他预测的是我说出那句话后一瞬间的决定。鉴于宇航员先生对我根本不了解,我其实是未知的因素,而岛主大人又是宇航员先生的熟人,因此岛主大人更像是已知的条件,您就像空气动力学中的一条法则一样,宇航员熟记于心。"

"没错。"阿龙说道。

"这样来看宇航员先生似乎是需要知道所有的条件才能做出预测。如果宇航员先生不知道硬币的形状,以及硬币在空中的移动所涉及的空气动力,等等,他就无法做出预测。一个一无所知的人根本没有能力做出预测。"

"没错,只不过宇航员先生在做出预测的时候并不会主动去想其中的原理,他只是说出脑海中的那个数值而已,具体怎么做到的我们根本无法理解,扫描他的大脑结构的时候也没发现任何异样。"

岛主大人说完后又是一阵沉默。

"还请岛主大人接过硬币,我有一个主意。"最先发言的那位科学家说道。

阿龙从老者手中接过了硬币,随后又来到我的身边举起硬币。

"接下来,假设宇航员先生预测您会选择抛掷硬币,就请您不要抛掷硬币。假设宇航员先生预测您选择不抛掷硬币,还请您抛掷硬币。宇航员先生您也听明白了吧,现在这就是已知的条件了。"

"不错，我们在几十年前也考虑过同样的问题。不过这一点违背了之前提到的另一条原则，这样的条件下宇航员的决定影响未来，而宇航员是无法预测出自己的未来的，因此没有什么预测结果，你想要尝试的这些我们以前就实验过了，和曾经的几个故人。"阿龙说道。

"那您把他带过来是要我们做什么呢？我们能做出的总结不过是宇航员先生也仅仅存在于世界之中，而存在于这个世界中的生命也不能真正预测未来。"科学家问道。

"你们不是做出了相同功能的机器吗？那些新款的模拟器，是不是也可以在吸收知识之后就完美地得出一个事件发生的可能性？"阿龙回答道。

原来真的出现了这样的技术……学妹的邮件中也提到过，这也许是一件好事吧，至少现在我知道自己彻底没用了，被机器代替了。这是合理的，这种预测力没有什么稀奇的，因为本质上就是收集大量的数据以及理论来模拟，随后再得出一个数值而已，注定会被机器替代，如此一来阿龙更是没有需要我的地方了。

"的确如此，不过那些模拟器的数据都是100%或者0%，我不知道为什么宇航员先生会得出2%和98%。"

"但是这真的有什么区别吗？宇航员的98%就代表100%，2%就是0%，或许其中有什么我们不知道的时间或是随机性的原因，又或者我们人类自身所经历的时间以及因果都与真正的现实有一些偏差，但是这些真的重要吗？如果是前者的话我们只需要研究随机性和时间就好了，如果是后者我们就根本得不到真相。"

"但是学院的宗旨不就是将一切知识研究透彻吗？我们不应该在困难的问题面前退缩。"

"宇航员退缩了吗？独自一人在宇宙中探索真相，你们谁有此等勇气？"

"可是宇航员先生的天赋的确可以使我们的认知更进一步，我们的世界或许就是由一些基本的法则组成的，而这些法则的规律以及演变的运算实在是太复杂了，宇航员先生留下来就能帮到我们。"

"我绝不允许他留在这里。"

又是一阵沉默。

"您是对的，宇航员先生做得已经够多了。"科学家转向我又一次说道，"您已经做得够多了，愿您在将来的生活中一帆风顺，开启自己新的航程。"

阿龙宣布了散会，众人也纷纷离去，这大概是发生在宴会厅中最短暂的研讨会，没有任何数据和论文，辉煌的大厅只剩下我和阿龙两个人。他的白发在灯光下见证了人类这一代的历史与成就，并不是每一任岛主或校长都能够成就完美，我们四人就是最可悲的例子，在这个混乱的年代寻求秩序。

"真的不需要我了？"我问道。

"不需要了。"阿龙重复道。

"那就到此为止了？"我再次问道。

"对啊，到此为止了。"阿龙再次重复道。

"还记得以前在这个宴会厅吧。"

"怎么忘得了？"

"那时候大家还是很幸福的，世界的秩序还没有走到这一步。"

"你想说什么？"阿龙问道。他的目光注视着我的一举一动。

"我知道了，我不会做出什么疯狂的事情，老实说我也有过自己的野心，不过你回来了这一切也不重要了，还是让世界沿着前辈们的预想发展吧，我是不会当那个野心家的，真正重要的事太少，而权力对我来说不再重要了。"阿龙的自问自答令我感到安心，我想老校长也会心满意足了吧，这意味着学院里的确没有需要我的地方了。

"我相信你。"

"谢谢你，我相信你能在外面找到新的生活，这里就交给我吧。换作以前我不会相信，现在才发现严格按照学院的要求去活要付出的代价有多大，我为了现在的成就放弃了很多自己在乎的事情，现在把选择的余地留给你也算是一种弥补吧。"阿龙说道。他的脸色十分暗淡无光，我无法判断出他具体放弃了什么，作为朋友我很想帮他解忧排难，可是事到如今，发生的已经过去了，再提起又有什么用呢？

"那就到此为止了，以后如果有什么我可以帮上忙的就联系我，风雨无阻，太空中的时空风暴我都躲过去了，地球上随叫随到。"

"真好啊，到此为止了，我就不送你去空港了，再见了朋友，我们恐怕有一阵子见不到了，你需要属于自己的时间和空间来好好调养。"阿龙笑着说道。这样的笑容我许久未见了。

我走出了宴会厅的大门，绕过那一片金色的沙滩，坐上新型的列车，抵达了空港。我的飞船已经不在原处了，回忆就留给回忆之地吧。我一次也没有回头，径直走向另一边的候机厅……

候机厅内并没有多少人，不过就在我准备重新开始整理脑海中的思绪之时，一个熟悉又陌生的面孔来到了我的面前。

"您好，请问您就是那个从太空中归来的宇航员吗？"眼前的人说道，他的岁数并不是很大，至少比三十六岁要小，可是我总觉得自己认识这个人。

他是熟人的可能性：未知。

"是的，请问你是？"

"我的名字叫阿久，如果按照父母的话来说，您应该就是我的宇航员教父。"

"可是……"

"阿龙先生欺骗了您，可是这也是为您好，他不想让您有更多的负担，所以也不让我来与您相认。起初我非常反对这样的提议，不过现在看到您我也觉得不相见或许是最好的选择，因此我需要您理解阿龙先生的用意，他想方设法要免去您在这里的责任，其实并不存在什么料事如神的超级电脑，那些都只是为了让您安心。但这些都不重要，因为我想要让您知道我的存在，我以父母双方的家族之名起誓，自己一定会努力的，和我的朋友们一起。"阿久在我面前说道。

"为什么你们都认为我不想继续在学院工作？"

"很简单啊，您有问过自己想要什么吗？"

"守护好我的朋友们。"

"那是之前。着陆之后呢？"

"没有了。"

"那就去外面的世界探索吧，总会有使您感到惊奇的事物。学院的下一代就交给我和我的朋友们来守护吧。我们一定会努力的！"阿久说完后望了望身后，走廊拐角处有几个年轻人等待着他。

"十分抱歉，我没有能够及时出现在这里。"

"不用感到抱歉，别人的不幸并不是您一手造成的，他人的未来您即使预测出来了也不可逆转。至于我，我十分感谢您的存在，因为我自记事以来就被告知自己还有一个宇航员教父，在遥远的星系代表人类探索未知。谢谢您了。"阿久没有等我的回答，就向我深深地鞠了一躬，随后又快速回到了他的那群伙伴当中。我看到了不同的影子，学妹此时就在这些影子之中。不久之后，工程师自信的笑脸也出现在了这个陌生的熟人脸上。

阿久成功的可能性：98%。

阿龙口中的接班人应该就是阿久了，学妹他们肯定也会暗中继续守护他，为此我还有什么可担心的呢？看着学院美好的未来，我也应该放下一切，寻找自己的未来。

2

电车缓慢地行驶在无声的世界之中，除去连绵起伏的群山，车厢外面似乎没有什么特别的了，如果说有的话只能抬头看看那些五光十色的云层，不过就像那些星光一样，经过两天的旅行我也逐渐习惯了这些云朵。

外面的世界似乎不满于我下的定论，群山迅速消失，我已经来到了北极圈内。等待我的并不是皑皑白雪，我惊奇地发现窗外的世界是一片淡黄色。这种淡黄色在阳光下看着十分好看，无论是屋檐之上还是列车左右的平原，都被这一片闪着光芒的淡黄色笼罩。

我抬头望向蓝色的天空，天际的边缘有一层同样泛着淡黄色的云层。我不了解这种新的气象变化。起初我推论是太阳光和大气层的改变使人眼所见到的颜色产生了变化，就像夕阳下的天空与云朵都会变成不同程度的橙红一样，人眼所感知到的颜色会因为光线切入的角度、温度、物体对于光线的吸收以及反射光的波长而改变。

这一层夺目的淡黄色推翻了我所有的推论，云朵的性质发生了本质上的变化，这其中具体的变化我却又猜测不出来，但可以确定的是那些形成云朵的水滴，还有组成雪花的半透明晶体都发生了改变。冬日的雪原本会反射出所有的颜色，从而呈现出雪白色，现在不同的云层似乎会吸收不同波长的光线、反射出不同的颜色，继而产生了这种奇幻的色彩。

列车在学院的一个研究所停了下来，研究所被同样的淡黄色包裹着，香槟色的建筑物与屋檐上的雪花给人一种穿越到未来的感觉，我也的确穿越到了未来。

树上的积雪让我想起来小时候最爱的芒果冰沙，冰面上布满足迹的雪层也十分干净，这种纯净的感觉也只有在这种远离人类文明的地方才存在吧，那些现代城市只会玷污这份来自天空的礼物。虽然这并不是我的最终目的地，我还是决定下车近距离观察一下这份礼物。

列车门开启的瞬间，我便感到了刺骨的寒冷，上次遇到这种寒冷还是在光年外的太空之中。不过那种寒冷更多的是来自心里，当时并没有人来缓解我的孤独，现在可不一样了，我已经回到了地球上。

真的是这样吗？我在学院似乎已经没有立足之地了，阿龙他们也并不需要我的帮助。身边的这些人呢？他们大多穿着学院研制的新一代制服，忙于自己的工作。抬着头的那些人总是会注意到我，那种异样的目光大概是在嘲笑我为什么穿着这种根本无法隔绝寒冷的老式大衣。这与我记忆中的学院大相径庭，曾经的我们会在进出研究所的时候停下脚步，将目光投向头上的宇宙，静下心来去感受星光的魅力，去探求云层中的真理。我在着陆之后再也没有感受到那种熟悉的气场了，那些会抬头看星星的人都已经不在了，阿龙也变了，我甚至觉得自己已经无法预测出他的决定。

成功作出预测的可能性：未知。

但是这似乎已不怎么重要了，我的能力帮不上忙，新的意义必须自己找，可眼前的这些人又会怎么看待我呢？一想到曾经的那些美好时光，我的心情又一次变得沉重起来。最终我并没有去雪地中一探究竟，可惜的是我自己似乎也失去了抬头看星星的动力。

车厢内已经没有别的旅客了，这一站大概是最后的一个避难所，列车继续往前行驶就会到达学院在野外设立的一些收集数据的站点，那里才是世界上最寒冷的地方，记忆中学院在那边的木屋连热气都没有，我与阿龙他们三人经常会讨论各自在学院获得职位后会怎样无视能源与金钱的代价，翻修一遍那些木屋，这与岛上的那些木船和电车可不一样，这种寒冷在极端的情况下可是会致命的。也不知道阿龙他们有没有忘记当年的提议，不过列车上的人数也已经给了我答案。

或许是我过度悲观，或许木屋已经翻修过了，只不过对于气象和环境的研究已经不需要派遣人类去收集数据了。就在我继续展开推论的时候，我先前的预测再一次被推翻。

座位的对面不再是空空如也，一位我不曾相识的女士双手握着一个外形像望远镜的设备观察着窗外，她侧身坐在那里，时不时地抬起头来，同时又旋转着手中的那个设备，侧着头望向远在天际的云朵。她身着的淡黄色外套并不是学院的制服，可是我从她的背影中却感受到了那种再熟悉不过的气场，这种气场不是复杂的制度或是任何其他的教育体制能复制的，只有我以前便认识的那些挚友拥有过这种气质，眼前的这个人一定来自学院的某个家族之中。居然在这种天气里去北方遥远的数据收集站，一刹那间我便对她产生了好感。

我的脚步声并没有惊动到她，她背对着我，棕色的长发间带有几片染成深蓝色的头发，我悄声坐下，静静地观察眼前的这个生灵。

发车后的前五分钟我似乎就是隐形的，她的目光一直聚焦于远处的那片淡黄色与香槟色，直到那些香槟色和淡黄色都消失之后，她才将手中的设备放了下来，此时面对我的是一双同样带有淡淡咖啡色的眼睛，她眼中的惊讶和好奇无声地传递出许多我道不出的话语。

对她进行判断的可能性：未知。

我们对视了一秒，这短暂的一秒并不足以让我去预测她想要说些什么。一想到我近期的种种失利,我决定不去运用自己的天赋来了解她,就像我从不会无理由地去预测我的朋友们的未来一样。

"你好。"我们异口同声地说道。

沉默了一秒。

"你是哪位?"她先于我问道。

我是谁呢?还真是个复杂的问题。

"我……"

"你就是那个宇航员吧!"她打断了我的回答。

"对的,你怎么看出来的?"我问道。

"还有谁会穿这么破旧不堪的大衣啊?"

"真的很破旧吗?"

"对啊,你穿成这样不冷吗?我之前在学院的网络上看到了你着陆的消息,你真的在外太空待了三十六年吗?那是什么样的感觉啊?外太空冷吗?有没有看到什么奇特的光学现象?"

这一连串的问句令我措手不及,不过我还是决定耐心地一一作答。

"这个大衣可暖和了,真正的寒冷应该是藏于心中的那种寒冷吧,在外太空感到的寒冷也是同样的道理。至于光学现象我的确看到了一些很有趣的星光,在时空的扭曲下变成了一些曲线的光痕。"

"你有录制视频吗?你的那个年代有视频这种东西吧?"

"有啊，不过都在飞船上面，没有带下来。"

"为什么没有带下来呢？"

"那天太激动了，没有时间考虑太多，再加上出发的时候也签署过一些保密文件，视频和那些数据应该在同一个档案当中。"

"那你带下来了什么吗？"

"有一枚戒指。"

"外太空的戒指吗？"

"当然不是的，外太空怎么会凭空出现一枚戒指呢，这是我在飞船上找到的，它的主人应该不是我们这个时代的人。"我说完后将口袋中的戒指递给了她。

"真是奇怪呢，为什么会有人把戒指落在飞船上呢？"她看了看戒指继续说道，"还真是好看呢，钻石现在已经很少见了。"

"我也有着相同的疑问，可能是准备过程中遗忘的吧。"

她将戒指返还于我，展开了新一轮的提问。

"你知道自己的宇宙飞船在哪里吗？"

"现在应该在岛上的某个实验室中吧，之前我还想取回自己的一些厨具和私人物品，不过岛上的那些部门一直不给放行。"

"那真是太遗憾了，我听说他们准备给你修建一间展厅，专门展出你当时用过的物品呢。"

"是这样吗？看来我有必要做一次小偷了，抢在开展的前夜把属于我的东西偷回来。"

"那就真的太充满戏剧性了，记得叫上我帮你把风。"

她笑起来并不戴有任何的面具，我也开始怀疑她根本就不戴任何面具，这一点让我感到最吃惊。

"那需要看你是否具备合格的技能了，我就是宇航员本人，您是哪位？"

"为什么要用敬语，这样感觉好奇怪。"

"那你是哪位？"

"我是新时代气象学家，专门研究天空中发生的一切，从那些好看的云朵到美丽的各类光芒，凡是入我法眼的颜色都值得认真研究。"

"新时代气象学家？这也是一个职业吗？"

"以前没有吗？不过也是，三十六年前还没有这么漂亮的色彩，以前的世界一定很无趣吧。"

"纯白色的云朵也同样有趣啊，不过你能解释这层淡黄色吗？"

"很简答啊，其实不只是淡黄色，每一种云彩都会留下来不同颜色的痕迹，之前的车站之所以有一层淡黄色是因为昨晚下过雪，下雪的云又正好是淡黄色的，说到这个，以前的雪真的都是白色的吗？那样会不会很单调？堆雪人的时候需不需要泼颜料？"

"就是白色的啊，还需要什么颜料？"

她不带好感地瞪了我一眼。

"但是为什么会是淡黄色呢？还有其他的那些颜色都是如何形成的？是因为大气层产生的变化导致的吗？"我决定把话题带回产生这些颜色的原因。

"我不知道以前的大气层是什么样的，不过现在天空上就是会出现这些云层。太阳的变化也会影响到云层的颜色，野外的变化更是难以预测，脱离了人类世界的影响，很多气象变化会产生一系列的连锁反应，我的工作就是去探险！去记录那些只有极少人见过的现象。"她的声音最后放大了一倍，我能听出她语气中的热情。

"这也是学院的一个职业吗？"

"当然了！这可是正当行业，我每年都能拿到薪水，前两届的最佳科研成果奖我可都拿到了！"她不服气地回答道。

"今年的你可要加油了，那个奖项我以前也得到过，当时我才二十一岁。"

"真的吗？那我们可以比拼一下了，我在赢得第一年的奖项时也才二十一岁，而且这一届我也准备得很充分，今年的奖项对于我来说简直就是探囊取物。"

"比就比啊。"我笑着说道。

列车的速度似乎慢了下来，热气腾腾的车厢内还是只有我们两个人，四周逐渐黯淡下来，又有一秒的沉默被献祭给这片冰天雪地，还有于此间相遇的目光。

"你也是去北边的那片冰原吗？"她问道。

"那些木屋？"我将问题抛回给她。

"对的。"

"果然还在啊。"

"传统啊，没有办法。"她将目光移至窗外后继续说道，"就像岛上的那个电车一样，似乎永远都不会变呢。"

"电车不是已经被更换了吗？我着陆之后乘坐的就是新的交通工具。"

"那是因为电车被拿去车间维修了，这段时间岛主决定暂用新的一套系统，等过一两周就会换回去。说起来我还感觉奇怪呢，那些电车明明在半年前刚刚通过年检，严重老化等问题不可能这么早就出现。"

阿龙刻意为之的可能性：98%。

"看来是岛主大人不希望我留在学院啊。"

"因为他想要你获得自己的生活啊，这不是挺好的吗？"

"你是怎么知道的？"

"我从父母那里听说的，不过这也是合情合理的，你在外太空一定也经历了很多不愉快，我无法想象如果我一个人过三十六年会是什么样子。"

"准确地说应该是五年才对，时间的流速比较混乱，我也没有可能孤身一人活三十六年，那样实在是太恐怖了，五年都已经让我受够了。"

"对啊，所以接下来的时间就应该是自己的了，你已经完成了自己的使命，依我看来你现在只要找到自己喜爱的事物就好了。"

"我也正在向着这方面努力。"

"进展如何？"

"还是很难找到自己真正在乎的人和事啊，感觉自己和这个新的世界比较脱节，很多过去的影子总是笼罩着一切，大多数我曾经在乎的事物都已经不复存在，仅存的一些也都变了味道，世界已经变了太多，而我也找不回来以前的那个我了。"

"那就试试学会接受现在的自己，不一定要尝试适应这个新的世界，找好自己的目标、把握好你所在意的，说不定会慢慢好起来。"

"也许吧，不过我近期比较悲观，种种尝试都没有什么效果。"

"怎么会没有效果呢？这个世界上有那么多值得关注的东西，光是头顶的这些云朵就让人感到惊讶啊，这些可不是学院里能够接触到的，活着的方法并不只是什么探究未知，既然你觉得自己不适合在那样的境况中活下来，又何必为难自己呢？"

"无忧无虑地生活吗？"

"对啊，难道还真的要天天忧愁着未来吗？"

难道还真的要天天忧愁着未来吗？

"你的提议还真的违反了所有家族的传统呢，身为家族的一员就应该履行自己的职责才对,身为私塾教育的学院成员,我们就应该走在人类的最前面,继承前辈们的精神来开辟自己的道路。"

"你还真的打算把学院的宣言背一遍啊,你说的这些也不无道理,岛主先生不就是履行了他的职责吗?作为一个朋友,他选择担当起你的一部分职责,换来的就是你选择的权利,既然如此,你更应该珍惜眼前的机会啊。"

"可是这又回到了原点,我还是不知道自己想要什么。"

"你下车了跟我走吧,我愿意把快乐的秘诀教给你。"

"但那是你的快乐秘诀,我需要以你的视角与经历作为出发点来感受和体会,真正的应用并不适用于我的人生之中……"

"你如果坚持想去学院任教或去岛上求职,我一定给你写推荐信,可是现在我还请你闭上自己的嘴,跟我来就是了,我只是把世界的精彩展现给你,接不接受以及怎样选择,这些都是你自己要考虑的事情。"她直白的话语令我感到有些不知所措。

"好吧,那秘诀究竟是什么呢?"

"能用语言表达、用概念来解释的秘诀毫无秘密可言,你必须去自己感受才行。"

她的目光此时再次改变,那种认真的态度我之前在学院见过,可她的眼神中似乎又有更深一层的意义,我确信她不是为了认真而认真,她真的很在意生活本身的意义,还有自己所选择的生活态度。

列车现已完全停下，我们停在一排木屋旁，外面刮起了狂风，那层层的淡黄色已经不见了踪迹，取而代之的是紫色的风暴。在列车上根本无法识别出这种紫色的粉尘究竟是什么，我还来不及问身旁的气象学家，她就已经如风暴一般消失在了车厢尽头，留给我的只有一声催促，我也连忙整理好行李，跟了上去。

车门外面的寒冷已经不是之前的那种寒冷感了，我发现我的大衣的确不适合这种恶劣的天气。新时代的气象学家大概也得出了同样的结论，她将手中的设备放进了背包中，之后又从背包里拿出了一套防寒服示意我换上。

我轻声致谢后便将其套在了自己的大衣之上，一股暖流顺着胸口流遍全身，这件衣服似乎内置有某种取暖设备，身体仿佛被套上了一层保护罩，丝毫感受不到那阵阵强风。虽然并不了解其中具体的原理，我终究还是决定先跟随着气象学家去探险，这些琐事就留给未来再研究。这样的想法伴随着我走下列车，来到紫色风暴之中。

"原来是暴风雪啊。"我自言自语道。

"对啊，我们上空的正是紫色的云层。"我的防寒服中传来了气象学家的声音。

"你能听到我说话？"

"你不是也能吗？这个防寒衣的功能比你以前的那些要多

很多。"

"真是厉害啊。"我感叹道。

"不出意外的话过一会儿这种紫色就会变成粉色,随后风暴应该还会持续半个小时,我们现在去木屋里吧。"她提议道。

我们二人一前一后朝着不远处的木屋走去,积雪已经没过膝盖,为了防止摔倒,每一步踩下去后我都会停顿一阵,确认已经踩稳后再迈出下一步。虽然强风并不影响我的行动能力,暴露在外的双眼还是受到了这些劲风的强袭。我低着头,盯着脚下的这一层紫色,同时又发现了一些其他的颜色,风向似乎一直都在变化,我很快改了主意,将额头上的雪镜扶至眼前。四周的紫色在灰色的镜片下暗淡了许多,气象学家的一身淡黄色衣服在这暗紫色的世界中十分显眼,我跟在这个有趣的颜色身后穿过风暴,爬上层层台阶,最终到达了其中的一个木屋门前。

气象学家拉了几次门把手都没打开,她向后退了两步,一手压住把手,紧接着便撞向了木门。门并没有松动的迹象,这个冬季比我曾经历过的任何一个冬季都要寒冷,门缝间应该是结冰了。带着这般推测,我来到了气象学家的身旁,握紧拳头,绷紧右臂,与她同时撞向木门。经过几番疼痛的撞击,大门终于被撞开,而我与气象学家也应声倒地。

"没事吧?"我率先起身问道。

"没事。"

气象学家站起来后转身将木门关上,我则将房间内的照明系统打开。房间没有翻修过，这还是那间双人木屋，最里面的两个房间各有一张床，面前的客厅内有着几把摆放整齐的老式沙发椅，与其相对的是一个由橙红色砖瓦砌成的壁炉，壁炉中没有木柴，看来很久没有人用过这间木屋了。

"除了你以外还有别人定期来这里做研究吗？"我转过身去问道。

"目前的研究小组只有我一个人，未来说不定会有更多的人加入，做一名新时代气象学家可是很难的！"

"学院那边的态度呢？"

"这边的地貌改变了很多，并不太适合翻修或建立大型的研究所，大多数人似乎想要把这里变成家族领地，不过具体交给哪一个家族打理还没有最终确定。"

"家族领地？就像岛屿还有那片湖一样？"我追问道。

"对啊，你知道那片湖吗？"

"怎么可能不知道？当时我和朋友们可是经常去那边散心呢。"

"我小时候就在湖边长大的，只不过我并不是湖泊主人的直系亲属，也并非下一代继承人，我是现任掌门人的一个远房亲戚。"

"原来如此。"

"原来什么？"

"我之前就在猜测你究竟来自哪个家族。"

"有那么明显吗？"

"可能性要大很多。"

"什么可能性？"

这些问题一个比一个棘手，我自己都不知道如何正确地介绍自己的天赋了，不过迟早还是需要告诉她。

"我可以预测出一些事情的可能性。"

"预测未来吗？"气象学家一脸兴奋地问道。

"更像是一种超出常人理解的预测能力吧，我必须知道起始的条件才能精准地做出预测。"

"真的吗？"

"对啊。"

"你等等。"

气象学家将自己的背包放到了餐桌上，她脸上的兴奋并没有随着时间的推移而消散，恰恰相反，在她拿到寻找的物品后反而更加开心了。

"你来预测一下落地的是哪一面。"

她手中拿着的是一枚我从未见过的硬币。

"我能看一下硬币吗？"

她伸手将硬币递给我，我接过硬币后仔细看了看。硬币正面印的正是首任岛主的头像，而反面则是学院的标志，重量与我所了解的硬币差不了多少。

"不许作弊啊。"气象学家抢过硬币后说道。

"你先抛。"

随着一阵清脆的声响，硬币被抛向了空中。时间仿佛再一次定格在这个瞬间，我看了看硬币便开始认真思考。

硬币正面落在桌子上的可能性：98%。

硬币反面落在桌子上的可能性：2%。

"正面。"

下一个瞬间，硬币的正面出现在了桌上。气象学家的表情显示一阵惊讶，紧接着她又微微皱起眉头。

"你大概是在想我是不是运气好才猜中的对吧？"我说道。

"是的。"

"那我们就继续下去，直到你满意为止。"

"好啊好啊。"那个笑容又一次出现了。

气象学家说完过后便从桌上重新拾起了硬币，她将硬币放在右手的拇指盖上，又侧身看了看我。

"我随时都可以的。"我笑着说道。

随着同样一阵清脆的响声，硬币在空中翻转了数次，米黄色的灯光透过金属的表面反射出亮眼的光，紧接着出现在脑海中的是那个永恒不变的数字。

硬币正面落在桌子上的可能性：98%。

"正面"

结果和预测一致。

又是一阵响声。

硬币反面落在桌子上的可能性：98%。

"反面。"

"正面。"

"反面。"

"反面。"

"正面……"

"反面……"

"……"

新时代气象学家的表情越来越古怪，我能看出来她已经忍不住要笑出声来了，她应该早就确认过了我的天赋，可是如果真是这样，为什么还需要测试呢？

"你知道我的天赋？"

"对不起，宇航员先生，您可是名人啊，我高中在学院的时候就读过您的档案。"眼前的她笑着说道。她果然是在故意戏弄我，我也只好笑着摇了摇头。

"不过档案是一回事，真正见到这种天赋还是令人吃惊呢。"大概是因为看到了我无奈的样子，她停下来笑了一阵继续说道，"你刚才连续说对了8次，纯粹猜测的话连续猜对8次的可能性是1/256，我现在是真正相信档案里说的那些了。"

"那为什么还要继续抛掷硬币呢？我看你乐此不疲的样子，完全就是在捉弄人啊。"

"抱歉啊，你刚才的表情实在是太好笑了。不过我证实了一点，你似乎也很享受预测的过程呢。"

"有吗？"

"有啊，看得出来你的确很喜欢自己的这个天赋，也许这就是你会如此迷茫的原因，校长那边似乎并不需要你了，而你又没有脱离学院生活过，或者说你没有尝试过放下自己的天赋。"

"也许吧，但是如何放下呢？"

"你已经很幸运啦，我记得档案中提到过你的前辈们都因为自己的天赋而导致了悲剧。"

"上一任校长也说过这句话。"

"所以就听取一下我们的建议吧，以后不再依赖这种天赋，硬币落在哪一面对你来说可能一目了然，可这对于我来说就充满了惊喜，我觉得你就是需要这种惊喜。"

"这可不一定，有可能这只是因为你更为乐观啊。"

"那么这么说来，你的天赋对你的人际关系应该没有什么影响才对，我的很多决定对你来说都是未知的。"

"的确是这样，直到我足够了解你。"

"可是校长的举动你似乎也没有猜透呢。"

"也许是时间太久了吧。"

"那就放下过去吧。"

四周的世界突然安静了下来，屋外的风暴已经平息，仿佛一切都是气象学家精心计算好的一般，缕缕阳光从窗口斜射进来，硬币的表面此时被照得金黄，我好像又回到了遥远的宇宙当中，时间的流速再次加速。气象学家并没有等待我的回复，她只是侧身望向窗外，然后又笑着换上那套了淡黄色的防寒服。

"好了，先不要讨论这么严肃的话题了，我们出去转转吧。"

我正准备谢绝她的邀请，可是眼前的气象学家似乎根本不打算放我走，她见我根本没有跟上去的意思，转身拉住我的手便朝着屋外走去。一时间，我感到自己再次出现幻觉，竟然能够感到两层手套相隔的温暖……

天空此时已经全然变了模样，那片紫色的云层此时已经远去，留下来的只是一层淡紫色的雪。气象学家甩开我的手跑向了前方的紫色雪原，我顺着她的背影望去，惊奇地发现了一个熟悉的天气现象，一片彩虹划过地平线，在我的视野中形成了一个完美的半圆，彩虹的颜色顺序与旧时还是一样的，从红色到紫色，各个颜色和我记忆中的无异，这还是我认识的那个地球。那些远处的云朵，似乎并不属于这个世界，不过此时它们藏在了深蓝色天空的四角。

我缓步走向坐在雪地上的背影，我们的气象学家似乎正在收集样本，她在身前的雪层上切开了一个口子，有趣的是这个口子下的并不是紫色雪层，而是淡黄色雪层。

"你想的没错。"她一边说着一边把手中的一个样本递给了我。

这个透明的样本盒子中装着一个由雪花构成的圆柱体，不出所料，不同颜色的雪层将整个圆柱体分成了六层。除了淡黄色和淡紫色之外，还有青绿色、墨绿色、咖啡色以及一种像是狐狸毛发的亮橙色，看来每一种云层中都会飘下同样颜色的奇异雪花，为这个世界增添一层新的衣裳。

"怎么样？"

"非常有趣，我从未想过云层会如此多变，也不知道雪质与以往相比有什么不一样，当然也不知道大气层的性质究竟发生了怎样的变化，这些都很值得研究。"

"我是问你颜色啊！你是不是傻了？"气象学家不悦地说道。

"颜色吗？"

"对啊，像不像那种彩虹蛋糕？好不好看？"

"好不好看？"

我好像没有考虑过这个问题。仔细回忆起来，手中的这一层层颜色的确很像那种五颜六色的蛋糕。我看了看她，又看了看她所指之物。

"倒是回答啊。"气象学家催促道。

"好看！谢谢你提醒了我。"我开心地笑了笑。

"这么久才说好看，一点诚意都没有，如果真的好看的话第一秒就该说出来才对。"

等待着我的并不是沉默，而是一个令我万分惊讶的紫色雪球，待我反应过来时已经发现无法躲开了，于是只好闭紧双眼，随之而来的是脸上的一阵冰凉的痛感。

"你这是做什么？"我故意用不解的语气说道。

"你这个人真是无趣啊。"她说完便转身继续采集样本去了，这给了我充分的时间连续捏好好几个雪球，我把这些紫色的雪球统统扔向她，可是结果却再一次令我感到意外，一层无形的护盾将所有的雪球隔离了开来，一个都没有打在她身上。

"嘻嘻。"她不怀好意地望着我，看到她怀里抱着的那些雪球，我只好连忙后退。

如果宇宙的深处有某个模拟世界的造物神偷偷观望着地球，假设这个造物主正好在观测北极圈内的这几间小木屋，它将会看到一个宇航员在狂奔，后面跟着的并不是什么血盆大口的外星怪物，而是一个疯狂向他扔雪球的气象学家。这种追逐不知道持续了多久，假设是按照宇宙尽头的时间流速来计算，我大概跑了五分钟后便开始倒地求饶。

收拾好自己的伤痕累累的外套，我再一次走向此时正在整理背包的气象学家。后者看到我又开始大笑起来，我也只好尴尬地陪她笑了笑，这次是我失算了。

"你的判断力没能帮到你啊。"她说。

"谁能想到你的外套还能防雪球啊？为什么你给我的这件没有那种功能？"

"这是我自己改装的啊，以前在学院里经常会有些朋友偷袭我，最后实在没办法了我才改造出这套防寒服，现在看来还是很值得的。"

"这次你赢了,但是下次可要小心了。"我无奈地说道。

"有什么绝招尽管拿出来吧,不过可能要等一阵,因为我们需要赶路了。"

"赶路?现在还要去什么地方吗?"

"当然了,我还没有给你看那个秘密呢!"

"去哪里?"

"那边。"她指着彩虹的一头说道。

"去追逐彩虹吗?那可是个幻象啊,没有尽头的。"

"这里的彩虹是有尽头的。"她自信满满地说道。

我上前用手背碰了碰她的额头,温度并不是很高。

"你怎么能怀疑我的能力呢?我对于气象的了解就像你的预测力一样厉害,只不过我不能精准地预测天气现象发生的地点而已。"

"你似乎也并不知道这一切变化的原因,从颜色到彩虹的尽头,难道没有科学的解释吗?"

"所以才要去收集数据啊!"她又朝我扔了一个雪球,"走吧,你带雪鞋了吗?"

"带了,不过也是老式的。"

"那你可永远也到不了彩虹尽头,不仅到不了,后半程的雪会松软很多,你肯定会陷进去出不来的,还是来试试这双吧。"她说完后从背包中拿出一双咖啡色的雪鞋,我接过来后将其换上，雪鞋自动调整至了舒适的大小，我站起来走了几步，确认无误后向她点了点头，她朝着我笑了笑，开启了我们共同的旅程。

"话说你为什么选择宇航员这个职业啊？"

"大概还是因为天赋吧，我想要探索一些未知的东西，而宇宙中的未知是最多的。"

"但是那可是三十五年的旅程啊，你起航的时候就知道的吧？"

"知道什么？"

"你返程的时候很多人都会不在了啊。"

"知道的。"

"那你还选择离开？"

"没有办法的，为了进步，再大的牺牲都是值得的，当时我们就预料到了一些不好的结局，磁场的初步弱化就是那时候开始的。"

"那现在呢？"

"现在已经稳定下来了，至少没有什么燃眉之急了。"

"我是指旅程，如果让你再选一次，你还会选择踏上飞船吗？"

"现在不会有这样的机会了啊，学院已经不需要我了。"

"假设呢？"

"不会的。"

"为什么?"

"我比较喜欢这些云层的颜色,它们挺好看的。"

"这次倒是真心了。"

"而且这也是我的那些朋友想要的,他们都希望我找到属于自己的生活,鉴于我早就失去了帮助他们的机会,实现他们的愿望是我唯一能做的了。"

"无论在哪里,他们一定正在为你喝彩。"

"希望如此吧。"

又有整整一秒的时间消散于这片不断变化的雪原上,这次我决定做打破沉默的那个人。

"那么,你呢?"

"我?"

"为什么选择这个职业啊?我还没有见过别的新时代气象学家呢。"

"以前的气象学家都是什么样子啊?"

"和其他的科学家们一样啊,印象中他们也会在实验室中做一些有趣的实验,有时候我还被叫去帮忙预测气候灾害的具体时间和地点呢。"

"听起来好酷啊,天气现象你也能够预测吗?"

"对啊,只要掌握到所有的规律就可以。"

"那能不能帮我预测一下啊?"

"可以啊,不过你得和我说说这些年来都发生了什么。"

"一言为定。"她笑着说道。

"你还没回答我那个问题呢。"我提醒道。

"因为那片湖泊啊,小时候就经常看到不同的云层聚集于湖泊的上方,有时候会出现十几层不同的颜色,大人们也不知道这些云朵是如何产生的,于是我就立志要一探究竟,高中从学院毕业以后我就申请了这边的研究员。"

"大家一定都感到奇怪吧,各大家族的成员一般都会在毕业后留在学院或是前往岛上深造。"

"没错啊,我很庆幸家族并没有过多地干涉我的选择,我想象不出来自己留在学院能做些什么,那里的人都太无趣了。"

"不知道阿龙听到你这么说会怎么想。"

"校长大人很有趣,在他那个年纪的人中很难找到那么有趣的人。"

"现在不一样了,我也应该算一个。"

"您可都年过半百了啊,我本应礼让三分才对。"她调侃道。

"哇,那你刚才还朝我扔雪球?小心我向阿龙举报你。"我威胁道。

"这里什么人都没有,我扔的雪球也会被新的雪层埋住,你没有证据。"她说着便又笑了起来。

"可恶啊。"我无奈地笑道。

也许是一种幻觉,但原本在天际的那道彩虹此时却离我们越来越近。难道真的可以抵达彩虹的尽头？可是彩虹本身就是一种视觉幻象，风暴过后的彩虹不过是通过水滴作为媒介而产生的虚影，是太阳光透过自然中的棱镜而产生的幻觉。如同沙漠中的海市蜃楼一样，无论我们以什么样的速度去接近这些看似美好的幻象，最终都无法接近它。

"我们不会真的是要去彩虹的尽头吧？"我问道。

"对啊，彩虹不是很美吗？"

"可是彩虹尽头是达不到的啊。"

"你试过吗？"

"没有啊，这不可能。"

"还没有尝试过就断定不可能？"

"因为理论上不可能。"

"这样你的预测能力不就超出理论了吗？"她说道。

到达彩虹尽头的可能性：未知。

"未曾尝试就选择放弃？因为理论上的限制而不去探索？这可是有悖于学院的精神的，来吧。"她说完她加快了步伐奔向彩虹的尽头。

这一切都不正常，可是我又不确定具体是哪里出了问题。犹豫再三，我决定放弃自己的预测能力，继续跟随气象学家。

"真是够慢的。"她一边说着一边又向我扔来一个雪球。

"没有办法啊，毕竟我现在已经五十七岁了。"我侧身躲过雪球后说道。

"理论上来说。"她调侃道。

"理论上来说。"我重复道。

我们越靠近，彩虹越大，彩虹的尽头也逐渐变得清晰可见，一道有七种颜色的颜色轮。这七道颜色从一座雪丘的后方而来，划过上空的那片深蓝，穿过头顶的紫色与淡黄色，最终落在雪原的另一边。气象学家在我之前到达了那座雪丘，她换下脚上的雪鞋后便开始艰难地向上攀爬。

当我还在犹豫是否应该选择绕过雪丘的时候，一条绳索顺着雪层滑了下来，气象学家摘下雪镜，示意我跟上去。我只好也学着她的样子换下雪鞋，重新固定好脚下的冰爪，一步步攀上丘顶。

"这里一定要小心，先把绳索固定好了再下降。"她指示道。

"下降？"我问道。

前方是一条从冰原的地缝里升起的彩虹，每一道光芒的宽度都至少有五米，整条彩虹的平面宽度大概有四十米，侧面的深度比地缝要小一些，面前的所有颜色呈现出曲线形的圆柱体的形状，不过从远处看的确和一个二维的彩虹没有区别。彩虹的源头就藏在眼前的深渊之中，被自身强烈的光芒所遮住。

"这是怎么回事？这不是彩虹吧？"

"旧世界的彩虹的确是幻觉而已，可是北极圈内的这些风暴过后的彩虹可是真实存在的。"气象学家固定好了绳索后解答道。

"那光源呢？"

"和彩虹的光源一样。"

"太阳光？"

"是的，具体的原理你需要下去才能知道。"

"去冰原的地缝中？"

"当然了。拿出点你的探索精神吧，宇航员先生。"

她说完后固定好了腰间的绳索，同时又转过身来，背对着深渊，双手紧握着绳索，双脚站在垂直的冰壁之上，开始缓慢地降落。我学着她的方法，缓缓地落向深渊之中。

从冰面一直到裂缝的底部，脚下的冰壁也产生了变化，好像先前见到的那些带有颜色的雪层一般，沿途的冰壁似乎也变成了叠加起来的冰层。起初我以为只是冰壁的表面覆盖的薄雪带有不同的颜色，可是当我用冰爪将这层雪清理干净后，半透明状的冰壁本身也有不同的颜色。就在我感到困惑时，双脚已经重新踏上了稳定的平面，我已经到了冰缝的底部。

"快过来！这里就是彩虹尽头。"身后传来了气象学家激动的声音。

我连忙解开绳索转向她。那七道梦幻般的光柱从脚下的冰面投向两侧的冰壁，最终汇聚成一条弧线，射向高空。弧线般的彩虹依然是那熟悉的颜色，而冰壁之间的颜色以及脚底冰层的颜色却时常发生变化，其中的原理实在令人捉摸不透。

"光源从哪里来呢？"我问道。

"不知道。"她摊开双手回答道。

"是脚下的这层冰面吗？"

"这应该不是冰，更像是雪才对，裂缝本身的冰壁其实也都是雪形成的。"

"但是这种质感不对啊。即使是压缩后的雪也不会有这般柔软的触感。"我用尽全力踩向地面，脚上的冰爪传来了一阵清脆的声音，随之而来的是反作用力所产生的痛感。凿入冰面的冰爪并没有成功切入脚下的平面，这个平面比冰面还要坚硬。

"这种裂缝在北极圈中有很多，而那种有色彩的风暴常年在这一带爆发，风暴所带来的低温和雪花互相作用，累积出的雪看起来像一种独特的晶体。"

"但是太阳光照不到这里，更不可能从冰层的另一边产生彩虹……"

"你怎么这么烦啊？不是约定好要抛下学院的那种眼光吗？"

"好奇心很难改变啊。"我回了一个无奈的笑容。

"无论什么原理都与其中的美感无关，感受这种美感才是正确的研究方向，你可是我带过来的第一个人，不要浪费时间。"

"这里就是彩虹尽头了？"

"你永远只是站在远处观望彩虹，即使是此刻你也只比往日站得近了一些而已。"

"你是说还要向前走？"

"对啊,走进彩虹尽头看看吧,我相信你站在那里就会立即忘记所有的科学理论。"

我看着面前这些变化多端的光柱,它们好似一群有生命力的生灵,逍遥自在地飘浮在空中,就像宇宙中的那些光迹,呼唤着我向前走。我决定再次拥抱未知,放下自己的感受与天赋,迈入了彩虹尽头。那些光柱仿佛察觉到了我的存在,改变了行驶路径,世间的所有颜色此时都汇聚于此,将我团团围住。我视野中的世界也被染成了不同的颜色,双手时而变红,时而变紫,各类颜色的转变总会带有一丝停顿,上一个颜色总会遗留下一些零散的光痕,整个过程就像是在用水粉绘画,颜色之间的变化产生了一种超现实的美感。

"是不是很美丽?"气象学家也来到了我的身边,那双明丽的双瞳此时闪烁着紫粉色,下一秒又变成了青蓝色,我能从她的身上看出快乐,这是一种极富感染力的快乐,让人十分想要继续活下去,不考虑未来,不考虑可能性地活下去。

此刻的我也被这种生命力感染,周围的光芒似乎也受到了生命力的影响,色粉般的颜色绘制出了许多精美的图案。我从彩虹的光芒中看到了学院,看到了阿龙在岛屿的顶点俯瞰着世界,学妹与工程师带着阿久在一个小岛的沙滩上漫步,又看到了穿着宇航服的宇航员,他正在遥远的星系中独自前行。

再次望向气象学家,我在她的周围也看到了很多类似的画面,那些是她自己的经历吗?她穿梭于极地的冰川之中,又在湖边拿着望远镜眺望着星空,不知她有没有看到那个处于半个宇宙之外的宇航员⋯⋯

"很美丽。"我感叹道。

这一切并不是幻觉,我在她的眼中也看到了同样的画面,彩虹尽头是真实存在的,而我此时的经历也是真实存在的。这个答案违背了我随追寻的一切,可是我的心中并没有丝毫的反感,在这个荒无人烟的北极境内,我再一次感到了存在的美好,那种不需要语言去描绘、无需动用逻辑去表达的美感。当然,与其相伴的还有那股爱意,那种无愧于世间的深沉爱意。

3

窗外的寒风一次次撞击着木屋的大门,不知道这次风暴停息过后是否会有又一轮彩虹出现。我坐在壁炉前,后背靠着一个平躺着的沙发椅,身旁是那双宇宙般的眼睛。为了对抗严寒,我们将背包内的所有保护罩以及备用衣物都拿了出来,但这些明显不够,我们又将不同颜色的沙发椅拆散开来,一半的靠垫都被放置在了窗户内侧以及大门底下,另一半的靠垫围着壁炉形成了一个完美的彩虹半圆。

壁炉中的木柴不时发出炸裂声,大概是被外面的风声吓到了,火苗的动作十分缓慢。整个房间被火照成一种陈旧的橙色,周围的影子有时随着火光跳动,有时又定格于一个位置许久不动弹。我能够感测到室内温度的跌宕起伏，火炉还没有达到最高的功效。自我抵达彩虹尽头之后，预测事物的能力似乎有了提升，可我尚未有意识地尝试过新的能力。

"你很冷吗？"她问道。

"不冷。"我答道。

"骗人啊，你都在发抖了。"

"那是因为我害怕啊。"

"害怕什么？"

"我害怕时间会像上一个三十五年一样，转眼间就不见了。"

"莫名其妙。"她说着递给我防寒服的一角，我接过来后朝着她所在的位置挪了挪身子。

"明天还去彩虹尽头看看吗？"

"你如果能帮我预测一下周围气流的动向和云层的颜色我就带你去。"

"成交。"

"真的能预测出来吗？"

"当然了，我现在感觉无所不知。"

"感觉无所不知和真正的全知可是有一定差距的。"

"那我就是无所不知。"

"你知道自己生命的意义了吗？"

还需要去计算和推导这个问题的答案吗？这应该是最后一

次了吧，以后我也不用时刻关注着自己的未来了。我将精力集中在这一个时间节点上，木屋内的一切都被我的大脑掌控，我能够知道每一个物品的未来，那些画面和彩虹尽头的图像一模一样。屋外的冻土也与我的意识连接在了一起，我感受到了冰霜下的生命力，以及未来穿梭于同一空间的所有生灵。我很确信自己已经掌控了这一切，没有更多的不确定性来妨碍我了，未来的景象就像记忆一般，我可以轻易地探知任何信息。

然而，我还是未能达到全知，任何与我有关的未来画面都不会呈现在我的脑海中。不过这一点已经不重要了，我不愿意再去猜测自己的未来了，现实中的那个问答更重要。

"我没法预测出来，但是我已经感受到了，也许没有一个正确的答案，但我对于自己的答案已经满意了。"

"是这样吗？"她转过头去说道。我没能看到她的表情。

那些空中的繁星，如今降落到凡间，它们中的大多数成了烟尘过客，点亮一方天际，又错过了人间的种种美丽。而另一些则散发出迷人的光芒，只看一眼就足以使人神魂颠倒。时间再一次无限放慢，我们在沉默中所度过的每一秒仿佛都被扔进了火炉里，与我曾经的那种孤独感一起，燃烧成灰烬……

梦境中的我此时又回到了宇宙飞船之上，厨房里还散落着各类尚未用完的食材，水池中还放着做早餐用的铁板。窗外的光景与我记忆中的完全一样，那些光芒变成了一道道美丽的颜色：淡黄色、淡紫色、墨绿色、咖啡色、玫瑰金、蓝灰色、橙红色、青绿色、亮红色、薄荷绿……

这些星光带给了我一种宁静之感。

可是为什么我会感到困惑呢？内心的这种恐惧又从何而来？这一切都很不正常，梦境为何比现实还要真实？彩虹尽头真的存在吗？没有光源的射线，不符合常理的冰雪，为什么我没有看到其他曾经认识的人呢？这一切难道都是梦境？

不对！我现在经历的才是梦境。彩虹尽头的那些不可能是幻象，我没有能力构造出那种超出现实的感觉，气象学家也是真实的。那份爱意是绝对存在的，我需要做的只是醒来而已，我需要做的只是醒来而已……这不过是场噩梦……我不愿回到过去，我已经选择好了未来，那是属于我的未来……

许久过后，悬崖的尽头一片云海，这种淡黄色的云层让我想起了第一次与气象学家见面时的情景，可是此时的颜色却又不同，这种淡黄具有一种木质般的色彩，让人想起腰果的颜色。我在草地上等待了很久，可是前方的这一片腰果色迟迟不肯散去，而我也只好躺下身来，观察高空中的那些云层。

这些富有动感的颜色互相交融，不同颜色交融出许多种叫不出名字来的颜色，它们似乎在向我招手，向我倾诉自己的心声。我只能用心去理解，去感受。

新时代的气象学家此时来到了我的身边，她的长发在微风中飘动，那双宇宙颜色的眼睛此时也望着前方的这片美丽的天空。这真是一个完美的早晨啊，宇宙的颜色与我同在，世界之美好伴我同行,一切的不愉快都早已融化于那一片片可爱的云朵之中。

自身未来的可能性:未知。

世间最难判断的,大概就是人与人之间的距离。我所游历的宇宙与地球十分遥远,曾经与气象学家的距离似乎比那还要遥远几分。此刻我们之间此时仅有数步之隔,而内心的距离比这还要近。

再次掏出口袋中的那枚戒指,整套流程我再清楚不过,私下已经练习过很多次了,内心世界多出了无比美丽的颜色,我也得到了完美的结局。

4

章节在此处结尾,而我才刚刚进入这个困惑之境。我现在开始怀疑之前的那些推论是否依然成立,这两个章节使我之前的一些假设都显得很幼稚。宇航员也拥有一种独特的预测能力,这样的设定与第一个故事中的主人公极其相似。如此一来,祖父是想要借此来告诫我不要去像第一个主人公那样被天赋和执念所困?我应该像宇航员先生一样去找到自己的彩虹尽头?如此一来就需要对宇航员的故事进行更深一步的解读了。

故事结尾的梦境似乎在问宇航员是否获得了幸福,如果宇航员真的回到了飞船上,而所有的都只是梦境,那么宇航员就会仍在太空遨游。如果一切只是一个梦，那么那些奇异的光芒还有宇航员降落之后遇到的各种场景就得到了解释，梦境会被大脑自动合理化，梦境的细节也通常会给人一种模糊感。可是从另一个角度来看，这个梦倒还真是真实的啊，各类精确无比的细节和颜色，宇航员是如何想象出的？依靠潜意识来构造出一个崭新而又细致的世界难度太大了。只是单纯的噩梦的话倒还是很好解释，毕竟宇航员在太空中也有过像是幻觉一样的经历，那种强压下说不定也会造成各种奇怪的幻觉。单纯是喜剧的话也很好理解，宇航员刚收到两封令人感到欣慰的邮件，从行文来分析，宇航员入睡前似乎也稳定了心态。

可是故事本身却又喜又悲，结尾又插入了一段对于现实的描写，宇航员真的已经回到了地球，去过了彩虹尽头？又或者说是宇航员预见了未来？这样的预言本身会不会改变他回到地球后的行为？严格按照人物设定的话是不可能有预见未来这种事情发生的，宇航员并没有足够的数据，这样的推测应该是出于我的天赋才对，而我又不是宇航员。

令人感兴趣的一点就是里面对于学院的描写，未来的学院真的会是这样吗？北极圈内的确有这样一批木屋，地球的磁场在未来真的会变得不稳定？不过更有趣的是那位于某个岛屿上的公司，这也算是根据现实生活取材吗？等等……为什么在岛屿上建立公司这种事情听起来这么耳熟呢？我总觉得自己预言过相同的事情，可是我搜索一番记忆，又一时记不起具体是对哪个人的未来进行了相似的预测。

不过假设真的是这样，难道祖父给出了同样的预言？祖父也能预测出他人的未来？这在文章中也提到过，主角的设定似乎就是来自这样一个拥有特殊能力的家族，不过我没有听说过现实中有这样一个家族存在，我难道被祖父的布局给欺骗了？我做了一个更为大胆的假设：祖父知道我有预测能力，同时祖父自己也有预测能力。

在知道我的未来的同时又刻意避开我，这意味着避开我才会使我拥有一个更美好的未来？或者是为避免我在未来做出更坏的决定？

主角的能力有多么可靠？从逻辑学的角度讲，将一件未来事件概率化似乎是很困难的。太阳一直都在早晨升起，可是盲目地假设太阳会在明早继续升起是一个不符合逻辑的推论，因为从逻辑上来讲太阳有不升起的可能性，天体也都有毁灭的那一天。不过书中似乎很巧妙地避开了这个摧毁一切科学理论的问题，2%的设定大概就是为了避免学院的抗议吧，在逻辑上不正确却又在实际上正确。可是这又引出了我的另一个问题，这究竟是虚构的小说还是非虚构的文章？如果这些都是真实发生过以及在未来发生的事情，祖父是怎么知道的……

假设祖父真的拥有一个全知视角，假设他老人家真的可以看穿所有人未来，这本书中的一切极有可能会成为现实。这种可能性又有多少呢？以我自己的能力是无法精确地预测出这些细节的。如果祖父的能力和我的能力相同的话，这本书很有可能是将他本人设想出的未来蓝图写了下来，同时又添加了自己虚构的一些细节来使这一切变得合理化。或者祖父的能力与书中描述的相同？我们的家族一直以来都有预测的天赋，但祖父预言的是未来的哪一部分呢？又或者祖父本身的天赋比所有人的要强大？这些情况的可能性有多少呢？我真希望自己拥有宇航员的天赋，对我来说，过去和未来一样神秘。

　　我的思绪回到了现实中的木屋里，原本在黑暗角落里的家具渐渐清晰可见，这一晚过去得比我预想的要快很多，又或者是我因为沉思而没有注意到时间的流逝。活动一下双肩，我决定给自己的大脑一些缓冲的时间，假设一切预言都是真的，外面的云朵会不会突然变成淡黄色呢？

　　湖畔的世界的确有一些独特的颜色，东边的云层夹杂着一丝淡黄色的亮光，西侧则是淡紫色的积云，祖父与我迟早都会离开这个世界，可是这些积云还有湖畔还会启发下一任学员们，其中必有书中的人。从这个角度来看，我宁愿相信书中的人物并不是虚构的，知道未来能有同样聪慧的人来继承学院和家族精神真是令人安心啊，就像宇航员将未来托付于阿久一般，我对那群拥有实力和能力的人有绝对的信任，我早已将这个世界的未来托付给了学院那些来自各大家族的朋友，当然还有新认识的那位神经科学的学者……

　　他的未来是去岛屿上建立帝国……不过我无法设想出那究

竟是什么样的帝国，可是书中的岛屿似乎符合我对他最初的设想。祖父果真拥有与我相似的能力？可是他老人家为何能把岛屿日后的体系以及发展历程整个都设想出来？

眼前的湖泊给不了我答案，祖父远处的木屋还没有亮光，如果祖父真的像我一样能预测未来就会料到我现在的想法。回头看了看东方微弱的阳光，我决定去找湖泊的主人确认一件事情。

湖畔旁最大的一栋建筑物里居住着这片湖泊的主人，为了不打扰到小孩，我事先联系了这位老友，得到了允许后才朝着露台走去。令我惊讶的是，这位老朋友已经早早地坐在露台上了，他显得十分放松，在听到脚步声后回头向我笑了笑，紧接着又起身为我摆好了餐椅和餐具。

"你知道我会来？"我问道。

"对啊，是你祖父预料到的，他特意要我提前准备好早餐来露台这里等你。"他说完后从身后拿来了一盘精致的餐点。

"祖父有交代过要和我聊什么吗？"

"没有啊，他只是说到你可能会连夜工作，早上肯定又会遇到烦恼，所以让我早一些起来与你谈谈心。"

"好吧。"

"你放心，我是真心希望你和你的祖父和解，只帮助一方来化解矛盾是不现实的，我会保持中立。"大概是察觉出来我的不安，眼前的老友真诚地说道。

"好的，我相信你。"我向老友笑了笑，也重新入座。

"那你想要聊一些什么呢？"他问道。

"祖父一直这样料事如神吗？"我反问道。

"还好吧，之前我说过，他来到这里后的这段时间里很少与我们接触，我们也很少去打扰他写作。"

"之前那次呢？"

"哪一次？"

"阿丽那次，祖父具体是怎么说的？"

"和你说的很像啊，就是说阿丽将来一定会有丰富的情感，很适合选择艺术一类的课程，同时也会结识到很多对她产生影响的挚友。"

"所以这是关于未来的预言？"

"对啊。"

"你认为这种预言可靠吗？"

"我不太相信预言，未来有太多不确定性，又有谁能担保未来的发展呢？你祖父的一番话我认为是出于好意，之前我也只是奇怪为什么你也会提到艺术天分，所以才表示惊讶。"

"好吧。"

"怎么突然问这个？如果你真的认识能精准预测未来的预言家，还麻烦帮我问一下我在未来是否会是一个好的父亲。"

"这件事情不用问啊，不需要预言家也能推断出你未来会为家族做贡献。"

我预测了一下阿丽与这位老友生活的后续蓝图,未来这位老友将会无条件地爱阿丽,他们一定会成为一对幸福的父女。

"如果真的是这样就太好了。"

我能感受到老友正在尝试运用自己的直觉来判断未来……这和书里所说的很像。

"你过来不会只是为了聊这件事的吧?"他继续问道。

"其实就这件事而已,我最近不是很确定自己想要什么。"

"是不是想得太多了,有时候不要太在意细节啊,最重要的是用心去感受,用爱去体会。"

"你读过那本书了?"

"我是指生活本身啊,应该先学会活才能够生,或者说应该先意识到生之可贵,那样才能发现活着的美丽,价值也就随之而来了。"

"也许吧,看来我还要继续探索。"

"你刚才问书的事情,你祖父又出新作了吗?"

"哦,对啊。"

"关于什么的?"

"生命力,其实和你之前提到的话题很相似,都是在指引那些处于痛苦与孤独中的灵魂吧。"

"那我以后一定要拜读。"

"其实我不是很确定。"

"不确定什么?"

"这本书的真正受众是谁。"

"是单独写给你的一本书吗？"

"并不是这样，我觉得任何一个人读那本书都会产生某种共鸣吧，只不过读者会决定其中的真实性。"

"如果是写给你的就是真实的，对于外人而言就是虚构的？"

"差不多是这个意思吧。"我答道。

祖父的能力被眼前的这位老友证实了，阿丽的未来是需要猜测的，而我不认为纯粹猜测就能够说出艺术天分这种话，更有可能是祖父能预测出某些方面的未来，至于是哪些方面的未来，我还需要继续推导。现在已知的是长远的未来对祖父来说是可知的，同时他也预见了我此刻的心情，所以短期的未来也是可知的。至于具体的是像我一样可以预测一个大体的蓝图还是可以预见所有的细节就需要去问祖父本人了。

"但是这也不影响什么啊，你读起来会是一种感觉，大众读者读起来会是另一种感觉，不一定需要所有人都得到相同的共鸣啊。"

"可是我有点想知道祖父究竟是写给谁的，如果是刻意写给我的话就需要考虑到其中一些事件的真实性，如果是大众的话就不必考虑这一切了，因为有些秘密永远都只会是秘密而已。"

"虽然不是很能理解，但是我还是相信你的直觉，你还是去找你的祖父吧，两个人面对面地沟通可能会好一些。"

"也许吧,谢谢你了。"

"没事,你接下来就准备去找他吗?"

"不啊,我还没有读完。"

"哦?"

"怎么了?"

"你的祖父当时说你在读完后会来找我。"

"他具体是怎么说的?"

"他就说你读完后会感到困惑,但是最终又会感到解脱。"

祖父没有预测出我到早晨仍没有读完,他预测我会在早上读完,并以此作为基础进行推论,又或者他的预测是错误的。

"看来我需要回去继续读书了。"

"那就祝你好运了,吃点东西吧。"

"不必了,我现在的状态最佳。"

"你确定吗?"

"我确定。"我最后答道。

我现在很好奇祖父究竟打算怎样劝说我。虽说这两个故事都给我很多启发,可是我总觉得祖父还是欠我一个最终的解释。为什么要选择宇航员与气象学家的道路?为什么没有被自己的能力困住?为什么不追求绝对的价值观与真理?正如我的老友所说的那样,我需要再次和祖父面对面地交谈才能得到一个完美的答案。因此,我必须在今天读完这剩下的两个故事,而且是一句句地去品味,再也不能急于求成了,这可是我最宝贵的机会。

　　我奔跑着回到了自己的房间，回到那奇幻的世界中，继续我的漂流。

浮空筑桥师

1

我从不认为我是班上最聪慧的那一个。同届的学友们早已学有所成,无论是在学院继续研究,还是去外面的世界闯荡,他们似乎都找好了各自的出路。自从中学进入学院,这两年我仍然对选择专业感到迷茫,与那些被家族指定为继承人的天才相比,我拥有更多的自由,我可以选择自己喜欢的学科,不需要到政治与经济的课程中去体验那种无休止的辩论。

这种自由也给我了很多烦恼,因为我并不知道自己真正喜欢的是什么,起初我热爱的是对于科学的研究,那种严谨的科学方法以及对于数字的钻研总能令我乐此不疲。再后来我发现自己的天赋并不在数据和运算上，考试成绩也并不是十分理想。为了充分探索并抓住自己的天赋，现在我开始了新的选择。

这也许就是我会在午夜后仍留在图书馆的原因，我需要付出多于他人的努力去完善自己的创作。我的论文是关于政治哲学中的公正系统的，完美的公正真的可能吗？我的论文并没有给我满意的答案，论文所参考的七十份文献也没有给世界一个完美的答复，近期修完的单元加深了我对于公正的怀疑，这个世界似乎没有什么是对所有人都公正的。完美地考虑到所有人的情况并且依次分类讨论是可能的，但是真正实施这样一个系统实在太难了，而且需要考虑很多现实中的因素。

精神财富也许可以达到公平分配，但政治关心的公正更多是物质财富方面的公正，毕竟物质财富才是人们最基本的需求，否则也不会有学院这样的体系存在了，学院的人们都已经超越了物质上的欲望，伟大的事业对于我们来说是追求精神上的造化，以及帮助更多外界的人达到可以去选择的地步，从学院的创始人那一代开始，所有投入其中的家族都有同样的目标，从而形成了一个与外面世界互利的良好关系。当然，我仍然怀疑这是否公正，毕竟整个评估系统都是建立在能力可以被定义为价值的基础之上的。继承人的实力决定一切，如果家族成员不够优秀，整个家族就会陷入困境，新兴的家族更容易被这种困境困住。而那些根基稳固的家族则有着很多特权，这是为了奖励他们世世代代的贡献。对于外界的那些没有家族背景但是潜力十足的天才，学院也会将其纳入麾下，最终变成为各大家族效力的成员之一。可是这样的天才只是极少数，缺少了包容性的学院并不能帮助到所有人，因此学院并没有实现真正的公正。

又或许，单凭能力的方式本身就不是公正的，能力主义的统一测试只不过是达到了公平而已。学院中的家族成员从小就受到最好的教育，他们的潜力很早就被开发和完善，这些资源是外界的人不具备的。假设两个人拥有同样的潜力，出生于家族中的那个会更具优势，而出生于外界的那个人则身处劣势。从这个角度来分析，外界的天才们往往比学院中的学者们更具潜力，只不过他们可能因为物质条件的制约而错过了潜力开发的最有效时机。

这也就是学院并不是绝对公正的体制的原因，学院倡导的是创新和效率，而一个绝对公正的删选系统会把每一个能力较低的外界学生纳入新生中。就像一场赛跑一样，外界学生的起跑线落后很多，而家族中的学者们起跑线都很靠前，即使二者的速度一样，起跑线的不同也导致了外界学生到达终点的时间会慢一些。可是学院最重视的只是名次，因此校方往往会忽视这其中的公正性。学习的范围和外界的范围不一样，学院的学者们都在中学时期入学，在刚刚成年后就决定是否继续留在学院做研究，或是在家族中接管特定的工作，这比其他学府和大学的入学时间都要早很多，整个私塾的教育都向前推移。可是现实就是如此，学院出来的一位刚刚成年的学者就能跟大部分学府与大学制度中的博士生相媲美，假设要从学院转入外界的系统，大多数的学者也都是直接被高等教育学府录取，受过学院精英教育的学子们的优势是绝对的。

真正公平实现起来也非常困难，光是保证公平的统一测试就已经很难了，更何况还有基因的因素，家族的人择偶时会设立自己的标准。家族的继承人们拥有绝对独特的背景和超常的智慧，那是代代相传的家族财富，适用于所有的关系网和政治网，家族本身就是一种实力的象征。整个学院就是一个非常极端的范例，而正是这种极端造就了一批又一批拯救和改变世界的天才，还有那些藏于暗处的恶魔。

我扮演着什么样的角色呢？我无法呼风唤雨，更无法设计出什么操控世界的精妙计划，我在这里和一个普通人无异……

"阿寒你还在这里啊。"我顺着背后传来的声音望去，从楼道中走来的是政治哲学部门的一位教授，他的步伐踉跄，我能看出来他的身体已经大不如前。

如果乘坐能穿越时空的飞船回到几十年前，我大概会看到眼前的教授做学生的模样。他是学院系统中的模范生，自小在大家族中磨炼自己的辩论技能、逻辑思考的能力、批判性的思维能力、记忆力，等等。最终从家族中的新一代之中脱颖而出，进入学院后继续学习自己感兴趣的专业，最终又留在学院继续研究，推出了一系列政治改革的蓝图，功成名就后为家族带来了丰富的资源，为下一代争取到了更多的优势。

"教授您好，我还没有改完自己的论文。"我回答道。

"那你可要加油了，最后二十天了。"教授说道。

"谢谢您的提醒。请问您现在有时间吗？我有一些问题想请教您。"

"现在可不行啊，你是不是没有看时间？"

"已经早上了吗？"

"是的啊，我来这里是为了整理今天上课要用到的资料。"

"那请问您课后有时间吗？"

"有啊，不过我劝你还是先回去睡一觉吧，离上课还有五个小时，如果实在太累的话也可以休息一天，我相信你已经写出了一份很好的初稿。"教授笑着说道。这位教授总是这么和蔼可亲，他的这番关怀顿时使我短暂性地感到浑身充满了动力。

"好的，我过一会就回宿舍了。"

我说完后目送他走向楼梯。

6小时12分又3秒。

不知为何，我的脑海中浮现出来这样一个时间，也许是熬夜太久，出现幻觉了吧。我的目光从教授身上收回，那个时间也消失于脑海，困意袭来，催促着我按照教授的指示回去休息。片刻后，困意战胜了我的动力，迫使着我关闭了显示屏。

可我并没有立刻起身离开，此刻一片漆黑的显示屏阻止了我的脚步。借助左侧墙壁上微弱的灯光，我隐隐约约可以从屏幕中看到自己，那个倒影有着黑色的头发，发际线与面容的分界线十分模糊，五官也消失于一片黑暗之中。我缓慢地朝着左右两边摇了摇头，处于面容中央的鼻子在移动的过程中显露了出来，那副黑色眼镜的边框也变得清晰，可是我没有看到自己的眼睛，它们已经彻底被黑暗吞没。

不知为何，我盯着这个倒影看了很久，一种诡异的恐惧感也逐渐在心中成形，我到底在惧怕什么？

未知。

心中这个不和谐的声音又是什么？

我使劲摇了摇头，顺便掐了一下自己的左手虎口，疼痛感顺着身体的一侧传来，我不再去盯着这个空虚的屏幕，起身走向了走廊尽头的图书馆大门。

学院头顶的星空令我再次止住脚步，那些遥远的星光经历了无数光年才来到地球，它们是否真的知道有人在观测这一切呢？如果真的可以与人类进行交流的话，它们会不会批判我们体系中的公平与公正呢？或许它们会无视道德伦理的因素，只去考虑效率和能力吧。问题应该出在了算法上，毕竟是算法决定了学院的入学申请，假设算法没法真的完美评估一个人的潜力和能力的话，多一些道德伦理的考量也不是什么坏事。但假设学院的算法是完全准确的，反方会说无视能力的录取将会影响最终的结果，学院的包容性会使整个体系崩塌，因为效率将不再是最高的。

学院的算法永远都只有高层能够知道，我无法把这一点写在论文上。跟着这样的思路走了一圈，我又卡在了新的问题上。等到回过神来，我已经到达了目的地，还是休息一阵再去想吧。回到宿舍之后我并没有再想什么，大脑进入休眠的速度比电脑还要快，困意最终战胜了我的思考的能力……

昨晚我可能实在太累了，入睡前都忘记了上闹钟，这个严重的错误使我迟到了半个小时。进入教室的时候，那位教授再次笑着对我点了点头，随后又开始对比不同政治体系中的经济目标。我放轻脚步，来到后排的一个座位轻声坐下，生怕打扰到前面那些遨游在知识海洋中的学者。

背后的靠垫太柔软了，座椅的架构也太舒服了，我的神志又开始飘向房间外的梦幻世界，剩下的课程我在半睡半醒中听着，我暗中发誓日后再也不像昨天那样熬夜了，这样做不仅会导致我第二天在课上无法听进去任何内容，还会令我出现奇怪的幻觉，这可不是一个好方法。

我最后强迫自己望向教授，教授还在那里讲着我此时无法动用脑力去理解的语言，而就在困意再一次攻陷我的时候，那个诡异的时间再次出现在我的大脑之中。

8分又3秒。

8分又2秒。

8分又1秒。

8分。

7分又59秒。

这个时间在倒数？难道我又产生了幻觉？还是说我现在其实还在睡觉？我下意识地猛掐了一下自己的虎口，我疼得叫出了声，叫声引来了其他学者的目光。

"好了，看到有同学能够为不同的体系展开发声辩护也是十分值得欣慰的一件事情，今天就到这里吧，我们后天继续。"教授收起身前的显示器继续说道，"论文还有最后的二十天，希望大家在接下来的时间里注意自己的身体，保持良好的饮食习惯和充足的睡眠，祝大家好运。"

周围的学者们收拾起了自己的电脑与文件夹，迅速地离开了教室。等所有人都离去了，那位亲切的教授才走到我面前，那一串数字也随之出现在我的脑海中。

3分又5秒。

3分又4秒……

"早上还是没有回去休息吗？"

"您离开不久后我就回宿舍了，可是我一时迷糊，忘记了要上闹钟，十分抱歉。"

"没事的，即使你今天不来上课我也可以理解，毕竟这边的课程也不是必须要来的，真正厉害的学生往往都不来上课，最后交了论文就走人了。"

"学生愚钝，恐怕此生都难以达到那种水平。"

"说什么呢，你可以的。"教授拍了拍我的肩膀继续说道，"好了，先回去补觉吧，下次别让我在清晨的图书馆里再碰到你。"

2分又1秒。

如果到达零点后会发生什么？这些数字似乎不是我的主观意识，我不知道其中的含义，这种未知的感觉使我心中一片混乱。我能依稀感到这个脑海中的闹钟在警告着我什么，可危险具体是什么又无从可知。

我望向门口，数字也一同消失了。

再次看向即将离去的教授时，数字又再次浮现在我的眼前。

1分又20秒。

这些数字与教授有关！我上次看到这些数字是今天早上目送教授离去的时候，可是数字的意义究竟是什么？可恶，为什么会有种非常不祥的预感？

我再次看了一眼教授，他的呼吸变得有些急促，脸色与往日相比也显得苍白很多，额头上还有层虚汗。

"稍等一下。"我喊道。

"怎么了？"教授转过身来问道。他的声音也不是很正常，我默默地将手伸入大衣的侧袋，试图找到我的智能手机。

"您没事吧？"我反问道。

1分钟。

"我……"教授的声音戛然而止，他的左手扶住了一旁的一把木椅，右手捂着心房的位置。在教授倒地的那一瞬间，我先是拨打了学院的急救电话，紧接着又奔向了神情狰狞的教授身旁。

我双膝跪在地上，迅速地解开教授的大衣，将双手叠放在教授的胸口，开始根据记忆的指示进行心肺复苏。

30秒。

"教授！您能听见我说话吗？"我喊道。

"快来人！"

20秒。

相继有学生在听到了我的呼叫后闯入教室，我没有时间辨认出他们的面孔，更没有时间去考虑他们各自在做些什么。

10秒。

教室内的亮度好像在逐渐减弱，从窗户外面传来的太阳光被一个诡秘的阴影吸收，温度也跌至了零点。

3秒。

2秒。

1秒。

0秒。

我继续做着心肺复苏，可是双臂的力气用尽了。我被几名在校的医生从教授身旁拉开，他们并没有继续进行救治，而是各自拨打着电话。房间的亮度未曾改变过，阳光并没有消失，之前的一切或许都只是我的心理作用而已。

可相比之下，我内心的那个倒数却是如此地真实，我在最关键的时候忽视了那些数字，如果我早一些推导出其中的含义，这一切都可以避免，然而我并没有注意到那些征兆，没能帮到教授。

周围的人并没有意识到我致命的失误，他们神情严肃，目光望着我的时候都面带同情，正是那样的表情扩大了我的内疚感……

"对不起。"我低声说道。

"阿寒你不必道歉，这不是你的错。"站在一旁的校长安慰道。

"对不起。"我重复道。

"不要在意了，这件事情是没有人能够预料到的。"

"我预料到了。"

"内疚并不能改变事实。"校长显然没有相信我说的话。

"我真的预料到了。"

"不必这样……"校长的话只说了一半，他的脸色变得十分奇怪，随后又立刻拉着我走出了教室。

我希望校长能够相信我，我需要一个赎罪的机会，是我的无能导致了教授的悲剧。为什么会变成这样？为什么我没有抓住最后的那几分钟的时机去提前采取措施？最后的那宝贵的几分钟、那个黄金抢救期被我浪费了。可是这都太晚了，最后的时刻来得是如此之快，以至我未能看清楚死神的模样。

2

"你叫阿寒对吗?我听说你转去医学专业了。"

说话的是一位偏瘦的男士,我从未见过他,可是根据他的制服猜他应该他是一位在读的学生。

34年?

脑海中的那个数字再次出现,我只判断出来大概的年份,这还是一个不确定的判断。

"我是阿寒。你是哪位?"我回答道。

"你不必知道我的姓名,我是为学院里的一个组织服务的。"

"什么组织?"

"一个保险计划吧,我们都是一群游手好闲的科学家,经常会去研究一些大家都不怎么关注的话题。"

"被学院授权了吗?"

"没有,校长对我们的申请一直都是置之不理,可是官方越是这样打压我们,我们就越要站出来反抗。"

"你们反抗的究竟是什么呢?"

"那些对学术和言论自由的限制啊。"他的笑声似乎是在嘲笑我的孤陋寡闻。

"你指的是实验守则和保险措施吗?"

"对啊。"

这个人很危险。

"你不是在开玩笑?"我问道。

"为什么要开玩笑?"他答道。

"那些守则就是为了防止有人滥用学院的资源,以实验为由做出反人道的行为,我从没有想过有谁会挑战那些准则的权威性,这简直就是挑战人性。"

"真的是这样吗?"

"难道你愿意通过伤害他人来寻求自己所信奉的什么真理?"

"对啊,以前真的没有人做过吗?有多少重要的实验是逾越了这些准则后才成功的?尤其是那些心理学、医学还有武器与政策的研究。既然我们无法预知未来,还有什么别的办法呢?"

"外界的政府以及历史中的实验都已经脱离了学院的管辖范围,在学院内不应该出现反人类的实验,无论试验结果有多么重要,至少在正常的情况下是不允许那种情况发生的。"

"这只不过是一种假象而已,都是做给外界看的。学院之所以如此成功,就是因为学院的高层允许我们自由地实验,只要研究成果能够抵消掉研究本身的负面影响,一切实验都是被允许的。当然,那些都是真正的天才设计出的实验。"

"我不相信学院会作出这样的事情。"

"可这就是事实啊,有些实验被精心包装起来,外人以及实验中的人永远都无法察觉。"

"但是不被察觉并不代表那些实验没有负面影响啊。"

"那你的实验呢？你自己的身世也是设计好的一个实验啊，早年的父母都是假扮的，所有人对于你的家族以及天赋都只字不提，这不就是对于你的一种欺骗吗，难道没有带给你任何心理上的伤害？"

"最初的一段时间我的确过得不是很愉快，被告知亲生的母亲早已离去，亲生父亲就像是从未见过面的陌生人。但是这都是因为我自己的天赋很不稳定啊，在不确定我的天赋究竟是什么的情况下防止我与同样拥有天赋的生父见面，这也是守则中的一项保险措施，更何况我现在也深爱着父亲，这个所谓的谎言并没有带给我过多的烦恼。"看到他的表情并无变化，我又补充道，"客观地来讲，如果某位个体拥有能够在一定程度上预测未来的能力，我们难道不应该去进行一定的约束吗？万一这位个体运用强大的天赋去犯罪怎么办？学院一直以来都会对一些极端的恐怖组织进行制裁，我所经历的实验使我意识到了对与错。"

"所以某人在行恶之前编造谎言进行欺骗就是可行的了？你所说的对与错也不过是学院的对与错。"

"第一，我不太理解你还有你口中的那个组织为什么会把一切定义得这么极端，但是我坚信所有的实验都有最基本的守则，具体在细节上或许会有偏差，但是大体的方向还应该根据准则来行事才对。学院在我第一次展现出天赋后就开始了对于我的研究，我也积极地配合那些学者，因为我不希望因为我的天赋而导致更多的死亡，研究过后学院也立即告知了我真相，我也最终见到了自己的亲生父亲。第二，学院的对与错并没有那么简单，学术的自由已经比外界大多地方都要好，如果你不认同学院做事的方法，还请你另谋高就。"

"那你为什么不去预测自己生父的死期？还是说你根本不敢？"

"我选择不去预言，父亲向来避免与我过多接触，相信他也不想去动用自己的能力来预测我，多数的沟通都是以信件的形式来完成。这是一个很严肃的事情，家族中的其他成员之间也都敬而远之。"

"可是这也就意味着你基本上不会见到自己的父亲，这样真的对吗？"

"只能说是必要的措施。"

眼前的人丝毫没有严肃起来，他还是似笑非笑地看着我，仿佛我就是他心中某个实验的目标。我也决定放下自己的偏见，理智地与他进行辩论，只有这样做才能改变他的那些更为危险的想法。

"假设没有后果呢？"他追问道。

"没有什么后果？"

"假设你在梦中杀死了一个人，这件事是不是没有任何后果？"

"那个人会是梦境中的，所以现实中没有人会死。"

"那在电子游戏中杀人呢？"

"那是电子世界的，所以也没有伤害到他人，不过梦境中的倾向以及游戏中的暴力可能导致现实中的攻击性，因此这只是没有直接伤害现实而已，这些还是会影响一个人在现实中的行为。"

"那在模拟器中呢？"

"也是一个道理啊，模拟世界中的一切都只是基于现实。"

"分界线呢？"

"这一点守则上也有，我们未来不能随意模拟有意识的物种，虽然这项技术还不存在。"

"如果模拟出来了某种有意识的生物，你在模拟器中对其造成伤害会是有后果的吗？"

"会啊。"

"但是为什么游戏中就没事呢？"他笑着问道。

"电子游戏和模拟出来的世界不一样啊。"我答道。

"有何不同？"

"电子游戏里的人物并不具有意识。如果模拟出了带有意识的生物，它们的死亡会是真实的，请不要问我怎么样算是有意识，我只知道现有的游戏角色都只有智慧，编程的人只是把那些角色设计成会对外界作出反应的机器而已，如果一个电子游戏中出现了有意识的角色，我就会把它定义为一种模拟器，而我们应该非常谨慎地对待那一类的模拟。"

"而只有那些有意识的生物所感觉到的情感和反应才是真实的？"

"我是这样认为，同时我不认为我们处于什么模拟器中。"

"为什么不呢？"

"因为如果默认我们在那样的世界中，这一切就没有意义了，因此我们必须默认世界的绝对存在，或者说真实存在。那样才能继续探索知识。退一步来讲，即使我们真的是在一个模拟器中，也有很多知识是与更庞大的现实互通的，未来说不定还可以运用这些知识来扩张或者进到更大的现实中。"

他并没有立刻做出回复，他总是脸上挂着笑容，我甚至开始怀疑自己面对的是不是一个机器人。

"那梦境又有什么不同呢？"他继续问道。

"梦境也是真实存在的，构造游戏和模拟世界的是电脑中的信息，梦境在我们的世界中以大脑中的信息作为实体。梦境中的意识都是做梦者的记忆、潜意识、主观意识以及情感所创造出来的，因此你或许可以说他们具有意识，但是在我眼里他们都只是做梦者意识的延续。"

"所以在梦境中伤害他人是可行的？"

"我认为这不会有任何后果，因为我们不生活在某个梦境中，我们所处的世界是现实世界。"

"那如果仅仅是想象自己去伤害他人呢？只是想一想，并不会真的展开行动。"

"我们并不生活在想象中，人一生中的所有思绪只是一闪而过的，想要判别出有哪些影响到了人的行为实在是太难了，可是大部分没有执行的想象永远也只是停留在想象的世界中。"

"所以说我们必须执行自己的想法才会对真实世界造成影响，继而才能被算作产生了后果。或者说我们的某些想法会潜移默化地影响我们后续的所作所为，因此一些未执行的想法也会在现实世界中产生后果。"

"从心理学的角度来看是这样的。当然，我们还需要抛开那些来自其他部门和某些心理学派的质疑。"

我很享受这样的对话，可同时我又发现我已经不确定对方想要说些什么了，他似乎在刻意地引导我，可是最终的结论是什么呢？废除所有实验的限制？

"那么从大部分时间来看，真正对现实世界产生影响的是我们的行为？我们的思想产生或影响行为，因此直接产生后果的是行为本身。"问题接踵而来。

"这样说没有错。"

"那么假设你有一个时光机呢？"

"这又是什么意思？"

"假设你可以乘坐时光机回到过去或者飞到未来，如果一个实验会伤害到他人，你会不会执行这个实验，得到成果后又回到过去移除负面效果？"

"很有趣的想法，但是这样问题就过于复杂了，离开和重新进入的世界还是同一个世界吗？离开的世界会不会随着我的离开而消失？还是说那个世界会继续发展下去？既然可以重新回到过去的那个世界，要么伤害他人的世界就会继续存在，或者就是回去的瞬间又凭空创造出了一个新的世界。这就涉及最前沿的时空理论，以及各类对于现实本质的研究。"

"我不认为这些对于我们所讨论的问题有什么影响。"他坚定地说道。

"这又是为什么呢？"我问道。

"假设我们把之前所讨论那些非现实的世界都归纳并称作其他世界，我们就有很多其他世界，在这些其他世界中我们的行为造成了坏的影响，可是相对于现实世界来说我们在其他世界中的行为并没有任何影响。对吗？"

"请继续。"

"我们的现实世界为什么不是其他世界呢？"

"因为我们生活在现实世界啊。"

"所以说生活在其他世界中的那些意识体也会定义自己所处的其他世界为现实世界，我们的现实世界对于他们来说也是其他世界。"

"除去模拟世界、梦境还有游戏这三类与时空穿越相比更贴近我们的世界的话，的确可以这么说。我们可以假设现实是相对的。"

"那有没有一个客观的现实世界，一个最高级或者更庞大的现实世界？还是说所有世界都是平行的，没有一个比另一个更客观的真实世界？"

"我认为每一个所谓的现实世界都是平等的，但是学术界对于这一点还有很大的争议。我们所创造出的其他世界是不是比我们的现实世界更低级？我们的现实世界会不会更客观？这些也会涉及造世的问题，我建议我们还是不要讨论这些世界由何而来这种问题，对那种问题的严谨讨论需要用笔和纸才行。"

"那假设一个人穿梭于两个世界之间，无论是这个人研发出来的完美的模拟世界、反复回到的同一个梦境，又或者是研发出时光机并且生活在两个不同的时空中，哪一个是真实的呢？"

"我觉得有质和量这两个方面。好比一个人喜欢攀岩，这个人在花费等量时间的情况下会从攀岩中获得更多情感与经历。如果一个人在学习上花费了很多时间，无论这个人喜不喜欢学习，这样的时间量也会带给这个人很多的情感与经历。"

"所以说经历和情感是最主要的两个判定方法？而质和量则是获取的方法？"

"更多的是经历吧，经历中也包括情感，很难用一个词来形容具体的衡量标准是什么，也许是阅历或者经历吧。"

"但是这些都是很难判别的，攀岩所带来的经历和学习所带来的经历不同在哪里？有多少不同。"

"你说的很有道理，所以我才认为最终的判别标准应该是个人的感觉，如果那个穿梭于两个甚至是多个世界中的人认定某一个世界带给他最大的经历或者阅历，那么那个世界就是最真实的。"

"那其他有智慧的意识体会不会对我们的判定产生影响呢？"

"你指的是什么？"

"假设你穿梭于两个世界之中，世界一里面只有你一个人，但是除去人数以外的所有其他的事物都和我们的世界无异。世界二就是我们现在的世界，你在世界一停留了五十年，在世界二停留了二十年，你认为哪个世界是现实世界？"

"世界二。"

"所以其他人会对你的判别产生影响？"

"的确会对于质的问题产生影响。"

"你认为这是为什么呢？"

"很明显啊，因为他人会对我们的生活质量产生巨大的影响，人类本身就依靠他人来生存。"

"那么如果同样一个世界，所有人的记忆都被改变了，这会不会是一个新的世界？"

"与没有改变的世界相比会是一个新的世界。"

"那让我们再次假设。如果一个人穿梭于两个世界，这两个世界大体一致，这个人认为世界一更真实，因为他在世界一中的经历稍微多一些。"

对方停顿了一阵，他显得越来越兴奋，终于到了摊牌的时刻了。

"请继续。"我说道。

"世界二发生了一件事情，世界二的人都意识到了这件事情的存在，而世界一的人都不认为那个事件发生过，因为同样的事件在世界一中没有发生过。请问我们设想中的那个人应该认为事件发生过还是没有发生过？"

"这个事件发生的时候我们所设想的人在哪里？"

"世界二。"

"那就是发生过。"

"相对于现实世界发生过？还是说相对于其他世界发生过？"

"其他世界，因为世界一是现实世界。"

"所以说对于现实世界来说，那个事件没有发生过，即使那个人经历过那件事情？"

"对的。"

"很好，所以说我们其实没有必要考虑什么准则啊，因为迟早有一天我们会发明一件足以改变所有人记忆、能穿越时光、模拟世界的设备，或者是创造梦境的设备。等我们拥有了这样的设备，创造出其他世界就会成为可能，而所有伤害他人的实验都可以在其他世界进行，相对于现实世界来说，没有任何影响，也不会有任何人知道。"

"即使你说的是对的，这也不代表我们现在可以不遵守准则。"

"真的是这样吗？假设世界一中没有语言，世界二中有语言，哪个世界更真实？"

"世界二。"

"在未来，我们拥有了这样的技术后就会成为世界二，而现在的世界就是世界一，站在人类的角度，我们不是应该遵循世界二的准则才对吗？"

"你并不知道这些科技会不会成真。"

"真的是这样吗？现有的科技已经能够做到局部了，比如抹去记忆。"

"很好，但是你的逻辑中还是有一个致命的漏洞。"

"我洗耳恭听。"

"我们把事件的真实性定义为现实世界的影响，可是你不能否认事件的存在性，事件可以是不存在但是真实的、不存在并且不真实、存在并且真实，同时也可以存在并且不真实。我可以谎报自己在某个时刻说了一句话，在不知情的情况下，大众会出于信任而相信我说的话，因此这个事件具有真实性，假设有人将其记录下来，这件事情就是真实发生过的，因为大家都认为这件事发生过。可是我并没有说过那句话，因此整个事件并不实际存在。反之,我可以撒谎说自己没有杀人,大家也会相信,可是我杀了人这件事是发生过的,因此这件事就是真实存在。但是因为大家都不相信我杀了人,所以这件事情又不真实。你可以攻击一个事件在大众心目中的真实性,可是你永远无法攻击一个事件是否存在过。伤害他人的实验或许相对于未来的现实世界而言没有真实性,可是实验者执行了实验就是亲身证明了事件的存在,相对于你个人而言,那样的事情永远存在。"

"可是……"

"我知道你还想说什么,你想说学院对真理的追求以及我们究竟应该关注真实性还是存在性。我想说的只是身为科学家这样的准则存在的意义就是提醒我们自身还应该保有人性,你这样永远只是在攻击规则中的弱点,可准则的真实存在就是人性本身,而人性是永存的。"

他脸上的笑容终于消失了,我感到了同样的笑容在自己的脸上出现。然而这样的情景仅仅维持了数秒,我的对手很快又恢复过来,展开了新一轮的博弈。

"很好,我很欣赏你的品质。"

"谢谢你。"

"阿寒,我本来是想劝说你去进行一个会伤害他人的实验,可是现在我已经放弃了这样的想法,因为你遵守的原则是我无法撼动的,我甘拜下风。"

"为什么一定要进行这样的实验呢？"

"因为我对你的天赋很感兴趣。"

"可是我并不是很了解自己的天赋。我只知道自己在除去自己以外的人类身上可以看到一个大致的死亡日期，这个日期会随着我对这个人的生活习惯的了解而变得清晰，对于濒临死亡的人也会变得更加准确。"

"所以才要去实验啊。最重要的一点就是你看到的是否是一个最终的死亡日期，如果数字是绝对的，你就证明了所有人都有一个固定的死亡时间，做任何的举动都无法改变。如果数字是浮动的，那么我们应该可以改变死亡日期。"

"我第一次预言的那位教授就是一个固定的数字，可是现在的大多数人都只是一个大致的数字而已。"

"我有一个理论，你想听听看吗？"

他转身向后走了几步，同时又提高了说话的音量。

"好啊。"

"我认为在死亡无可避免的情况下你才能看到绝对的数字，其余的情况都是浮动的。"

"也就是说我在预言教授的时候看到的绝对时间并不是因为他命中注定那一刻会死亡，而是因为他那时候的身体已经无法被治愈了，以我所知的医疗方法，他心脏的机能衰退已经无法逆转，所以才判断出了一个准确的时间？"

"是的，这也可以合理地解释为什么你会看不清一个婴儿或者一个健康人的死亡日期。"

"的确,但是很难证明这个理论。确定下来的时间也有可能是因为我越来越了解这个人生活习惯还有身体健康才得出的,每个人有可能注定就有一个死亡时间,我只是通过不断地了解而得到了最终的时间罢了。"

"你能看到我的时间吗?"

34年?

"没有准确的时间,但是大概是34年?"

"我在档案室中找到了一些你家族的史料,其中就提到了很多证明方法,不过完美的证明方法从来都是极端的,我从中深受启发,你的一个前辈就进行过相似的实验。"

我的对手从口袋中掏出了一把手枪,抵在了他自己的心口。他与我的距离太远了,我的速度绝对没有他扣动扳机的速度快。我已经能够预感到他接下来的举动了。

"请不要这么做,你不会从这件事中获得任何意义。"

"我这样可以帮助你快速了解自己的能力,在未来也可以帮助到很多的人,何乐而不为呢。未来的收益绝对可以抵消掉现在这一刻的损失。"

"你无法预测未来会是什么样的,为什么要用自己来证明一个没用的能力呢?"

我开始感到恐慌了,这位对手不像是在开玩笑,脑海中的那个数字也再次证明了我的观点,同时也证实了他那个荒诞而真实的理论。

20秒。

"我会在二十秒后死去，你心中也应该出现了相应的数字吧。大概是分析出了我的性格，推算出了我选择的时间，同时又确定了我真的会执行这个实验。"

"千万不要。"

10秒。

心中的时间见证了我的无能为力，同时又深深地刺激着我，教授离去时的那种无奈感再次回到了我心中，与死神相伴的那一片阴影再一次出现。我很想最后再劝说一次，可是仅仅是对抗那种恐惧感就已经耗尽了我所有的意志力。

5秒。

仿佛这个倒数宣告的是我的死亡一般，我默默地站在那里，再次承受着倒数的打击，目睹了他的死亡，同时也真正地意识到了自己究竟拥有的是怎样一种令人绝望的天赋。

0秒。

枪声响起，实验完美落幕。

3

再次拜访学院，我依然能够感受到这里的昏暗，已经有两年多没有回到这里了，上一次的事件令我意识到了继续停留下去的危险，校长也特批我去外界的一个医疗机构实习。如今我已经是代表该机构的顶级技术员，没有人能够把这份工作做得比我更好。当然了，我的工作就是判别重病的患者们还有多少时间。那可不是一份有趣的工作，但是我也逐渐习惯了死亡，看着那一张张痛苦的脸，我渐渐地熟悉了死神的脚步声，自己的脚步也与其同行。对于那些躺在病房中的患者而言，我的出现宣告着他们的死亡，我就是死神的使者。

若不是校长亲自写信，我不会轻易回到这个阴森的地方。教学区域的那几栋陈旧的建筑物似乎又被翻修了一遍，墙壁的颜色从灰白色变成了暗紫色，再也没有那种摇摇欲坠的感觉了。图书馆倒是没有变，我曾经固定不变的位置还在，桌椅还是原来的设计，电脑却是换了一台。

图书馆被分为很多个区域，每一个区域的阅览室中都有几位学者坐在木椅之上，他们静静地阅读着书籍，时而又去敲击一旁的显示屏。我从这些掌控未来的天才身旁走过，来到了代表历史时代的走廊。

走廊连接着图书馆一旁的医疗室，两侧摆满了象征着过去的伟人雕像。这些伟人为人类做出了贡献与牺牲，被学院认定为最有价值的一群人，并不是每一任校长都在其中，也并不是所有雕塑都刻画的是来自各大家族的才俊，有很多外界的作家、艺术家、科学家与政治家被尘封于此。成为走廊中的一座雕像也是大多数人所追求的目标，然而严格的标准却让很多人望而却步。

走廊的尽头等待我的是一尊有生命力的雕像，校长巨大的身影和一旁的大理石人像齐肩，他脸上带着极为自信的笑容，可是头上的皱纹却诉说着近日的艰辛。

28年？

很难看出具体的时间，然而我丝毫也不在意，很久没有看到这么长的预测时间了，看来校长一直在保持健康的生活方式呢。

"阿寒！"

"校长您好。"

"真的是好久不见了，近来可好啊？"

"我过得还不错，现在已经晋升成为特聘顾问了，也算是在尽我所能地来帮助同僚吧。"

"恭喜你啊，我一直感到很遗憾当时没能把你留下来，如果有兴趣的话也可以回来做研究啊。"

"谢谢您，但我还是不太适合去钻研世界的真理，天赋带给我的是一种令人沮丧的能力，继续留下来的话也帮不到你们，不如去做一些更适合自己的、符合实际的贡献。"

"你这样想也是对的。"

校长的表情带着一丝伤感，我隐约能够猜出来他此次要求我来学院的意图，医疗室给人一种阴森的恐惧感，死神离得不是很远。

"那么，隔壁的患者是谁呢？"

"你的感知能力增强了啊。"

"全写在您的脸上了,难道是您的亲人?"

"这件事情比较复杂。"

"我猜到了,如果是普通患者完全可以带到我那边的诊所,这一定是一位对于学院来说很重要的人吧?"

"是的。"校长淡淡地说道。他似乎在想一些其他的事情,高大的身体没有挪移半步。

"那我们开始吧?"

"稍等一下。"

"怎么了?"

"你还需要知道一些其他的事情。"

"您请说。"

"你知道学院选拔校长有苛刻的选拔要求吧?"

"当然了,当年与您一同竞争的就有七个来自不同家族的学者。"

"好的,隔壁的这位已经被确立为了下一任校长。"

28年?

"哦?可是还没有到选拔的阶段,您也还健在,这次是内定的人选?"

"就是我举荐的,监管学院的林氏家族也同意了,没有丝毫悬念,所以她的实力也是毋庸置疑的。"校长指了指身后的墙壁说道。

"还有呢？"我问道。

"十二岁就修完了学院要求的课程，随后又追加了四个专业的课程，最终是所有部门争先恐后地来找我要人，可是我都谢绝了。"

"所以说她在未来会成为这些雕塑中的一个？"我追问道。

"你知道这些雕塑也是有排序的吧？"

"是这样吗？这我还是第一次听说。"

"很多我们所谓的天才都是在某一方面或者几个方面有着远超他人的能力，学院对这样的天才会因材施教，根据他们的目标引导他们去学习和研究。但对一种天才却没有这样的限制，他们是真正的天才，未来的可能性不会被学院所束缚，他们学任何一个学科都能有惊人的成绩。这些设计得更加高大的雕像代表的就是这些天才，学院的高层一般会举荐这些天才去最缺乏人才的部门深造，可遵循这些的人很少，大多数都有着自己的梦想。"

"好的，我认为我已经了解得够多了。"

"你确定吗，我只是想要你知道我们面临的是什么样的难题而已。"

"请放心吧，校长先生。"我对这张严肃的脸笑了笑后继续说道，"没有人比我更了解死亡，我没必要知道患者的身份与背景，因为死亡对每个人都一样，这与能力不一样，死亡不会怜惜或偏爱任何人。"

校长脸上的惊讶表情只停留了片刻，随后又转变为了认可。

"你说的对，这些天才只是对学院重要，从生命的角度讲他们与常人无异。"校长将那种认可表达了出来，"我还想最后补充一点，隔壁的天才曾经有过一个爱人，可惜因为一些意外，那个人一睡不醒，现在还躺在外界的一个医院中。"

"您应该先说这件事情的。"

我被身材高大的校长带进了纯白色的医疗室，死神正站在病床的一边，它的阴影盖过了校长的身躯笼罩着整个房间。在病床上躺着一个年轻的少女，她的双眼好似一幅别致的星空图，呈现出的是一种我从未见过的智慧，此刻她那顽强的生命力正在与病魔做着最后的抗争，而我也在瞬间看到了她失败的战绩。

7个月6天23小时47分又4秒。

7个月6天23小时47分又3秒。

7个月6天23小时47分又2秒。

7个月6天23小时47分又1秒……

她的死亡时间已经确定了，一切都无法挽回，治疗也不会有任何效果，忧伤随着结论一起涌入我的心中。

"我与死亡赛跑，未曾赢过。"少女轻声说道。

"这是哪首诗？"我问道。

"我不记得了，某个活了无数次的哲学家吧。"她回应道。

她的那眼神十分特别，仿佛一道道星光穿过空间的障碍，流向我的心中。这样的神情中并不带有任何的敌意，她好像见过我，或者是我的同类。

"你一定看得到它吧。"少女望着床头边说道。

"你也能看见它？"

"有时候我能感到它的存在，虽然我还是会怀疑自己是不是出现幻觉了，不过确实有一种超越感官的感觉，而那种感觉有悖于逻辑。这样说一定很奇怪，但你应该可以理解，死神就在那里。"她指了指一旁的死神。

"你说的对。"我抑制住心中的惊慌，故作镇定地说道。

"死神的身边是不是还很多其他的什么？比如战神、瘟疫、疾病一类的？还是说死神也很孤独？"她挤出笑容说道。

"你既然看得到死神，同时又这么聪明，我就没有必要来做过多的安慰了。"我说道。

"校长大人是这么描述我的吗？聪明？"她望了望校长，后者向她回敬了一个尴尬的笑容。

"是的。"我说道。

"可是这和我们今天所讨论的话题无关啊，我的聪明和死亡的绝对性没有丝毫关系。"她说道。

"你说的很对，死亡是绝对公平的，大家可以想方设法推迟死亡到来的时间，可是最终的结果永远不变，凡人都难免一死。"我赞同道。

她又一次笑起来,校长却露出了悲伤的神情,我怀疑校长才是得了绝症的那个人。

"你是阿寒对吧?你在外界遇见的患者都是什么样的人?"

"外界的人?他们和学院里的人很不一样。"

"具体有什么不同呢?"

"所关注的事物不太一样吧。他们会关注金钱,生活中会有物质上的取舍,他们的人生目标与学院的人会有很大的不同。"

"他们关心学院所提倡的真理吗?"

"不关心。"

"这又是为什么呢?是因为没有时间和精力去关心,还是受到天生因素的影响?"

"我认为是因为生活中其他方面的问题消耗了他们太多的时间和精力。"

"所以说如果把他们收进学院,他们也会关心我们所追求的真理?"

"是的。"

"很有趣,那么既然外界不关心我们所追求的真理,我们为什么要追求真理呢?"

"因为真理就是最终的答案啊。"校长抢着答道。

"这可不是阿寒所说的啊,如果是真理的话,为什么不被大众关心呢?"

"因为他们的能力与时间有限。"校长继续答道。

"那么我们应该先去解决这两个问题才对啊。解决完了就会有更多的人来研究，效率也会提高无数倍，学院既然提倡能力主义，为什么不把世界变成一个有能力的世界？"

"你的想法很不错，我们也在努力，可这实在是太难了，我们永远无法跨越那些障碍。"

"那就请大家继续努力吧。"少女又说道。

我没想到眼前的这位少女会反对学院的制度，身为精英中的天才，她身处这样的环境应该如鱼得水，然而她还是想突破阶层与制度的限制，改变世界，这样的博爱精神与乐观的心态是少有的，我对她的印象好了很多。

"你找我来是想要知道自己还有多少时间？"

"是的。"

"仪器所估计的时间是多少？"

"仪器和主治医师的分析我都看过了，他们给出的答案是一年。不过我之前研究过这种病症和我自身生活习惯，我认为真正的时间比一年要短一些，仪器运用的算法不够完善，遗漏了很多细节，而这些细节累积起来至少要减去三个半月的时间。我的运算正确吗？"

"我还没有得到一个结论。"我说道。

"你在撒谎。看来我的答案应该已经很接近了。"

我重新调整了一下自己的表情，这个少女还真是恐怖，我从未见过能够质疑医学理论并且预言自己的死期的患者。不过我还是决定履行职责，在了解她问死期的原因后再决定是否要告诉她我的判断。

"你为什么要知道自己的死亡日期呢？"

"这样才能安排剩余的时间啊。"

"你现在有什么想法呢？"

"简单来说的话，就是去研究一些关于世界真实性的课题，设计一艘可以进行长期航行的飞船，再去攻克一两个物理中的基本问题，搭建一个自己的理论来解释宇宙的存在。"

"为什么不去尝试一些别的事情呢？"

"什么意思？"

"你的回答和我近年来得到的回答都不一样。"

"外界的人都怎样回答？"

"他们多数都会选择去享受最后的时光，去多陪一陪家人与朋友，去环游世界，把一生中没有尝试过的事物都去尝试一遍，或是去实现尚未完成的梦想。"

"陪伴家人朋友和完成某件事情相比起来，你觉得哪个更重要呢？"

"有时候未完成的事情就是陪伴家人朋友啊，不同的人有不同的经历，个人所定义为重要的事永远都应该放在第一位。"

"听起来我和他们的回答没有什么不一样的，我们都在尝试将原本短暂的一生压缩得更紧凑而已，在更为有限的时间中完成某项目标，常人选择的是那些对他们重要的事，我选择了对我重要的学术。不同点在哪里呢？"

"但是一生中不应该只有学业和工作啊，还应该有对他人的陪伴。"

"我的双亲在我很小的时候就去世了，我是由校长和校长夫人带大的。我向来没有什么朋友，大家对我都既尊重又疏远，因为我能够猜出他们的每一个意图和内心深处的那些秘密。对我而言最重要的是那些未知的事物，而人类明显不属于未知的那一类，因此我才会选择未知的真理，而不是那些对我没有感情的人类。"

"但是你也说了，校长和校长夫人不就是将你培养成人的两个人类吗？他们对你有感情啊。"

"的确，可是他们也希望我为学院作出贡献，所以我继续工作才是对他们最好的回报。"

我有些失望地望向校长，他眼神严肃地看着远处，并不作答。

"我不认为这样做是对的。"我表态道。

"阿寒，请你还是告诉她准确的时间吧，这样无论对于她还是学院都是一件好事。"校长转头答道。

"我不敢相信你和师母会为了学院而接受这样的事，为什么要剥夺她的选择权？学院的确是为了全人类的利益而创办的，可是我们不也应该秉持基本的原则吗？实验的守则和基本的人权都只是空谈吗？如此一来我们根本不是什么精英阶层，我们不过是抛弃人性的一群恶魔而已。"

　　有时候我会对学院的体制感到厌恶，但是总是有人将学院的科研成果摆出来，面对这些我也只好说服自己。可是硕果累累的背后是对于一代代学生的摧残，他们的自由被剥削了。

　　"阿寒你不要生气，这都是我自己作出的决定。你也不要把这些看得太绝对，我的愿望就是在这个世界上留下属于自己的东西，而这就是最好的办法。"

　　"然后成为走廊中的一座雕像吗？"

　　"是的，这就是我的愿望。"

　　"可是还有无数种其他的生活方式，为什么要选择这种不属于自己的生活呢？"

　　"正如你所说，这也是一种生活方式。你之所以对其感到反感是因为你遇见了无数个选择其他方式的人，而他们获得的快乐也和我们的不大一样，可是为什么质疑我们的快乐呢？这就像是在宇宙中选择一颗自己最喜欢的星球，也许大多数人会选择太阳系中的天体，可是为什么因此否定那些选择宇宙偏远角落的某个星球的人呢？你将生活与工作定义得太极端了，要知道工作与学术就是学院的全部生活，我们从小就在这样的环境中成长，这样的否定是不合理的。"

　　"但是这种生活真的属于你自己吗？"

　　"这是我的生活，我认为它属于我，同时我也认为这样下去自己会收获得最多。"

"可是你还没有体验过其他生活方式,世界还有那么多的美好值得去探索。"

"是的,可你所说的只是其他人所定义的美好啊,我也有我自己所期待的事物。"

"什么事物?死亡吗?"

"是的,这可是最终的未知啊。"

"死后什么都没有了,一切的梦想与回忆、情感与生命都消失了。等待你的不是一个获取新知识的平台,而是永恒的虚空。"

"你经历过死亡吗?"

"没有。"

"那你怎么知道死后的世界呢?"

"我不知道,但是你也没有证据能证明死后还有更多的事物存在啊。"

"无法证明,所以是未知啊。向一片未知的领域进军,这就是探索。"

"死后没有领域可言,没有前进和后退的可能性,没有任何事物等待着你,所以不存在探索与不探索的区别。"

"你听起来像是经历过死亡的人。"

我不明白为什么少女会这样看待死亡,死亡不就是一切的终结吗?终结过后怎会有其他的事物呢?这违反了终结的定义。

"为什么你一定要执着于追求死后的世界呢?以你的智慧

还看不透吗？"我再次问道。

"或者说我就以我的智慧看透了死后的世界？只不过你不愿意接受而已。"

"我的确拒绝接受那样的世界。"

"或者说你拒绝接受死亡？"

"你是什么意思？"

"你害怕死亡吗？"

"怎么会害怕死亡？我见证了很多患者的死亡，死神的阴影我也总是能分辨出来。这是一个完全公平的游戏，有什么好惧怕的呢，无论贫穷还是富有、聪慧还是愚钝、善还是恶、喜还是悲，死亡都会降临，我不惧怕死亡。"

"说的很好，我也有一个预言。"

"什么预言？"

"在你身边有人快要死了的时候，你会抗拒死亡，那将是你没有接受死亡的表现。"

"如果真的是我在意的人，我怎么可能不抗拒呢？"

"并不是感到哀痛和无奈，我指的是理解这个事实。情感源于感性的那一面，这也的确是人性的一部分。但是理解应该是理性的，如何理解并且接受死亡才是真正重要的，理性的抗拒才会导致过度的悲伤，因为无法理解死亡而感受到的悲痛才是致命的。如果能将死亡看为一种过程才能更好地面对悲剧，假设死亡降临之后还有一个世界存在则会赋予死亡一种意义。

这和人们为什么认为生命中存在意义是一个道理，只不过很少有人能够正视死亡的意义而已。"

"所以你认为生命本身也是没有意义的？"

"你认为死亡没有意义，所以才会认定我以为生命没有意义。"

"可是我说的也是有可能的啊，如果将这两者做对比，其中一方没有意义，另一方也就没有意义。"

"但是我们总是会赋予生命意义啊，要不然我们也不会活着并且在这里探讨意义了。"

"我还是不太相信你的理论，生命中的意义是生命力所赋予的，而死亡中没有生命力，哪里来的意义呢？"

"生者永远具有生命力啊，我们赋予了死者意义。"

"我不知道这件事情的对错，因为我还没有死过。"我无奈地说道。

"我也还没有，所以我才想要知道自己的确切死亡时间。"她回应道。

"你真的想知道？"

"我真的想知道。"

7个月6天22小时57分又8秒。

7个月6天22小时57分又7秒。

7个月6天22小时57分又6秒。

"7个月6天22小时57分又5秒。"

少女停止了一切的活动,她看起来像在计划如何利用接下来七个月中的一分一秒。校长的表情十分不自然,他似乎也在仔细考虑这七个月的期限会对接下来的计划产生怎样的影响,只有我一个人对这个时间感到不悦,也只有我一个人真正在乎这将要终结的生命。站在一旁的死神嘲笑着世界上最聪明的人类,继续着它收割灵魂的工作。

"谢谢你,和我预想的时间差不多。"少女似乎已经计划好了一切,我试图在她的脸上找到常人的失落感,可是得到的只有我自己的失落感。她似乎并不被这样的宣告影响,仿佛一切早已注定,不过是另一个日历上的日期而已。她的反应使我的罪恶感更深重了,为什么死神要选我当使者?为什么让我来宣告这世间最令人感到绝望的判决?

"还是会有些误差,我们最好还是小心一点。"校长说道。

"这真的重要吗?她可是要死了!"

"阿寒你难道觉得我不在乎她的死活吗?如果可能的话,我愿意将自己的生命奉献给她。可她作为当事人早已超脱了生死,我作为长辈也只能顺从她的意愿帮助她完成最后的任务。"

"您究竟是爱才还是爱人呢?"

"阿寒你不必生气,我的才能决定了我对于学院的价值,既然你已经看到了准确的时刻,我们就没有必要再考虑其他治疗方法了,一切已经无法改变。"

"为什么?至少要尝试一下其他的治疗方法啊。"

"你对别的患者也这样说吗？"

"是啊。"

"不必骗人了，被你预言出准确死亡时间的患者都会在预言的时间死亡，这一点可是人们用生命换来的结论，我觉得自己没有能力反证这个结论。"

"为什么要放弃。"

"因为永远有比生命更重要的事情。"

早知道是这样的结果，我之前就应该谎称自己看不清具体的时间，可是她似乎能看穿我的每一个谎言。

"我无法理解你的意思。"

"你只是不愿意接受而已，这一切都很简单。"少女笑着继续说道，"每个人都会死，大多数人都有目标，我也有自己的目标，现在我们要做的就是在有限的时间内完成目标。你告知了我们具体的时间期限，为此我要感谢你。"

"以我的角度来看，我从某种程度上对你的死亡负有责任。"

"阿寒，你是一个很聪明的人。你很清楚这样想根本不符合逻辑和理性，我希望你振作起来面对事实，你身边的人有一天也会死去，你有一天也会死去，与其选择去对抗那股不可抗拒的力量，不如学会去理解死亡，接受这个现实。他人的死亡不是你造成的，你也没有那么强大的能力，你只是有一种很特殊、很实用的能力，你的帮助使我可以计划出很紧凑但又充实的余生。"

"但这并不能够改变你会死去的事实。"

"我们还是回到生命的课题上吧，你不觉得活着本身就很神奇吗？"

"怎样神奇？"

"方方面面都很神奇啊，比如我们所处的这个房间，如果我沿着四壁走一整圈，我需要通过大脑快速地指挥自己的身体，脑中的念想会通过神经网络将指令传递给腿部的肌肉，同时我还需要调动自己的平衡力以使自己在空间中行走，这还是我很小的时候学会的一种技能，其中又涉及记忆与情感。"她停顿了一阵继续说道，"我能够详细地将所有的行走过程写下来，我也可以用很多生理学、物理学、心理学的理论来分析自己的行为。可是我却无法真正地理解自己为什么会有这样的一个经历，光是存在于这个世界就已经是一件令人感到神奇的事情了。"

"当然，如果你不存在也不会感到神奇。"校长补充道。

"是的，可是我存在的意义又是什么呢？同样的问题对世界本身也适用，为什么世界存在？世界存在的意义是什么？为什么有这个世界而不是别的？这些问题并不是上述的那些科学可以解释的，我为什么存在和我怎样存在是两个相关而又不相同的问题。"

"学院的目的之一就是探究这个问题的答案，也算是世界的真理之一吧，宇宙存在的原因和宇宙怎样存在都是很重要的问题。"校长又说道。

"是的，不过我对这一点很反感，因为我不认为我们现有的科技和知识体系可以真正解读存在这一问题的答案，我认为我们不能排除其他的可能性。"

"你是指神学还有神秘学？"我问道。

"个人对信仰的选择的确很有意思，但是那也是已有的一种知识体系，我认为获取答案所需的工具还不在人类手中。我们现在连讨论这类工具的语言系统都没有，因为我们已经被现有的理论影响了。"

"如果有足够的时间，学院能够获得这些工具吗？"校长也发问道。

"这我无法判断，或许一切都是不可知的，或许我们需要跳出现实之外才能完全理解现实。在这个科学所主导的认知体系中，我们一直想要去获取更为客观的一些事实及真理，主观的观点因为其自带的偏见而被拒绝。可是我们永远都是在所谓的现实之中，有很多偏见是无可避免的，比如人类的认知体制，以及共同分享的人类现实，客观的真理与主观的一致认同是很难区分的。"

"受教了。"校长说道。

"校长大人您谦虚了，这些都只是我的推论而已。"

"这也是你想要研究的课题吗？"

"算是吧，不过这可已超出了你我研究的范围，我不可能在七个月的时间内研发出一个完善的体系，至少以我的能力以及现有的科技水平这是不可能的。不过这并不意味着人类的探索都是徒劳，我们都在共同建造同一座桥梁，桥的一端是人类，另一端是真理，而我们这一代造桥师，需要做的是将桥的其中一段修建牢固，再将手中的工具留给下一代筑桥师。"

"可是我们等不到桥梁建成的那一天，更无法从桥的一端走到另一端。"

"的确是这样，我们修建的不是最后一段，桥梁需要无数造桥师的奉献才能建成。但桥是存在的，无数的建桥师也存在，建成的那一天也会到来，而那以后便会有世世代代的人们在上面行走，甚至挑战那些更为险峻的高峰。我的确抱有一丝私心，如果能够前往外太空探索该多好呀，这也是为什么我喜欢研究物理和飞船设计，只可惜现在的技术不够支持我的理论，连证明的实验都需要在很久之后开展。但我并不会因此而放弃，因为我知道未来会有人去深空旅行，而我现在所做的就是为其打造一艘可以穿梭时空的飞船。"她说道。

"学院的精神并不一定是搭建桥梁。明知道自己不会在桥上行走，还去寻找工具、测量角度、推导公式，这也是一种探索精神。走廊里的那些雕塑都是造桥师，他们每一个人都在知识之海中搭建起了平台，以供后人继续筑桥。初代校长也是因为这种精神才召集各大家族创办了学院，我们永远都是在为未来的人类搭建基石，他们若是能够在星空中行走，或是探索出哲学的一切答案,我们的努力也是值得的。"校长补充道。

"希望你能够找到自己的答案吧。"我说道。

这也是为什么我会选择离开学院吧,在不知道未来的情况下去播撒希望并不是很负责的一件事。真理的桥梁或许永远都立不起来,所有的筑桥师都会落入水中,被死神收回,学院的那些梦想和真理并不能够阻止这个过程。

我还想将对话继续下去,可眼前的人似乎已经看明白了我对于这一切的态度。不对,她从一开始就知道我并不认同这一切。

"谢谢你了,阿寒。请记得来参加我的葬礼,七个月后应该就是春季,那一定会是完美的一天,希望不会下雨。也希望你能够找到一个属于自己的满意答案。"少女最后笑着说道。

她的眼睛像星光闪烁的夜空,一旁的死神也被这耀眼的光芒震慑,仿佛忘记了自己的使命……

我再一次见到这位少女是在她的葬礼上,葬礼上春雨缓慢地落下,灰暗的云层停滞在空中。学院最终并没有为她修建雕塑,筑桥师最终没有建成桥梁,她留下来的只有一些很抽象的理论,以及多艘飞船的设计图纸。并没有人怀疑这一代筑桥师的能力,大家都怨恨死神,死神却只是耸耸肩,又吹灭了一支蜡烛,我也随之死了一次,这次的赛跑又输了。

令我未能遇到的是,筑桥师的预言最终应验,在一次不那么成功的交接过程中,我还是见到了我的父亲。

7天3小时5分零24秒。

现在想来，学院大概是考虑到父亲已经病入膏肓才同意让我和父亲团聚的，原本学院已与父亲签订好了一系列的保证书与保密协议，但最终还是留给了我和父亲一周的时间来畅谈。那一周父亲已经失去了理智，我能够感受到他的疯狂，同时又感到他的无助。他似乎知道自己深陷泥潭，可是却没他人能够帮助到他，我也没能帮到他。

我从来没有真正了解过父亲的天赋，更不知道为什么需要绝对保密，天赋真的能够造成很大的影响吗？如果真的是这样，为什么我无法改变心中不时出现的死亡时间？死神将一个个闹钟调好后扔给了我，而我也只能被迫接受，我亲手捧着定时炸弹，又将其逐一抛向遇见的每一位患者。

人类似乎都患了同一种病，这是一种受限于生理机能的病，也是一种无药可救的绝症。有财富的人可以减轻病痛，有远见的人可以延长病程，可是所有的医疗设备与生活习惯都只是在延续生命，死神没有忘记任何一片火光，直至宇宙陷入一片黑暗。

父亲走后我对死亡不再感到恐惧，但是对生命也不再抱以过多的希望，只是默默地履行着自己的职责，充当着死神的使者……

致未来的孩子：

在你收到这封信件的时候，我很有可能已经不在这个世界上了，我大概已经向另一些世界进发，虽然这一切都很不符合常理，但是我们中有哪个人是符合常理的呢？家族遗传下来的天赋改变了我们所有人的生活，有些是极其疯狂的预言，还有一些则是非常实用的能力。没有两个人拥有过同样的能力，也没有谁拥有过超过其他族人的能力。当然，这并不是最重要的，因为生活中的事物并不是我们所能预料的，那些未知所带来的惊喜才能引发真情实感。

你不必感到慌张，随着年岁的增长，我相信你可以将天赋把控到极致，如果幸运的话，你甚至可以找到自己能力的开关。那并不意味着你可以回归正常人的生活，天赋是你自己的，你被其限制，同时也受益于这样的天赋，你的视野永远比他人更加广阔，无论是看到生活中的善还是恶，请你务必去尝试善待生活。并不是所有人都能够看到你所看到的，因此误解也注定会产生，学院的校长和学者们都会尽他们所能地帮助你，这种合作关系一定可以帮助到你，缓解你肩上的压力。

我很清楚自己不会再次见到你，不过我还是对你抱有极大的信心，因为你是我的孩子，也是家族的继承人，虽然你不是唯一一个拥有这种天赋的人，我还是希望你能将这份天赋传承下去。至于我的死期，你大概也会在未来作出精准的预测，你大概会感到很慌张,同时也会感到很不解。为什么人都会死亡呢？是不是自己没有及时地采取行动？自己没能帮助他人避免身边的死亡？对你突破这道关卡我提供不了太多的帮助,学院那边也无法想象你经历过什么,不过我最后还望你可以战胜心魔,重拾自己对生活的信心。

　　家族历代的成员都非常相信宿命论,我也认为这一切的背后有某种力量在暗中操控。家族的每个人都有自由意志,我们可能命中注定会有自由意志,也可能是自由意志促使我们选择了相信发生在自己身上的都是宿命所导致的。我最后想说的很简单,不必去推导生活背后的公式,更不必去追求极致的快乐与美好,去勇敢地生活就好了。最终的结局是喜是悲你或许无法预见,可你一定会有最终的结局,只要你能够在最后无怨无悔地面对结局,那一刻就不会有什么好坏可言。

　　献上超越时光的爱意！

父亲

死神的使者

1

扫描仪器上的数字十分稳定,今天的三次扫描结果毫无偏差,上一周的三次测试也没有出离这个固定范围。从某种意义上来讲,这个仪器和我的预测结果一致,因为躺在病床上的这位女士已经时日不多了。

5个月6天11小时3分59秒。

我抬起头看了看玻璃那面的病人,她的脸色比昨天好一些,也许是因为见到了一早就出现在病床旁的孩子,我能感受到比往日旺盛许多的生命力。当然,这种恢复很少会长久,也更不可能改变我心中的那组数字。

5个月6天11小时3分4秒。

病床旁有一位穿着整齐的先生，没有记错的话还是一位管理投行的商业家，他时不时地看一下手表，应该很快就要出发前往空港。他每次都会乘那班上午十点的极速航班返回地球那一头的工作室，这样既可以在病人醒来的时候和她聊天，又可以赶上下午的开盘时间……

"医生您好。"

商人已经走了出来，他的神情十分镇定，完全没有了最初来时无法控制的情绪。但我依然能从他的眼中看到那种熟悉的悲伤，不过现在更多的是一份无奈，他和我一样知道那个最终的时间无法改变，那位将我介绍给他的部门负责人已经向他证实了这一点。与其他大部分病人家属一样，商人起初也质疑了很多次，但是在了解了我所有成功的预言后，这位经济学毕业的先生终于相信了我的预言是真的。不过商人还是表示想要知道确切的死亡时间，并且表示不会采用经济学中的最优策略，他仍抱有一丝希望，每周固定进行一次全面检查，每月进行一次最先进的治疗。

"您好。"

"还是一样吗？"他问道。

"很遗憾，数值还是一样的。"

"您的预测呢？"

5个月6天10小时55分36秒。

"和以前一样。"

"还是五个月吗？"

"5个月6天10小时55分24秒。"

"还好没有急剧下降，谢谢您了。"商人看了一眼病房后继续说道，"还是和往常一样吧，继续治疗并且尝试一下新药。"

"好的。"

"下一笔费用我会派人送过来，我现在必须走了。"

商人说完后又看一下手表。

"好的，这边就交给我吧，我会尽全力来照顾她的。"

"麻烦您了，有任何进展，无论好坏，都请第一时间通知我。"

商人匆忙地朝着门口走去，他的背影显得十分无力，我不自觉地对他进行了一次分析。

40年？

我将眼镜摘下来清理了一遍，脑海中的数字消失不见，取而代之的是第一次见到商人的情景。他有提到过愿意奉献出自己的生命力，只为了亲人的健康。很可惜，仅有这样的想法是远远不够的，生命力并不是一件可以出售的商品……

死神从角落中走了出来，在我身前停顿了一阵后又悄然离去，阴暗的房间突然变得明亮了许多。

"你怎么走了？没有道理去追那位商人吧，他还有四十年呢……"

死神第一次自愿地离开我，这本是一件值得庆幸的事情，但是这样突然的变动使我感到有些恐慌，它这是要去哪里？

我留在原地犹豫了一阵，但还是拿上大衣跟了出去。我穿过层层走廊，追随那片阴影。出乎意料的是，死神并没有逃走，它有时候还会停顿一阵，等我靠近后才继续飘行，仿佛是想将我引至一个特定的地点。

在医疗诊所的大门前，那片阴影又消失不见了，我冲出大门后四处张望了一阵，世界还在正常运转，进进出出的病人与医师都没有异常。除了我以外，根本没有人注意到片刻前还在门口徘徊的死神。它真的走了？还会回来吗？我集中精力望向身旁的一位路人，竟然真的无法得出任何的数字，脑海中始终是一片空白。

"先生你还好吗？"这位路人大概是察觉到了我的目光。

"我还好，抱歉打扰了。"我回答道。

"你确定吗？我看你的神情不大对劲呢。"路人再次问道。

此时我才走出幻想，站在我眼前的人有一双最为美丽的眼睛。我张开嘴想说话，可是脑海中却没有任何一个词汇能够表达出我此刻的感觉。

"先生？"

我很确信就是她驱散了那片冰冷的阴影，她那眼中咖啡色的瞳孔由灰色的中心向外延伸，形成一个完美的圆形，圆形的外围又是一片米白色。我从她的目光中感受到了与死亡相反的生命力，同时我的内心深处也产生了某种共鸣，一股温暖的气息油然而生，即使死神再回来，我也不会有丝毫畏惧的。她怀中的那只萨摩犬冲我叫了叫，随后我又从另一个幻境中回到了现实。

"我没事，刚才一时走神，你有点像我之前认识的一位友人。"

"哦，你没事的话我就先走了。"

"稍等。"

"怎么了？"

怎么了？我在做什么？

"你是来为它看病的吗？"

"是啊。"

我盯着那只萨摩看了看，它的前肢缠着医用绷带，除此之外似乎并没有什么大碍。就像是听到了我内心的诊断，萨摩犬望着我吐了吐舌头，我也对它笑了笑，笑容背后却出现了那个熟悉的数字。

10年？

我的能力并没有消失……

抬头再次看了一下眼前的少女。

未知。

迅速转向身旁的另一位路人。

20年？

又一位路人。

39年？

为什么我看不到她的时间？这在以前还没有发生过，除了我自己以外的生命都会有一个数字才对，可是看她时我的脑海却空空如也。

"让我来为它看看伤势吧，今天诊所比较忙，交给我会快一些。"

"可以这样吗？"

"现在正好是我的休息时间。"

"那就麻烦你了。"

那双美丽眼睛令我无法将目光移至别处，我感到我的心率急剧上升，一切都发生得太快了，为什么时间不能过得慢一点？她察觉到我的目光后好奇地看了我一眼，我只好快速朝医疗室了，我拉开了玻璃门示意她带着萨摩先进去候诊。医疗用品都放在走廊另一角的小储物间内，我强迫自己迈开脚步，朝着医疗室的反方向走去。

她究竟是谁，为什么死神会突然消失？这两件事情之间有什么关联？迎面走来一位身穿白袍的医生，我暗中观察着他的衣着与神色，同时又在心中主动运用自己的能力。

27年？

我的能力并没有消失，可是为什么会对她失效？这太反常了，我不应该主动去和别人接触的，以前的那些死去的患者都是例证，死神不会走太远。我下定决心不去与她过多交流，医好那只萨摩犬后就回归自己的正常生活。

这份决心在我打开门的一瞬间就垮掉了，那双眼睛瓦解了我的所有理智，就像死亡一样，我无法理解为什么她会出现在这个世界上，也无法躲避她对我的影响。我甚至根本不了解她，心中的这片好感是怎么回事？通常情况下，我每认识一个新的人，死神都会出现在房间内，提醒我要注意这个人的死亡时间，可这一次死神并没有站在我的对立面，它已经走了，这是什么意思……

"伤口应该很快就会愈合，最近就不要带出去散步了，过一阵再活动。"我放下萨摩犬后说道。

"谢谢医师了。"少女朝我点了点头说道。

她的眼神再次捕获了我所有的注意力，这一秒好像比一生都要漫长，我好像在这一秒中度过了无数个世纪，我在漫长的岁月中寻找到了她的身影。她似乎也有同样的感觉，这爱意使我们困惑，我们望着彼此的双眼，目光相遇后，又选择避开。我从未看到过灵魂，可是此时我却能够通过这股爱意看到自己的灵魂。我注视着她的双眼，也看到了她的灵魂。

"它叫阿毛。"少女重新开启了对话。

"阿毛吗？真是个可爱的名字。"我摸了摸阿毛继续说道,"也很适合它啊。"

"你呢?"

"我叫阿寒。"

"寒冷?"

"是的。"

"也是个可爱的名字呢,挺适合你的。"

"我很寒冷吗?"我指着自己问道。

"也不是寒冷吧,但是我能从你身上感觉到一种冷气,好像有一层阴霾在你的心中。"

"是吗?我在你身上感到的是生命力呢。"

"哈哈,是吗?"她的双眼笑了起来。

"对啊。"我回答道。

"那还真是相反呢。"

我暗暗将她的笑容记在了心里,这是一幅我永远也不愿忘却的画面,她的笑声使我获得了面对死神的勇气。当然,我还需要在她面前鼓起勇气,这一点显然比战胜死神还要困难很多。

"你下午还有时间吗?"我问道。

"我今天下午还需要去开个会。"她思索了一阵继续说道,"但是明天没有问题,请问医生你明天上班吗?如果不忙的话我想请你吃饭,也算是为了阿毛致谢吧。"

"不忙!我明天有空。"我表态道。

岂止是明天，余生都很空闲，欢迎你来打扰……

"那我们去记忆咖啡馆吧。"

"好啊。"

"下午四点？"

"没问题！"

"那我先回去开会了。"

她将阿毛抱起，我快步上前为她打开了玻璃门，望着她的背影消失在走廊的拐角处。一种与那种恐惧感一样道不出缘由的失落感涌入心里，我在一旁空闲的病床上躺了很久才恢复过来，继续回到自己的工作岗位。

死神并没有在她离开医疗室后回来，我的能力也并没有消失，下午余下的时间我的心情在失落与安全感之间徘徊，这真是一个漫长的下午。每一分每一秒，我都在回忆那双完美的眼睛，用一种与死神完全相反的能量注视着我……

"阿寒你还好吗？"一个熟悉的声音从耳边传来，我转身发现自己的一位同僚正一脸迷茫地看着我，他一只手在我的面前挥了挥，又伸手摸了摸我的额头。

"啊，我没事。"

"你确定吗？刚才都笑出声来了。"同事追问道。

"嗯，想到了一个笑话而已。"

大概是确认我并未发烧，他将手撤了回去。

"真是莫名其妙。"

同事也消失在了走廊的尽头。

35年？

我还是不知道自己为什么预测不出她的生命期限，不过这似乎不那么重要了，如果她真的有危险，我应该第一时间就预测出准确的时间才对。我的理智告诉我要专心分析下一位病人的病情，可是我的心已经遨游于明天的日程之中，迟迟无法收回……

2

提示铃的倒数结束，高速电车的车门也随之关闭，正方形的玻璃片从车门的四个角向内折叠成一面覆盖整个门的镜子。整个流程仅仅用了不到五秒，全自动化的玻璃平面似乎会根据每个人的想法而展现出不同的影像，我面对的就是自己的镜面反射。重新整理了一遍衣领，我暗中感谢设计出这种镜子的人。

要聊些什么呢？咖啡馆还和以前一样忙碌吗？今天换一件大衣是不是好一些？也不知道待会该怎么开场，希望那片阴影不会毫无征兆地出现。我将无数个问句抛向镜面中的自己，后者只是露出笑容好像这一切都与他无关，这个镜像令我感到困惑，为什么我会不由自主地笑出声来？昨天下午工作的时候就是如此。平日里我总是通过睡觉来逃避死亡，昨夜却迟迟无法入睡，半夜两点起来盯着落地窗外的世界发呆，即使是这样，今天早上起来我还是活力满满，这与死亡的感觉完全相反。

以一名执业医师的身份来进行判断，我大概是生病了，这是一种非常棘手的病症，因为根本没有救治方法，那双眼睛的魔力是不可抗拒的，这一点却是与死神相似，我无法说服自己无视他们。世间不止死神有如此法力，这令我感到极为欣慰，如此看来我这也不是什么病，就算是病，也是一种快乐病。

内心的这一团乱麻并没有被理清，我不知该怎么面对这份突如其来的情感。我不知道第一句开场白应该说什么，不了解她的喜好或是偏爱的美食，连我的能力都在她身上失效了。她的音乐品位可能与我完全不匹配，也许我们喜欢的话题根本不搭，又或许她根本不认同学院的模式。我应该感到很担心，这些情况都有可能出现，可是我却一点也不担心，因为我能感到自己内心的快乐是这个世界上最为真实的存在。就像我昨天所感知到的一样，原来灵魂的重点不只是死亡，还有这份足以威胁到死神的爱意。

还有什么可怕的？还有什么可以担心的？我朝着屏幕挥了挥手，镜面中出现了电车外的风景。下午的太阳已经开始向西倾斜。阳光顺着高层建筑物之间的缝隙挤进我的视野，这一片城区的生气比我记忆中的要强盛许多，我仿佛能看到高楼中的那一个个幸福的家庭正在度过这个再平凡不过的下午。这一点是学院一直缺失的，更是那里的学者们所缺失的，不平凡的生活使他们忘记了何为平凡。或许人类本身就不该去神化自身，更不应该去那片无边无际的知识之海中开启自己的航行，这种生活有什么可悲的？最终的结果都是倒在死神面前，学院的生活与此前无比平凡的生活都只是死亡之前的一系列选项，而校长与当年的那位少女都忽视了生活这种选项带来的快乐。

屏幕再次朝着外围崩塌，镜面也重新变回了车门的形状，我已经到达了目标站台。重新调整好心态，回到现实的生活，我走出车门，越过层层台阶，来到了相约的地点。

迎接我的还是那迷人的双眼，这双咖啡色的眼睛赐予了我无穷无尽的活力。注意到了我的目光，那种灵魂之间的相遇再一次发生，虽然只是短暂的数秒，却足以令我停止思考，静下心来感受这一切。我已经无力控制我复杂无比的情感，身体仿佛被另一个人控制住了，我迈着不缓不慢的步伐。死神一定是为了将我带到她的面前才会突然离开的，我不知道为什么会是这种结果，更不知道未来会是什么样子，可是结果在此时并不重要，因为我在她的眼中看到了同样的爱意。除了这份爱意之外，还有一只毛茸茸的萨摩犬在她的怀中四处张望，它在发现我后便朝着我吐了吐舌头，呼唤着我过去。

"让你久等了。"我稍稍鞠躬后说道。

"哪里，我也刚到而已。如果按照约定的时间来算，我们两个可都到早了呢。"她举起手表说道。

"真是巧了。"

我心中的那个稳定时钟被一个新的钟表替代，对于数字的概念或许没有改变，可每一秒的具体含义却与现实和定义产生了极大的偏差。有时我会觉得时间过得极慢，此时见到她了又觉得时间的流速开始急剧加速。看来时间之神代替了死神的位置，对我开启了新一轮的折磨。

　　"我们走吗？"她问道。

　　阿毛叫了两声，看它的样子似乎是在催促我。

　　"好啊，去记忆咖啡馆吧。"我伸手将阿毛接了过来，脸上立即被这只小狗舔了一遍。

　　"它还真是喜欢医师您呢。"

　　"不需要用尊称，叫我阿寒就好了。"我摸了摸阿毛纯白色的双耳继续问道，"你叫什么名字？"

　　"阿梅。"她答道。

　　"阿梅。"我重复道。

　　"好听吗？"

　　"好听。"

　　她的笑容胜过远方的彩虹，我一时不知道自己应该再说些什么，可是一看到她的样子，又觉得自己不必去刻意找话题，我们两人很默契地在沉默中行走，连怀中的阿毛也不再发声。时间却比之前过得更快，从电车站到记忆咖啡馆仿佛只用了数秒。

　　站在这家陈旧的咖啡馆前，我再次将目光投向她，同时也遇到了她的目光。不知道她在这里留下过什么样的回忆，曾经和家人或好友来过吗？但是这一点已不再重要了，就像我的过去一样，除去未来之外的一切事物，统统都被我留在了死神的口袋中，而死神也早已离我而去，此时我所信奉的只有生命之神。

我们在服务生的带领下来到二层角落的位置，周围人不多，大家都在外面享受夏日的阳光，真是一个完美的下午。

"二位想要调取哪些回忆呢。"

"00000009194。"我回答道。

"00027644280。"阿梅回答道。

"好的，请稍等。"

"你以前经常来吗？"她问道。

"只来过一两次，小时候被校长带着来过一次，那时候这里的记忆还是以照片和视频的方式展现，现在都能将视频和照片变成三维立体的影像了……"

我甚至已经忘记了第一次来是什么时候，大约记得是自己非常小的时候，那时的记忆都没有日期。

"校长？"

"我是学院出身的。"

"哦？我也是呢，但严格来讲我最开始是在学院下属的一个机构进修，后来才转进学院的。"

"真的吗？哪一届啊？"

"三年前，当时我是物理系的，如今在外界的一个公司就职。"

"三年前？那还真是早呢，我毕业很久了，先前有一段时间在学院做过研究，不过现在还是选择在外界的医疗诊所工作了。"我将自己的大衣放好后继续说道，"三年前的话，你们那一届是不是有一个跨时代的天才啊？"

"好像是有这样一位人物，可是我平时没怎么和她接触过，只有在一些论坛上才有机会见到，您认识她吗？"

"算是认识吧，之前有过一面之缘。"

"她最近如何啊？是不是开启了新一轮的研究？学院有没有将她加冕为下一任校长？我一直认为她绝对有实力跻身于那些雕像之中，那双眼睛用蓝水晶来装饰应该很好看。"

我不应该引入这个话题的，校长似乎并没有公开这方面的信息。

"我也不是很清楚，应该是在别的地方做研究吧。最近很久没有见到过她了，不过她应该在一个很完美的环境中做学问。"

"那下次回学院我们再去……"

光线亮度的突然转变使阿梅停止了说话，身前的桌子也转变成了一个立体的屏幕，一个幼年的我和校长正在屏幕中的桌前喝着饮料。我已经不记得自己当时在想些什么，更不记得校长当时的脸上还带有笑容。

"天哪，校长居然在笑，他为什么会单独带你来咖啡馆呢？"阿梅和我想到了一起。

"也许是证明他是真的在乎我吧。"我笑着说道。

"我记得校长一直都未成家,而且总是板着脸,一点也不愿意和我们接触。"

"那时候他还很年轻啊。"我看着眼前的这个中年校长说道。

"但是你们究竟是什么关系啊。"

"我应该算是他的世侄吧,家父和校长交情很深,我小时候总是受到校长的照顾。"

"好吧,面带笑容的校长,我还是第一次见呢。"

就像之前决定的一样,我不会再纠结于以前的那些记忆,我所盼望的是未来,一个充满生命力的未来。想到这里我触碰了一下显示屏,找到快进按钮后选择了下一个场景。光线的亮度又一次发生了转变,这次换作是我与父亲坐在木制的椅子上。

"这才是你的生父吧。"阿梅推测道。

"是啊,你怎么看出来的?"

"长得太像了,面部轮廓还有五官的比例都是一模一样。"

"你这么一说还是挺像的。"

"为什么带父亲一起来这里呢。"

又一个伤感的问题,换作平时我肯定会开始回忆起那些负面情绪,可是今天我却不为其所动,这些回忆仿佛是来自别人的人生,我又是一名旁观者,和另一位旁观者在观察而已。

"那时候家父所剩的时日已经不多了,还是校长推荐我们来这里留下一些回忆。"

"很遗憾。"

"无碍,大家都会面临死亡,能在家父最后的日子专心专意陪伴他已经让我无怨无悔了。"

阿梅替我选择了快进的选项,画面中的父亲和一旁哭泣的我渐渐消失,直至一片空白。我们盯着这片空白,也不知道她又在想些什么。

"只有这两条吗?"

"对啊,我真的只来过两次。"

她又一次发笑。

"怎么了?"我也被逗笑。

"你可要准备好了,我有一百多条记录呢。"

"一百多条吗?你是有多喜欢这里?"

"还好啦,只不过有时候会来这里做物理题,顺便就把过程录了下来。"

"还真是有趣呢,让我们开始吧。"我摊摊手说道。

第一条记录是在她初中的时候,似乎是和同学们一起来的,她的那双眼睛总是闪着最美丽的光芒。回头看到她一脸沉思的样子,我的心仿佛随着风浪跌宕起伏。

"你小时候真可爱啊。"我不自觉地说道

"小时候?"

"现在也是。"

"医师您说笑了。"

她快速地切换至下一个记录,仍然是她和一群朋友,这次我看到了印着学院校徽的外衣。

"你这么早就进入学院的体系了?"

"没有,这只是当时的一次活动,我自身入校相对较晚。"

"原来如此。"我感叹道。

画面切换至她和一对中年夫妇在一起。

"你和父母长得也很像啊,特别是面部轮廓和五官的比例。"

"骗人吧,我一直怀疑自己不是他们亲生的,从小都对我异常严厉,这些都是我偷偷录制的。"

她连续选择了几个不同的影像,都是她和一群好友在咖啡馆中玩闹。

"没有被发现过吗?"

"有啊,但是最后还是保留了下来。毕竟是回忆啊,即使不刻意记录也还是会存于脑海的。"

"说的也是呢……"

"你快看这个!"

画面再一次切换,这次是她和一只不知从哪里来的猫在一起。

"这是一只本地的猫,经常会在我一个人的时候来找我玩。"她看到我疑惑的表情后解释道。

"给它取名了吗?"

"服务员。"

"这是猫的名字?"

"我说的就是猫的名字。"

我重新思考了一遍才明白了阿梅的意思,其间我能看出她一直在强忍着笑。

"这还真是一个独特的名字啊。"我笑着感叹道。

"每次我呼唤它的时候都会有服务生过来,然后有礼貌地问我是不是有什么紧急情况。"

画面又变为了她与一群同学,她正带领着大家做一些奇怪的动作。

"这也是很久以前的,我每次都会独创一个游戏教大家玩……"

画面又变为她和父母在开心地庆祝着某个节日……

"那次是我父母十五周年结婚纪念日,真是好久以前了……"

她看着另一只猫,两者之间的眼神互动仿佛在传达着某种旁人无法理解的信息……

"这只小猫也超级可爱!之前有一次……"

又是一群学生围在她的周围,这貌似是场生日宴会……

"十六岁的生日,我买了十个蛋糕,同时又邀请了同届中我最不喜欢的同学,后来发生的事情你应该也猜得出来……"

……

再平凡不过的每一秒,都被她描绘得出神入化,我也被带进故事当中,仿佛与她一同度过了前半生所有的完美瞬间。时间走得太快,这一切就像是梦境一般。

我们共同度过了冬季的严寒,带着无数色彩的花朵来到春季。

时至夏季,我们再一次来到这座咖啡馆,欣赏着这一整年所共享的记忆。坐在我眼前的她仍是双眼迷人,如果可以的话,我愿意与她度过未来的每一个四季,直至死神再次到来。

"真的太好笑了,当时为什么要把雪人带进咖啡馆啊?"

"阿毛一直缠着那个雪人不放啊。为了准时到达,我也只好把整个雪人带过来了,最后还被服务生白了一眼。"我说完后伸手去抚摸阿毛,它的伤势早已痊愈。

"我当时看到那个雪人,差点就晕了过去,还以为自己在做梦呢。"

"都已经过去太久了,雪人先生没能抵住炎炎夏日。"

"是啊,这都是半年前的事情了。"

"是啊。"

我重新将手伸回大衣的口袋中,指尖触碰到了那个水晶质的盒子,那种冰凉的触感似乎在提醒我要抓住机会。可是在此之前,我必须确认一些事情才行。

我再次望向阿毛。

9年?

随后又望向阿梅。

未知。

还是没有改变，我一年也没有看到死神的踪影，可是那个令人绝望的能力并没有消失。

"我们来玩个游戏吧。"

"好啊。"那双眼睛亮了起来。

"这是一道需要思考的问题，我问过很多人，尤其是我的病人。"

"那你为什么要问我？难道我生病了吗？"

"这倒不是，只是想确认一下你对死亡的看法而已。"

"死亡？"

"假设有一个人能够告诉你确切的死亡时间，你想知道吗？"

她犹豫了一阵，脸上的笑容却并没有消失。

"不想知道。"

"确定吗？那可是准确的时间啊，我的很多病人在玩这个游戏的时候都会选择知道真相。"

"我又不是你的病人。"

"的确不是，你更像是病原一样，和你在一起后我就一直生病。"我假装咳嗽了几下，阿梅笑着打了我一拳。

"可是为什么要知道啊？"

"有些人是想要更好地规划时间啊，还有一些纯粹是好奇。"

"那样不是很绝望吗？如果这个时间真的是无法逆转的一个倒计时的话。"

"是很绝望。"

"那还是不要知道更好一些，生活中有很多不确定的事，虽说死亡不是什么惊喜，但我不觉得知道了死亡日期可以帮助我或者身边所在意的人达成什么目标。如果说是为了在死亡之前完成什么愿望清单的话，即使不知道确切的日期也可以完成啊，只要每天都活得开心，每一年都去完成人生愿望中的一项就好了。"

"如果真的能够以这样的方式活下去就好了。"

"这有什么难呢？直接去这样做不就好了？"

"我们很多人都被现实限制了啊，无论是来自家族还是来自学院的压力，生活中的种种不幸，这些都会影响到人的选择。"

"生活中会有很多不尽如人意的事情发生，但是如果有这样的心态不就可以用乐观和理智的方式去处理事件了吗？"

我不能告诉她我的能力，可是我又害怕我在未来会看到她的时间，还有自己的时间。我也拥有这种选择的权利吗？即使被天赋限制？手中的水晶盒子似乎是我唯一的选择。

"谢谢你了。"

"有什么好谢的？"

"这一年你带给我很多快乐。"

"你也是啊。"

好像没有什么需要用语言交流的了,所有想要表达的爱意,此刻都浮在她与我的空间中。确定自己真正爱上了一个人还真是困难,嫉妒的感觉还有保护欲不过是情感中的一部分产物,不求回报的单恋也只是多种情感中的一类,真正爱上一个人又是怎样的感觉呢?我眼前感受到的就是爱意,这种爱意令我学会了接受自己的过去,拥抱自己的未来。起初我自认为爱上的是她的那种生命力,那种真实的快乐与确切的幸福。现在看来,我还能说些什么呢?我爱上的,全写在了她的双眼中。

"时间还真是快啊,今天正好是一年。"我说道。

"一年?"

"去年的今天我们第一次来这家咖啡馆啊。"

"好像真的是今天!"

"我还有个问题想要请教你。"

我将水晶盒子从口袋中拿了出来,藏在桌下。

"啊,稍等一下。"

"怎么了?"

一种奇怪的感觉出现在了咖啡厅内,我缓缓地收回了半空中的双臂,将水晶盒子重新放回口袋中。

"我忘记了一件很重要的礼物,你能在这里稍等一下吗,我回去取一下礼物,马上回来。"

"需要现在去取吗？"

"当然了，这可是很重要的礼物啊，相信我。"她起身穿上风衣后继续说道，"你就坐在这里等一下，我和阿毛马上就回来。"

还没等我反应过来，她便消失在了门口，阿毛也紧随其后，时间的流速开始变缓，留下来的只是半杯未喝完的橙汁，以及我脸颊上的一道吻痕。

我从漫长的等待中回到了现实，起身向门外走去，追寻着那丝怪异，身后跟着的是一位等候多时的老朋友。

夏夜的月亮只露出了个模糊的轮廓，夜雾夹杂着细雨，空气中弥漫着水分子的味道。我在一个无人的角落里停住了脚步，身后的那人也从记忆咖啡馆中走了出来，止步于我身前，借助着后方的彩灯，我认出了来者的身份。

"校长先生您好啊。"

"你好，阿寒。"

"真是好久不见啊。"

"是啊，上次葬礼之后我就没有怎么照顾到你，十分抱歉。"

"不要再提那次葬礼了，家父的时间我早就预测好了。"

"如果需要的话，我们愿意向你提供帮助，你拥有学院的一切优先特权，这其中一部分是因为你父亲的功劳，另一部分则是因为你的功劳。"

"家父究竟帮学院做了些什么我并不知道，可是我是真的没有帮到您。唯一的那一次又没能阻止悲剧发生。"

"你不要这样想，我们已经讨论过这个话题了，你只是能够预见未来的死亡，避免伤亡可不是你的能力。"

"医生的能力是什么呢？"

"任何医生都无法避免死亡，医学能够做的只是延缓死亡而已，这一点你比任何人都清楚。"

"可我也没能够延缓他人的死亡，所有的人都会在我预测出的时刻死亡，而我对此却根本无能为力。"

"或许我可以帮助你转到别的行业去，医师的工作对于你来说太悲苦了。"

"不需要，我并不是很在意这些了。家父走后我没有什么真正在意的事物了。"

"你在乎她。不是吗？"

"您什么时候调查出来的，还是说这次来其实是想让我再次动用自己的能力？"

"不是的，我那天正好收到通知，记忆咖啡馆是学院在外界的投资之一，这家店的老板和我关系不错，你第一次来就是和我一起的啊，店长认出了你，后来就联系了我。阿梅也是一个很聪明的物理学家，我还记得她当时在学院也算是小有成就。"

"那您今天是来做什么的。"

"你求婚了吗？"

我下意识地摸了摸口袋中的那个盒子。

"还没有。"

"为什么？"

"我会的，等她回来我就求婚。您说的很对，我非常在乎她，这份情感比我以前所经历的情感都要真实，我也愿意继续这样与她活下去。"

"你的能力呢？"

"无所谓了。"我答道。

"对她失效？"

"这些都无关紧要，我不在乎其他的事情，我只是很清楚地感知到了这份爱意，这一点就可以打败一切的不确定性了。"我笑着答道。

"如果已经下定了决心，我想代表学院支持你们，作为陪伴了你多年的一个白胡子朋友，我也在此献上自己的祝福。"校长说完后向我点了点头，我也回了一个笑容。

"感谢您的栽培与照顾。"

"是学者们自身优秀。"

我的内心把脸上笑容撤去，一股很久都未感到过的恐惧将那股幸福感洗劫一空。为什么会有这种奇怪的预感？我的目光环顾四周，在咖啡厅的对面看到了代表死神的那片阴影。

"阿寒？你还好吗……"

校长的声音渐渐远去，我此时只能透过余光看到校长担忧的神情，其余的精力已经全部被我分配至对面的那片阴影。

为什么现在会回来？整整一年都没有出现过了，此时却又一次出现在了我所在的现实之中。我努力集中注意力，转身观察校长。

23年？

校长没有危险，可是这股恐惧还是没有消散。那片阴影似乎又在呼唤我再次跟随它，紧接着我又开始向着路的另一个方向走去。我甩开校长的双手，紧跟在阴影的身后。在几个路口稍作停留过后，我听到了阿毛的叫声，随后便看到了它正在与死神对峙。看到我后，阿毛以一种我从未见过的速度跑到了我的身前，随后又开始向另一个路口狂奔。

在那一片浓烟之中，我逐渐意识到自己正在经历什么。我清楚地看到阿梅倒在人行道上，旁边是相撞的两辆轿车。没有思考过程，我径直冲向阿梅，可是死神又一次出现在了我的对面，生命力在一瞬间被抽干，双腿没有前进的能力，我就这样倒在了距离阿梅几米的地面上，挣扎着抬起头，我尝试唤醒自己的身体匍匐前进。

1分24秒。

1分23秒。

1分22秒。

1分21秒。

我能感知到她的那串数字。我没能预测出意外，可是此时死神却又一次对我进行了最为致命的宣告。

55秒。

时间的流速比任何时候都要快,我最后连前进的力气都没有了,只是迎面趴在她的身旁,伸出手来试图碰到她。

5秒。

可是,在最后的最后,我所做的一切尝试都是徒劳,意志力无法阻止时间的流逝,校长的出现也没能改变现实,我与死神的赛跑,这次也以失败告终。

1秒。

又失败了吗?

3
■

这座岛屿距离学院并不是很远,可是岛上的常住居民人数始终为零。虽然是很早就被学院收购的一块地产,但岛上尚未兴起任何的改造计划。这里并没有任何人造的设施,校长也从未向我提起过这座岛屿的用处,不过当作一片自然生态保护区也是很有益的,至少能为这些无比精美的生物提供一个庇护所。那一排排树木为世界增加了富有生命力的绿色,这种自然环境在外界已经越来越少,有时候我很想去预测人类剩余的时间,可每一次尝试都未能成功,这超出了我的能力范围。我这次的旅行并不是为了研究,更不是为了逃避现实,我来到这里是为了面对死神，与其做个了结。

这里栖息着无数野生动物，它们并没有因为我的出现而退缩，反而在我徒步时暗中观察我的一举一动，当身后的那片阴影追上来，丛林中的眼睛就全部消失了。

随着海拔的攀升，周围的树木也逐渐减少，最终只留下了一双寒冷的眼睛陪伴着我，那是死神的眼睛。无论是在雨雾缭绕的山腰处，还是在接近山顶的云层之上，那目光始终跟着我，催促着我继续前行。

待我来到山顶，身后的阴影也跟至身前。我伸手去触碰那片寒冷，可是并没有触碰到实体，若不是已经熟悉了这种诡异的存在，我甚至会怀疑这一切会不会是幻觉。但这种可能性很快就被我排除了，因为死亡是绝对真实的，那些人的死亡更是如此。正是出于这个原因，我才决定将死神带到整座岛屿的顶端。

"你听得见我说话吧。"我问道。

阴影永远都是无声的，除去视觉上的存在之外，我从未感受过任何来自它的信息，可是我总觉得它是有智慧的，或者说我们至少能够以某种方式沟通，只是我并不清楚自己应该如何去展开沟通。

"请回答我的问题。"我放下背包继续说道，"无论以何种方式，我只想从你这里得到一些反馈。"

它还是一动不动地站在那里，我也只好集中精力，重新整理思绪。

未知。

我还是无法判断出自己的命运。

未知。

眼前的死神没有一个准确的时间,这一点倒是此前我没能注意到的。死神也会有死亡的日期吗?如果眼前的这片阴影就是死神的话,它会不会永远地存在下去?永恒也是一种期限吗?还是说死神只是人类所构造出的一个概念?

这样又会产生更多的难题,我能够明确感知出动物的时间,因此这种能力本身并不是人类编造出来的。可是如果宇宙中的所有生命都消失了又会是怎样的结果?死神还会存在吗?死神的死期会不会就是所有生命的死期?还是说死神会继续存在,只不过它所掌管的死亡已经不会再有作为。如果真的是那样的话,死神也会感到孤独吗?

无论如何,我能够以此确定的是死神的真实存在,因为没有生命力的事物是无法被我感知到的。除非我的能力也是自己幻想出来的。可是那样也太疯狂了,我难道是猜出来了他人的死期?这样的概率又是多少呢……

眼前的这片阴影还是保持着沉默,我揉了揉眼睛,试图去看透这片阴影,可是那片黑暗又阻挡了我的视线,我看到的仍是一片模糊。

"我给你几分钟时间考虑,如果还是不回答的话,我打算从这里跳下去。"我停顿了片刻后继续说道,"这个选择权我还是有的，决心更是不在话下。如果生命对于你来说有什么意义的话，还请你快些回复。如果什么意义也没有的话，我的生命也没有什么可以值得珍惜的了，因为你已经把我最在乎的那些人带走了。"

我将背包中的那个水晶盒拿了出来，盒子所散发出的光芒在岩石的表面留下了一道彩虹，死神并没有为之所动。我再将那枚镶嵌着钻石的铂金戒指拿了出来，捏在双手的拇指与食指间。一股熟悉的情感涌入心中，将我整个人的状态打乱，并勾起了我那些与死神相伴的回忆。我还是无法逆转事件的结果，这种能力能够完美地预测绝大多数生命的死亡时间，可是却无法改变最终的结果。在这一系列的事件过后，我终于迎来了自己的慢性死亡。

为什么她会死去？我无法找到一个令人信服的答案，光是看着她就已经是我最大的满足了。可是现在我连这一点都无法实现，她已经永远离去了，永远地消失了。在死亡面前，一切都显得无力，我甚至感受不到自己的哀痛，我的情感仿佛被一种麻木感所代替，而世界上已经没有可以让我活下去的理由了。

虽然我无法通过天赋来预测自己的命运，我的另一种直觉却还是告诉了我一个非常近的时间，我的生命力都已被死神夺走……

"你打算放弃吗？"

阴影说话了？或者说我出现了幻觉？

"你可以说话?"我问道。

"你认定我为死神,死神不能说话吗?"

"我不知道可不可以,但是你是死神吗?"

"是也不是。"

"这又是什么意思?"

"你其实在和你自己说话。"

"你是我?"

"我是你的一部分。"

"一部分?"

"我是你的能力,或者说是你意识当中象征着能力的那一部分。"

"所以说我的能力也有意识?"

"比这还要复杂一些,因为阿寒代表着你,可是我又是你的一部分,所以说拥有主导意识的始终只有你一个人,我可以算是你的潜意识,或者灵魂。我也不知道。"

"可是潜意识不应该有沟通能力才对啊。如果你就是我的话,我们不需要交流就可以理解彼此。"

"真的是这样吗?为什么人类还会在一个人的时候自言自语呢?"

"因为没有其他人来交流?自言自语只是单方面的陈述啊,并没有真正的交流。"

"这就是更为复杂的一点了,其他人都无法完全掌控自己的潜意识，那些在儿时就养成的习惯更是根深蒂固。大多数人能够做的只不过是顺其自然，随着潜意识的引导而采取行动，这也是为什么实验中会有潜意识比主观意识先一步做出决定的原因。可是你很不一样，你的家族也不一样。你们可以与自己的潜意识交流，这也是为什么你还有你的先祖们可以展开一些比常人要更为精准的计算与预测。"

"这种预测是你进行的？"

"可以这么说，不过我不希望让你认为我们是两个不同的存在体，因为我脱离了你就不复存在，你没了我也不能被叫作阿寒。"

"但是我脱离了你还是可以存活的，因此你应该是一个依赖于我的存在才对啊。"

"这是个有趣的问题，如果一个人失去了所有的潜意识，这个人还能不能存活？我们没有进行过相关的实验，也不知道该如何做这样的实验。可是就像一栋房屋一样，我们可以单独拆掉墙壁或者屋顶，但是任何破坏都会导致这个建筑物失去房屋的属性，因此我们应该被理解为一个整体才对。"

"那站在我面前的你又是怎么一回事？"

"我是真实存在的，同时我也是你的一部分，不过你眼前的这团阴影却是自己想象出来的，你为什么会出现幻觉我不清楚，我为什么是阴影我也无法解释，我的推测是童年的经历以及人类将一些概念物化后产生的一种幻觉。"

"这种阴影是幻觉？那为什么我在遇见阿梅之后的那段时

间没有出现过幻觉？还有你为什么要引导我去见阿梅？"

"并不是我引导你，是你在引导你自己。请回忆一下当时的场景，如果视觉上看不到这片阴影，你还是会凭借着直觉冲出门外，遇到阿梅。我的存在并不干扰你的决定，我就是你决定的一部分，也就是你所幻想出的阴影，只不过我比直觉要准确一些，一直到最后一刻。"

"最终带我到阿梅身边的就是你，为什么不早一些通知我？为什么让我见到阿梅的离去？"

"看来我有必要再次声明，我就是你。我没有预测出来就是你没能预测出来，这在那件事上也不太适用，因为你无法预知到意外的发生，这也是你潜意识的一个漏洞。"

"为什么之前没有出来与我交谈过？"

"这一点你还需要问你自己才对。我可是一直都在的。"

"你刚才为什么说自己也算是死神呢？"

"这也是个不太好回答的问题，因为我的存在不只是你的一部分，你似乎也将你对死神的一些理解放在了我的身上。可以说是因为你认定我为死神，我才可以算是死神。当然，我可不是一个真正的神，我也不知道死神是不是真的存在。相对于你，我就是死神的象征，因此我们之间的对话算是你与你自己的对话，同时也是你与死神的对话。"

"我如何知道自己此时此刻所经历的对话并不是一个幻觉呢？"

"你不能,可是这又有什么影响呢?无论我是不是你,你都需要一个可以聊天的对象。或许我只是一片阴影,那样我以后也不会说话,又或者我根本就不存在,而你一切的问题以及今天的交流其实都是自言自语。可是这真的重要吗?你不正是因为不理解活下去的意义才会来到这里吗?我或许不是一个很好的谈话对象,毕竟我的一切知识都被你所限制,可是我的另一面或许可以帮到你。"

"你是指死神的那一面?"

"是的。"

"可是那样又有什么不同呢?我所面对的还是我自己,怎么可能得到答案?"

"你和常人不一样啊,别人可以像你一样准确地计算出死亡日期吗?"

"现在就可以啊,虽然没有我计算精准,步骤也麻烦很多,可是未来的科技绝对是可以做到,甚至可能出现一台预测所有可能性的机器。"

"即使创造出那样的机器,也说明你和那台机器的能力相当,这也证明你并非常人,而这种天赋正是你潜意识中所神化的那片阴影所做出的预测。"

"但是这并不是最完美的预测啊,我也只能看到很少一部分人的命运。"

"这是因为你不够了解他们,如果一个十分健康的人突然打乱饮食习惯，你所看到的数字就会急剧下降，可是在这个人做出改变之前，你还是会预测出一个很长的时间。这是因为这种改变就像是意外一样，你无法判断出他人的决定，因为那些意外的决定都偏离了你原来的假设。"

也就是说我的预测能力已经是最完美的了？只有在他人偏离了起始的假设条件后才会产生偏差？可是眼前的阴影为什么总和我意见相反呢？

"可是为什么你会一直反对我？如果我们真的是一个整体的话，你所知道的应该就是我所知道的，我们应该反复同意对方的观点才对。"我再次问道。

"假设我将你带到森林里，同时又关闭你的所有感官，只赋予你一双眼睛去观察林中的蜂鸟，你所看到的将会是蜂鸟的样子。再假设你只运用听觉去感知同样的蜂鸟，你能够听到的是蜂鸟的声音。眼睛与耳朵都是组成你的一部分，可当它们交流的时候却会有很多偏差，这是因为感官的差异。我与你之间也存在感官的差异，你作为主观的意识无法感知到死亡，我才真正具有感知死亡的能力，所以我们所处理的信息和掌握的知识也是不同的。"

"那我们究竟是如何组成阿寒的呢？为什么我不能称自己为阿寒？"

"这些问题更难了，我也无法理解其中具体的运作方式，大脑似乎就是以一种很独特而优美的方式在运作，而我们现阶段的神经科学却并不能够完美地运用公式来解释其中的规律。"

"好的,我暂时相信你所说的一切,还请你回答一下关于生命和死亡的问题。"我又一次问道。

"为什么还要这么问呢,你也有了一个答案吧。"

"什么答案?"

"生死本身并没有意义啊,意义都是人类赋予的,你是人类,所以你赋予了这些生死一些特定的意义。"

"既然我不认为生命有意义,生命本身也没有意义?"

"只能说对于你来说没有特定的意义,尤其是在这个时期。因为你并不代表全人类,而既然大部分人类都认为生命有意义,生命就应该有很多人类所赋予的意义。可是大家对这种意义的理解不同,这才导致了不同的个人意义,而你现在所缺失的就是个人意义。"

"既然个人意义有所不同,为什么还需要管其他人所欣赏的那些意义呢?"

"最主要的原因还是意义的时效性,因为一个人的一生不可能只为一种意义而活,生命的意义会在不同的阶段产生改变,因此我们赋予生命的意义并不是一种永恒不变的定义,而是一种重新寻找和重新确立不同意义的过程。"

"我现在确立的意义就是生命没有意义,这样你还是没回答我的问题。既然这是我的生活,我就应该按照自己的定义来活才对,就像一个非常厉害的赛车选手应该坚持的自己的想法才行,他人的道路并不一定适用于自己,而自己的道路永远就是自己的。"

"真的是这样吗?我反而认为你并不是定义生命为无意义,而是尚未找到新的意义。"

"那我们如何解决不同理解中的矛盾呢?"

"我们可以通过预测力来解决,我并不认为你现在的预测力是最佳的,因为你连续失去了很多珍爱的人,这种悲痛可能会引导你偏向于拥抱虚无和无意义的论点。一个非常厉害的赛车选手也有可能因为什么伤心事而喝醉,即使是世界上最好的赛车手,我们也不应该让他酒驾。"

"你像那些心理学家一样。"

"也许吧,但是我的观点是符合逻辑的。"

的确如此,我能够从这片阴影中感受到自己的气息,可是外面却偏偏裹上了一层寒冰,令我感到心中阵阵发凉。

"那你为什么要劝阻我呢?"

"因为去思考并且理解生命的意义是一回事,而真正活出生命的意义却是另一回事,如果你一直纠结于前者,哪里有时间去体验后者呢?"

"有什么不同的呢?我们不应该先理解自己想要获得的究竟是什么之后再去亲身体验吗?"

"世界上的大部分人可不会静下心来认真思考生命的意义,他们会去探索,可是绝对不是沉下心来进行什么学术讨论，这并不是某个新型的知识体系，这可是你每一天都会经历的体验。我反而认为你没有必要去做这种主观的体验。"

"可是我们也可以客观地去了解并且研究主观的体验啊，我们都认为金钱有意义，正如我们都认为生命有意义，而经济学就是对这种主观定义的一种客观分析。"

"这两者没有可比性，因为生命的意义包含了许多主观因素，我们的确可以学习，可是我的观点并不是可不可能，而是应不应该去尝试理解生命的意义。"

"那为什么不去尝试呢？"

"因为这种意义有可能是无法理解的，或者说是高于我们的理解力，在人类复杂的关系网中，你的生命并不只对你自己有意义。"

"这又回到了我们先前所讨论的那个问题啊，生命或许并没有意义。"

"如果真的是这样，我也不认为你应该得出这种结论。"

"即使这种结论是正确的？"我问道。

"即使这种结论是正确的。"阴影回答道。

"为什么？"我追问道。

"因为这个结论仅仅是理性的答案，可是我们的生活又被许多种情感与心理活动所主导。"

"可是这就代表着我们所追寻的意义不过是一种幻觉，生存和死亡一样毫无意义可言。"

"当所有人都处于幻觉之中的时候,这还是幻觉吗?"

"是。"

"但是如果所有人都不认为这是一种幻觉呢?"

"我还是认为这是一种幻觉。"

"这也只是理性的答案,而我还是坚持之前的那个观点,你现在不适合去理性地作出选择,因为你的理性被很多外界的因素影响了。"

"你这样说是因为我被悲伤的经历影响,可是在我快乐的时候,我的理性也被感情与许多其他的生理学因素影响,为什么我在快乐的时候却具有合格的判断能力呢?"

"因为你的快乐不会使你怀疑意义,你只会根据快乐而改变意义,并不会因为快乐而否定意义。"

"所以这根本不是判断力的问题,而是有没有威胁到生命力本身?"

"我们无法保证我可以纯粹地以理性来面对这个世界,如果真的是那样的话我们就成了利用算法来运作的机器人,因此我们在生活中不应该一直依靠理性,听听自己的心声,意义也会接踵而至。"

"我的心声也告诉自己没有继续活下去的必要。"

阴影并没像之前那样迅速地做出回答,那种寒冷也在空中停住了,除了山顶的阵阵风声,周围并没有任何声音。

"那我们还是去一趟北极圈吧,那里会有你所寻求的答案。"

"为什么是北极圈？"

"那里是彩虹的尽头。"

"你在说什么？"

阴影并没有作答，它只是停在了原地，我又怀疑这是否是幻觉。云层仍在下方，那一层层纯白色此时正在缓慢地朝着北边移动。

"你刚才和我说了些什么？"我向阴影问道。

阴影还是没有回答我的问题，这一切就像没有发生过，死亡是真实的吗？我看了看手中的戒指，随即得出了答案。

死亡永远是真实的。

最后看了一眼这枚闪着光芒的戒指，细微的彩虹从双手之间延伸至我的手掌，最终又消失于手腕附近。愿戒指的下一任主人找到自己的幸福，无论悲伤还是快乐，无论是否有意义，我都希望下一个人可以去体验我未能体验的生活，见到我未曾见到的彩虹。

我将戒指扔向了前方的层层云朵。

4

我非常后悔临行前没有最后检查一遍背包，从脚踝传来的痛觉通过腿部和上身的神经脉络径直涌入我的大脑，护目镜的款式选错了，透过这一层紫色的滤镜我根本无法分辨前方冰面的高低，远处那些更为险峻的冰山看起来是淡紫色的，整个世界的颜色融为一体。左脚的冰爪总会向右侧摇摆几厘米后才能成功刺入冰面，登山鞋的尺寸果然也没有选对，这令我感到担心。这个季节的冰川比平时更为多变，这样下去我可能需要两天才能越过眼前这片深紫色的冰山。

唯一选对的是破冰斧，我从身后拿出这个便捷的工具劈向脚旁陡峭的冰面，在凿出两个落脚点后又侧过身去，用倾斜的冰面支撑起自己的重量。再三确认身上的绳索已经固定后，我伸手重新调整好左脚上的冰爪，如果继续向上攀爬的话会更加危险，还是先回到营地好一些，准备妥善之后明早再出发。

我顺着冰壁小心翼翼地后撤，低温使冰面变得十分坚硬，返程的路上左脚还是会剧痛，我不得不停下来调整冰爪，将其重新固定妥当后继续前行，最终抵达了出发点。

面前的是一间矮小的木屋，周围是施工所用的废弃木板，我十分感激校长在葬礼后帮我找到这样一个远离尘嚣的庇护所。从飞机上我就看到了那一排排冰山和湖泊所形成的独特地貌，木屋就坐落于山脉与一片满是浮冰的湖泊之间，距离这里最近的城镇也有三天的路程，淡水和食物都以空投的方式按月配送。木屋里有一台主发电机和两台备用发电机，不过我平时也很少打开电灯，我总是一个人抱着阿毛在火炉旁取暖。我会从书架上取下一本一直想着要阅读的书，阿毛则静静地看着我，待我入座后默默地跑过来，时而盯着火焰发呆，时而凑过来舔一舔我那结冰的胡子。每日清晨我都会带着阿毛去湖边走上一阵，借着清晨破晓时分的阳光，看一看这里的风光。我总是被情感支配着，那种与生俱来的能力给我带来了无数的悲剧，可是眼前的景色是美好的，我并不认为整个宇宙都怀着恶意，同样也不觉得世界充满爱。我无法计算出地球毁灭的时间，更无法推算出宇宙剩余的时间。在这里，我不必动用自己的天赋，因为我都能清晰地感受到世间万物的真实存在，它们互相交错编织出了无法整理的脉络，而又忍受着各自的孤独。

夕阳的余晖逐渐消失在山脉后面，原本灰蓝色的天空此时已是一片灰紫，湖泊的深处有一层深灰色的云，希望明天不会有暴风雪。深灰色的云团似乎听到了我的想法，我回过神来时头顶的天空已经产生积云，这种变幻无常的天气根本无法预测……

木屋那边传来了阿毛的声音，这个家伙在屋内望着我，见我回头便开始上蹿下跳，门虽然是敞开的，它却迟迟不肯迈进积雪中。我拽下套在鞋子上的冰爪，一步步迈向木质的大门，阿毛忽然跑进了房间内，回来时嘴里叼着我的一双毛绒鞋。我俯下身来摸了摸它的头，手又顺着它的背部一直滑下去，那股毛茸茸的触感比屋内的火炉更加温暖人心。

然而就在我的手离开阿毛的一瞬间，身后的那种刺骨的寒冷再次袭来，死神还是不愿放过我，无论是在人头攒动的都市之中，还是如此荒无人烟的北极圈内，它总是能够找到我，期待着我继续做它的使者。我转过身去望向那片灰暗，夕阳余晖已经彻底消失,此时的我与死神在暗中对决,我只有身后的这间木屋,而它拥有的,则是我这一生的回忆。

我迅速地将大门关紧,同时又将厚厚的毛毯铺在木门的缝隙当中。随后又转向木屋四周的窗户,将它们也彻底封好,我成功地创造出了一个橙红色的密室。可是死神并没有选择放过我,它早已穿过冰雪,滑过湖面,现在又进入到这间密室,静静地站在火炉斜对面的角落中。我气愤地奔向隔壁的卧室,锁上了又一道木门,后退至床沿。木门背后的镜子照着我惊慌失措的身影,我将所有的注意力都集中在镜子中的自己,然而心中却迟迟没有出现任何数字。

未知。

我还是无法看到自己的死期,镜中一片空白,死神主动来到了卧室的一侧,它那空洞的双眼似乎是在嘲笑我的绝望。我被寒冷驱赶至火炉旁,重新躺在了地毯上。阿毛瞪大了眼睛看着我,它没有任何负面情绪,只是吐着舌头摇摇脑袋。阿毛将一块毛毯带到了我身边,之后又跑向了一旁的书架。

"我今天不打算读书了。"

阿毛大概没能理解我的意思。

"我明天就要启程了,这次旅行我必须一个人完成,明天早上也不能再带着你去湖边散步了。我离开后你要照顾好自己,校长不久就会派人来接你去学院,说不定你会是下一任吉祥物呢,我一直觉得学院的白狼标志过于严肃了。"

阿毛摇着尾巴回到了我的身边。

"我能感受到自己的死期了。虽然心中没有确切的数字，但我还是能感到死神的召唤，它就在那里。"我说完后伸手指向了房间的一角，死神就在那一片阴影之中。

阿毛顺着我手臂所指的方向跑了过去，在角落里转了几圈后又回到了我身边。

"你大概是没有理解我的意思，不过这没有关系。"

我向阿毛张开了双臂，它顺势投入我的怀中，我的眼泪顺势流了下来。阿毛背部的白毛摸起来十分顺滑，它的体温也一定程度上延缓了我的死亡。我紧抱着它，试图重新拾起那种对于生命力的热爱，可是一切都没能起作用。我还是能感受到背后那个充满恶意的目光，死神还是在角落中静静地观察着这一切，它从未离去。我无法逃避死神，更不敢直面心中的那些回忆，死亡的问题没有答案，至少我没有答案，窗外冰雪寂寂。

我的灵魂早已起航去了另一世界，而现在的我只是回忆过程中所产生的残影……

一觉醒来，心中的各种感情奔涌而至。我听不到寒风进攻木屋的声音，角落里的死神也不见了踪影。

面对突然的宁静，我一时不知道自己究竟身处何处。待恢复过来我重新换上了雪鞋，背上了准备好的行李，开启了通往外界的大门。

那一瞬间我回忆起了自己与她一同度过的所有时光，那些记忆在脑海中漂浮着，我想起来了自己为什么要来到北极，我是要去寻找彩虹的尽头，这个答案是谁告诉我的？我又因何有这样的记忆？可是我并不觉得这记忆是假的，我能够感受其中的爱意。

然而门外并没有什么彩虹，阳光透过一层薄薄的乌云照射在眼前的湖畔，周围的世界没有声响，风停下了脚步，一片片雪花缓缓地飘落下来，落在白雪皑皑的冰原之上，有些甚至停在空中，不仔细看根本不会注意到它们在动。

我踏上这层松软的雪层，脚上的雪鞋稍稍陷入这片白色的雪海之中。远处有些分辨不清的身影正在朝着比远方更加遥远的远处行走，他们的服饰各异，我能够道出他们的姓名，回忆起他们的过去和未来，但不知为何，自己此刻的存在又是如此陌生。

迟疑了片刻，我止住脚步，抬头望向了这些飘浮在空中的花朵。雪花似乎感觉到了我的存在，纷纷停下了脚步。

天国的雪，是否也如此美丽？

5

有预知死亡的能力吗？这位阿寒还真是不幸，和那位赌徒先生一样不幸。祖父终于对生命的问题给出了正面的回答。可以看出这些故事都有一定的关联，大致的设定也都在同一个世界，虽说有可能是虚构的，这种真实感给予我的冲击却又如此猛烈，大概是由于毕业于同一学院的原因，我对其中的人物都能产生共鸣，我能想象出我在他们的处境中会做出相似或者相同的决定。

生命对于我来说没有那些主角所相信的意义，我并没有找到过一生的挚爱，也没有一个可以为之奋斗的宏伟目标，我拥有的只是一张空白的蓝图，这与其他人的那些可供我想象的蓝图可不太一样。任何人的未来我都可以通过想象来预测，可是唯独我的未来处于一片迷雾当中，这一点和那些主人公倒是大致相同。

祖父将这一点写进了书里，证实了我之前的猜测。他老人家肯定知道预知未来的天赋真实存在，即使自己没有同样的天赋，他也一定研究过我的行为以及我的天赋。假设他能够看透未来，书中大部分的内容可能就是非虚构的事件。

但是这样做的目的真的只是为我解答生命的意义吗？通过前面的这些故事我的确理解了祖父大概的意思，在今后我也会抓住生活中的幸福，抓住那些最为美好的瞬间。

可是祖父为什么不自己陈述一遍自己的立场呢？无论是关于正义和生死，还是关于爱情和悲剧，他都可以直接向我解释。为什么要以这种写出来的形式呢？祖父为什么一定要刻意避开我呢？祖父这样做一定有什么原因。

我本以为这样读下去就可以获得答案。即使那不会是一个我完全认同的答案，我也能用这个答案自己推导出真相，可是这些故事使我感到更加困惑，我能够感受到很多，却不能分析这些感受。这成了一个死循环，因为我无法毫无凭据地想象祖父的动机以及未来将会发生的事件。

分析没有起作用，留给我的选项并不多，最后一个故事就在我的手中，我只要再翻一页就可以开始阅读，可是我的手就像被阿寒吸引住了一样，无法动弹。不知为何，我有些舍不得继续翻页，同时又十分迫切地想找祖父谈谈。书中的人物吸引着我，他们性格和思维模式都很真实，我甚至感觉自己好像认识他们。

这一章的最后一页还是被我翻了过去，一个新的标题出现在纸张的中央，这是最后一个章节了。

真正的预言家

1

空港总是这么繁忙，起飞和降落的两个通道总是排满了人，其中最拥挤的是休息室以及我所在的行李提取处。这个假期正好是旅游的旺季，前几周订票的时候真应该避开下午的高峰，半夜抵达空港我都愿意。

不过换位思考一下，父母特地叮嘱我要下午到达，肯定也是准备好了丰盛的晚宴。如果半夜回家的话，那些美味的菜品肯定都已经凉透了，到时也会打扰到他们的休息……

"控制塔呼叫飞行员先生。"一个美好的声音将我唤醒。

说话的是我在学院认识的爱人,她每次都会在我走神的时候将我拉回现实。

"控制塔发现什么了?"我笑着问道。

"发现了我们的行李。"

经她提醒,我才想起来传送带上的那两个大箱子。这次我从学院将研究设备全部带了回来,提交完研究论文后我就开始着手计划本次的旅行。首要的目的当然是借此机会给自己放个假,在正式步入工作岗位之前,我还想多花些时间陪伴父母,同时也要将爱人介绍给我的家人。

我在脑海中计划着接下来一个月的行程,同时将两个沉甸甸的铁箱放在了手推车上。

"待会儿怎么办呢?"那个美好的声音问道。

"什么怎么办?"

"见到你的父母之后。"

"还能怎么办?就按照之前排练的那样打招呼就好了。"

"我还是有些紧张。"她的脸上露出了紧张的表情。

"那就不要按照之前排练的那样打招呼。本世纪最前沿的天文学研究都被你一人承包了,还有什么紧张的?"

"这可是第一次见你的父母啊。"

"之前的视频通话不是都见过面了吗?他们都是很善良的人,我身上的优点基本都是从他们身上习来的,你就把他们当作我就行了,和我相处还会感到紧张吗?"

"你说话的逻辑很混乱。"

她大概看出了我也很紧张，不过这也没有办法，我也是第一次带女朋友见家人，也不知道怎么办才好。印象中我去拜见校长的时候也同样不知所措，那位研究历史学的教授开始向我发问的时候，我甚至后悔自己之前没有多修几门历史课。当然，如果在学院修历史的话，很有可能会是她养父的学生，那样或许会更尴尬。

记得第一次遇见她的时候，我同样也感到后悔，后悔当时太过专注于研究光年以外的那些星体了，忽视了身边这颗亮眼的星星。那天正好是学院的高年级天文学课程的第一节课，由于我们这一届学生很少，加上各个家族近年不怎么支持学生们的学术研究，学友们都转到了隔壁的政治系和经济部门。这届的天文学毕业生只有我们两个人。从第一节课到最后一节课，教室中都只有我和她两个学生，也许这就是机缘巧合吧。

更加巧合的当属我们的相似度，无论是喜爱的音乐还是爱吃的美食，在生活中我们都无比契合，这两年的每一次外出研究，我们都会选择结伴而行。我们相似的地方太多，我看到她总是会有一种似曾相识的感觉，每一天都能从一些生活细节上找到惊喜之处。

起初我会去图书馆借阅一些关于情感的研究报告，可是里面的方法和理论似乎并不适用于我的恋情。我能够看出每篇报告的逻辑与证据，可是真正与她相处的时候却总是将那些理论抛之脑后，毫无理智地去享受这种美好。久而久之，我们之间的关系形成了一种依赖感，一种完美的依赖感。

我仿佛可以从那些合影中看到我双亲的影子，这也许就是幸福吧。就像缘分一样，有些是我永远无法用理性来分辨的。这种依赖感就是如此神奇，我会因为她的好消息而睡不着觉，她也会因为我的失败而感到揪心，我们就像是一个人活在双重的世界中，体验着双份的惊喜与哀愁，同时又共进退，相互扶持并深爱着对方。这样想来，还有什么需要害怕的呢？我相信结果一定是美好的。

"就正常打招呼吧，虽然我也不确定什么是最佳方案，但我相信你。"我将自己心中的话说了出来。

"谢谢你。"她的心情似乎好些了，我希望我的鼓励能够帮助到她。

这次见面我对我父母是十分放心的，他们待人十分和善，一直以来都非常支持我的决定，也很少干涉我的生活。这一份信任出自对我的爱，我也爱着他们，我会尽我所能使他们感到骄傲。这份信任是连接我们四个人的纽带，因为我对父母的爱意与对她的爱十分相似，都是一种可以被称之为亲情的爱，我们对彼此都放下了虚荣心，一起去面对未来和承担未来正是我们的强项。

"欢迎回来！"另一个美好的声音将我再次拉回现实。

回过神来，我已经来到了接机的通道，顺着声音望去，我看到了我母亲正在朝我们挥手，父亲也在母亲身旁，两人的脸上都印满了快乐。

我伸出手来向他们问好，同行的伙伴也放下了紧张的情绪，笑着与他们打招呼。虽然我们之间隔着人群，但我依然能感到浓浓的爱意，我已经到家了。

"叔叔阿姨好！"我的爱人说道。

"你好啊，之前我们已经在视频通话中见过面了，没想到真人更可爱呢。"母亲回复道。

"以后就把这里当作自己的家吧，欢迎经常来玩。"父亲说道。

"我们这次打算住上一个月呢。"

"一个月？会不会耽误你的工作啊？"

"不会的，我专门留出这个月来陪您，这次还把实验器材都带过来了，开始正式工作之后的私人时间只会越来越少。"

"那欢迎啊，我们还是先回去吧，这里人实在太多了。"

心中的喜悦之情无法言说，距离上次和父母见面已经一整年了，去年的这个时候我正忙于收集数据，并没有多少时间陪他们。今年我要将缺少的陪伴都补回来，还有那些之前没有时间品尝的美食。

记得当时父母送我去学院的时候就是在这座空港，告别处就是隔壁的送行通道，那时我被学院的初中部录取，全程都因父母的帮助而十分顺利。从参加面试到办理各种手续再到准备各种资料，父母给予了我至关重要的帮助与支持，最终成功将我以外界学者的身份送入了学院。我还记得获得录取通知的那一天，我们一家三口都沉浸于喜悦之中，上午一同去看了一场电影，下午又在家做了顿饕餮盛宴。不知道今天父亲又准备了什么新式的菜品，我决定到家后一定要先冲进厨房一探究竟。

等我回过神来，我竟然已经在家门前了，箱子的沉重感使我一时有些不适应。时间的流逝总是忽快忽慢，我记得我在车上醒过一阵，那时父母正与我的爱人聊学院的近况，随后我又回到了自己的内心世界中。这种不稳定的转变还是令人摸不清规律，我最后也只好选择接受现实，打开门后我第一时间跑进厨房。

"回家了，快帮我关一下火。"父亲说道。

我快步冲到火炉面前，调整了火苗的高度，同时又从储物格中拿出来抹布开始打扫。父亲戴着两只厚厚的手套，他正在翻动烤箱中的美食。我闻到了一股独特的孜然味、看到了诱人的焦黄色，今晚吃烤羊排，父亲精心调配好的辅料使其成为世上最美味的羊排，我在学院学习时最为想念的就是家里的食物。

"好了，你先休息去吧，上周我布置的那些章节你看完没有？"父亲又说道。

"今天的作业我已经在学校完成了，您要我阅读的内容我也在上个周末读完了。"

"很好，那你去帮我洗一下蔬菜吧。"

我将菜篮拿到了洗手池旁，清洗完自己的双手后便开始洗蔬菜。可以看出来这些油麦菜都已经被切过了，父亲很贴心地将我最爱吃的菜叶分割开来，那一片片绿色在火光下显得十分诱人，我已经迫不及待地想要开动了。

"以后准备食物的时候一定要小心地将每一片叶子都检查一遍，健康永远是第一位的。就像你在学校的科学课程一样，做饭也是不断尝试的过程，在实验过程中去探索食材的特性。打好这样的基础你就可以变成艺术家，因为第二阶段就是属于自己的创新过程，其他艺术家的食谱只能作为参考。要创作出属于自己的味道，你还需要丰富的经验，以及独特的想象力才行。"

父亲从我手中接过洗好的油麦菜，下锅后又将各类我道不出名的佐料放入了锅内，在快速收火后便开始了他的艺术表演。

"接下来就是最后的阶段了，烹饪是一门艺术，摆盘也同样是一种艺术。色彩的搭配以及食物的形态都可以增进食客的食欲，这也是身为艺术家需要考虑到的。"

父亲俯下身去将烤好的羊排拿了出来，又用一旁的刀具剔骨，最后又用小刀将油麦菜处理了一番。

"好了，拿到餐厅去吧，记得叫你妈下楼来吃饭。"

我从父亲的手中接过了这件艺术品，小心翼翼地端到了餐厅，同时又将母亲请到了楼下用餐。那些切成小块的羊肉上有一层香脆的外皮，上面撒了一层绿色的菜叶。每一口都能尝到外焦里嫩的羊肉和新鲜可口的蔬菜。最美味的是那一层由父亲用心调配的佐料。

我的童年时光就是在这样的香味中度过的,父亲总是会不定期地创作出新的艺术品,那本几百页的菜谱中写满了父母之爱,同时也教会了我面对生活的态度。正是这样的态度使我能够以同样严谨的思维去审视背景材料,而后又延续前辈们的研究,创造出自己的一套理论与知识体系。做饭也是一门重要的学问,对于生活来说是必修课,对于家人来说就是一种表达亲情的方式。

客厅里放置着另一个大行李箱,父亲已经在我之前抵达了厨房,开始了他的创作。我默默地走了过去,先去洗手池旁洗手,随后转身等待父亲的指示。父亲看到我后笑了笑,从身旁拿出一篮切好的青菜,菜叶和当年一样,被分割开来。

爱人走进了厨房,同样不做声,大概是没有发现什么需要帮忙的事情,她就静静地观察着我和父亲,我们的配合非常默契。紧接着过来的是母亲,我们就在沉默中度过了温馨的做饭时光,到了餐桌上大家才开始发言,一边享用着美食,一边分享着数年中的快乐与回忆。

晚宴一直持续到了深夜,父亲感到身体有些不适,于是先回到了楼上休息,我们三人向他致谢并且道晚安后也开始收拾餐桌。爱人带着行李回到了客房,母亲与我坐在客厅的沙发上,我能感受到她老人家内心的幸福感,自己的内心也有着同样的幸福之感。

"很不错啊。"

"您指的是？"

"你们两个人啊。"

"是吗？谢谢您了。"

"能看出来我和你父亲当年的身影呢，简直是一模一样，从你们俩出现在通道尽头的那一刹那我就感觉到了，而这种直觉是不会撒谎的。"

"其实我也有同样的感觉。"

"那接下来呢？有没有什么打算？"

"还没有想好，不过我们打算等一年再做其他的打算，至少要等我和她的工作都定好。"

我尴尬地笑了笑，母亲变得稍微严肃了一些。

"还没有安排妥当吗？"她问道。

"也不是的，只不过我们都不知道接下来的工作压力有多大。"

"还是学院的岗位？"

"是的，应该会特派到极地的研究所。"

"那么远啊，我听说每年的航班只有几次。"

"是啊，现在的人造光污染实在是太严重了，必须要在没有人类文明的地方进行观测。"

"这也就是工作量会很大的原因？"

"是啊，天文物理方向的学者本来就少，今年又只有我们两个人，光是将我们安排至同一个研究所就遇到了重重阻碍。"

"那还是等一年吧，我和你爸都很赞成，我很喜欢她的气质，可不要错过机会啊。"

"当然不会啊。"我再次笑着说道。

母亲变得更加严肃了，她起身将窗户打开，夏日的夜风伴随着新鲜的空气吹进屋内，这种感觉只有在山中才会有，学院里的中央空调完全达不到这样的效果。

"我这么说是认真的，遇见一个完美契合的人是十分困难的。"

"明白了，我会努力的。"

"也不用刻意为之，你只需要记住我说的话就好了。"她看了看窗外又继续说道，"这种幸福感之所以难得，是因为很少有人会用真心去爱一个人，但是一旦付出了真心，那种幸福是最为真实的。你可以去极地或者丛林深处做自己的研究，甚至可以去宇宙中进行探索，无论你去哪总会有这样一个人想念着你、支撑着你继续活下去。或许你们之间相隔着整个星系，但这种爱意是无法被距离阻断的，你们之间会有一种无形的联系，这种感觉才是最可贵的。"

"谢谢您了，我认为我们作为家人也有同样的联系，我在外面之所以感到安心就是因为有您和父亲的支持，无论我遇到什么困难，我都勇气克服，因为我深知您和父亲对我的信任与爱。同样，我希望我和她的关系也能如此，所以请您放心吧。"

"好的，那就这样吧。时间也不早了，你先休息吧，明天我们一起去山里的瀑布徒步。"

"您也早些休息吧，徒步的装备和行李我都提前准备好了，不必麻烦您了。"

"好的，晚安了。"

"晚安。"

母亲上楼前回头看了我一眼，之后才上了楼，关闭了房门。我吹着夏日的夜风，怀着激动的心情躺在沙发上，我知道接下来的这一个月一定会过得很快，在接近尾声的时候我也必定不肯离去，可是正如母亲所言，无论我们相隔多远，那种爱与信任总会支持彼此前行。拥有这份爱，便没有什么可害怕的。

"你还在这里啊。"爱人回到客厅，揉了揉眼睛，看样子应该坐了一天飞机太累了。

"你还没睡啊。"我起身向左边平移了一些，她过来坐在了我原先的位置上。

"还是不太喜欢坐飞机。"

"那你可要准备好了，接下来我们可是要飞越半个地球啊。"

"对哦，一想到这个我就感到头疼，我以后一定要设计一个舒适的飞船，要有所有的娱乐设施，一个大的厨房，和一张舒适的床位。"

"听起来挺不错的，但这种设计还是留给未来吧，早些休息，明天我们还要去登山探险呢。"

"你的父母真热情啊,我能够感觉到他们的幸福,以前也经常一家人去徒步吗?"

"对啊,在我很小的时候就开始了,我们还会去世界各地露营,只有在野外才可以看到星空。"

"现在还能看到吗?"

"应该可以吧,我们明天拭目以待。"我朝她笑了笑。

"真不错啊,我小时候总是上课,第一次看星空还是跟着学院组织的科学项目组一起看的。"

"你的家族教育很严厉啊,大概也是看中了你的才能吧,要不然校长也不会从小就开始对你进行栽培的。"

"你才厉害啊,外界的学者普遍都比我们刻苦。"

"也没有了,我的父母也对我进行过特训。"

"哦?什么样的特训啊?"

"他们在我很小的时候就开始教我各个学科的知识,虽然都是很零散的知识点,现在想来都过于简单,还没有达到你初中课本的程度。"

"也就是说他们是为了帮助你确定目标?"

"对啊,就是看我对什么感兴趣。这一点是我最为感激的,因为他们并不是在考察我各方面的潜力,这和学院完全相反,他们纯粹是在看我对什么方面的知识感兴趣。"

"那样真的挺好啊,我小时候完全没得选呢,什么样的知识我都必须学透彻,每一次考试都比上一次要困难很多。"她伸了个懒腰继续说道,"你小时候一直在这里学习吗?"

"就在那张桌了上。"我指着客厅角落的一张书桌说道。

"我正在想象你小时候的样子,一定超级可爱。"她说道。

"千万别找我妈要照片。"我故意冷冷地说道。

"好的,我明天就去要照片。"她笑着说道。

"随你吧,千万别发给我的那群朋友就好了。"

"哈哈,我尽量。"

睡意沉沉,我们二人躺在了沙发上,并没有回房间的打算。窗外吹来阵阵大自然的气息,我能感受到雨露的湿润,闻到树木的香味。我忘记了自己是何时入睡的,只记得那份真实的温暖和宁静。身旁的她应该也有同样的感觉,我们的灵魂依偎在一起,慢慢入梦乡。

2

"你是谁?"一个身穿黑袍的年轻人向我问道。

我张开嘴准备作答,可是面前的这个年轻人我应好像认识,我也有种预感他其实也认识我,仔细一看,我似乎能想到他变老之后的样子,同样身穿着黑袍,在学院的校园内散步,似乎是当上了校长。

"先生您是迷路了吗?这里是学院的图书馆,您是来报考的吗？"他指了指后面的建筑物说道。

我望向眼前的建筑物，这可不是什么图书馆，我记忆中的学院图书馆并没有外围的这些金属墙壁。眼前的这个人我越看越眼熟，可是我又记不起具体是在何时何地遇见过。我这是在学院吗？可是我之前还在家中躺着，这是我的梦境吗？为什么我在梦中可以自主地思考？梦境不是不可控的吗？这些问题都没有人来帮我解答，它们只是引来了阵阵头痛，我不得不扶着一旁的栏杆缓慢地蹲下身，最终坐在了建筑物前方的草坪上。

"先生您还好吗？需不需要叫医护人员？"

"不需要，我只是有点晕而已，好久没来学院了，请问你们的天文系怎么走？"

"天文系吗？您穿过图书馆就能看见了，应该很近。"

"好的，谢谢了。"

天文系的确就在那个位置，不过眼前的这堵铁墙应该来自未来，我的这个梦境应该也处于未来。不对，处于未来是什么意思？这一切应该只是我构想的而已，我根据脑海中现有的关于学院的知识，凭空想象出了学院的未来，这真的可能吗？我在梦境中应该无法做出自己的选择，应该是我的潜意识和记忆在操控我的行为。

"请你等一下。"我对那名身着黑衣的男子说道。

"怎么了？"

"请你打我一拳。"

您在开玩笑吗？我看您的表情很奇怪，有什么难处可以告诉我。

"您在开玩笑吗？我看您的表情很奇怪，有什么难处可以告诉我。"

为什么我能提前知道他想要说的话？

"你是谁？"我问道。

他会去扶眼镜。

我是下一任校长，还请您表明自己的身份。

"我是下一任校长，还请您表明自己的身份。"校长扶了一下眼镜后答道。

我走向前方的图书馆大门，挥动右拳向门柱打去，一种真实的痛觉从指关节处传来。好的，我能操控自己的行为、情感和感知能力，同时还可以预知身后那位校长的语言和行为，第一眼见到他也看到了他在未来的样子。这还有可能是一种梦境，因为我完全可能是筑梦师，一切都是我创造出来的，因而我也获得了全知的能力，以及对自己的操控能力。可是这个结论要怎么证明呢？

"无所谓了，我这是在梦境中才对。"

您又在胡言乱语了。

"您又在……"

"胡言乱语了。"我抢着替他说完。

"你会在明年遇到自己这一生中最欣赏的学生，十五年后会成功接任校长的职位,四十二年后你还会遇见一个能够预知一定量未来的人。"我说道。

我不知道您在说什么,您这是在预知未来?

"我不知道您在说什么,您这是在预知未来?"我继续说道。

您把我想说的话全部说了。

"您把我想说的话全部说了。"他说道。

"对啊。"

"怎么办到的?"

"我也不知道,只不过你的未来就像一部可以快速播放的电影一样,我可以预测到每一帧画面,从而推导出你的行为和言语。"

"你一定是疯了。"

"我们来做个小实验吧,虽然这也没什么作用,因为我梦醒后你的现实会崩塌,我做出再多的预言也没有用。假设你的现实不立刻崩塌,我授权你去做其他实验,未来的那个预言家也是一个可怜的人,不过有些事情似乎是注定会发生的,即使我不授权他也会走向灭亡。"

"我还是没有听懂。"

"首先是实验的第一阶段,接下来请你一句话都不说,我依然可以和你交流。"

您在开玩笑吗?

"我可没在开玩笑。"我说道。

这也可能是概率事件，或许这个人对我做过详细的分析，从而能够猜出来我大概的思路过程。

"我刚刚进入这个世界，哪里来的时间做什么详细的分析？"

下周的演讲我要去讨论关于未来的外援计划的改革。

"这个主意不错，外援计划的确需要制订新的计划才行，不过下周会有很多紧急会议，所以我建议你把演讲推延到那一周后的下一周。"

他的神情陷入了恐慌，不过接下来的反应似乎会好一些。

不可能。这个演讲只有几个人知道，这个人不可能猜出来我会以这样的方式测验他。

"对啊，因为我就是知道而已，我知道你在未来做的一些不怎么光彩的事情，还有为了学院作出的牺牲。这种角度我也是第一次看到，印象中我的梦境一般都很奇怪，这次却异常地符合逻辑，我还能控制自己的行为，真是个怪梦。"

7124710336149184820

"7124710336149184820"

73951320乘以8232523是多少？

"73951320乘以8232523是多少？"

"所以您只能知道我心中的想法，不能知道具体的答案。"他总结道。

"这才对啊,校长先生,请拿出一点学院的研究风范。我的确无法知道问题的答案,只能结合你的未来以及我所了解的知识进行作答。"

"所以您会读心术?"

"你居然会相信读心术的存在,这还真是令人感到惊讶。"

"您就是最好的证据。"

"有一定道理,不过我还能预见你的长远未来呢。"

"这一点我无法证明。"

"不错。所以我们进入下一个阶段吧,既然你已经知道了我的能力。"

"好的。"他终于振作了起来。

"我知道你认为我很疯狂,或者说是有特殊能力,我不太想继续在这一点上继续争论下去。不过这里对于我来说就是一个梦境而已,真实世界中的我现在应该睡着了。我不知道自己还有多少的睡眠时间,不过应该也快了,我不确定梦醒之后现实会发生什么,可是我也是一名学院的毕业生,我也感到很好奇。"

"理论上来说梦境会自动崩塌。"

"不错,可是既然我已经意识到自己构造出了这一切,我也意识到了自己会梦醒,那样的话我应该不会继续感知到这个现实的未来才对,可是我还是能够看到几十年后的结果。"

"或许这就是一个现实?或者说这就是您的现实所发展出的未来?"

"我不排除这种可能,因为这个现实完美地符合我所认识的逻辑,没有任何梦境的特征。"

"但是这样更奇怪了,难道您在睡梦中来到了未来?"

"我自己的判断是有人模拟出了未来。"

"模拟?"

"我梦出了未来的样子。"

"好吧。我们如何证明呢?"

"我能预测到你今天下午的样子,你会去档案室中查找我的身份,可是并不能找到与我相符的毕业生,历史档案中也没有,因此我推论出这里并不是我原先世界的延伸。"

"所以是另一个宇宙?"

"不排除这种可能。"

"我不知道怎么继续思考下去。"

"我也不知道。可是我们作为学者可以继续实验,如果这个梦境继续存在的话,你就会看到我所作出的预言都成了现实,那时你就可以相信我所说的话了。"

"在那之后呢?"

"我需要你去寻找一个能够预知未来的家族,那个家族会出现一些变故,到时候你需要为每一代的小孩安排一场实验,最好是找到最好的演员去扮演他们的家人与朋友。"

"为什么要这么做?这不太符合伦理啊。"

"请相信我,这是为了那个家族的延续,同时也是为了人类的未来。"

"我无法理解为什么要这么做。"

"在很久的时间以后,那个家族中会诞生一名宇航员,而那名宇航员会收到至关重要的数据。如果没有这些实验,家族不会顺利地持续到那个年代,宇航员也不会诞生。"

"为什么是以这种方式呢?"

"因为大家都需要某种刺激来获得觉悟与能力。"

"我是问为什么不直接告诉我那些数据是做什么用的,或者直接告诉我数据。"

"因为我也不知道那是什么数据,用处是什么我更不知道,只是有一种直觉告诉我要这么做。接下来的每一代预言家都会受到实验的影响,而最终的连锁反应才能使未来稳定。"

或许是因为自己脱离了现实的束缚,我竟能在同一时间内清楚地感知到接下来数十代人的未来,他们的未来呈现出数不胜数的可能性,我尚未亲自分析每一个未来,大脑中就已经条件反射般地给出了最优解。我能够做的只是去尝试反证这些方案,然而最终的结论都是相通的。为了让他们能够用自己的能力做善事,我必须确保学院会去监督他们。

令我感到惊讶的是,校长并没有过多地质疑我的要求,他是知道这些事的?

"很有趣,你说的竟然和历届校长的吩咐一模一样?"

"什么意思?"

"您应该来晚了,已经有人警告过我们了,为了学院以及人类共同的兴荣,我们一直以来都非常重视预言家的家族。"

"这是为什么?是谁提醒了你们?"

"……"校长的声音突然消失,紧接着是我的视觉感官……

3
■

"醒了吗?"熟悉又甜美的声音将我唤醒。

"几点了?"

"早上五点啊,是时候出发了。"

我重新整理了一遍思绪,昨夜的梦真是古怪,我好像是在另一个时空的学院,起初还有梦境的控制权,后来我却偏要校长做一个什么实验,中途控制权的交接很奇怪,好像是有什么其他的人故意让我那样做的。就像是普通的梦里那种奇怪的举动一样,我也不知道自己最后在做些什么。可是为什么有种心慌的感觉?那真的是未来吗?

"有个疑问。"我走出洗手间后说道。

"什么疑问?"爱人问道。

"学院图书馆的墙和地面一直都是大理石还有木地板的对吗?"

"对啊。不过有一段时间却是铜墙铁壁呢,那时候学院不太安全,图书馆作为紧急的避难场所,墙壁都需要用金属材质覆盖。"

"那是多久以前啊？"

"几百年前吧？"

所以梦境中并不是未来？校长因此查找不到我的资料，几十年前我还没有出生。不过我之前并不知道图书馆曾有过金属的墙壁，我不知道的事情为什么会出现在梦境中呢？

等等！如果是过去的话，校长早就开始了那些实验？那我身边的这些人难道都是演员？不可能的，眼前这双星空般的眼睛是不可能欺骗我的！我的父母……

在我走出大门的一瞬间，那种心慌的感觉更加剧烈了，一种很奇怪的白色泡沫开始从墙壁中渗出，一直蔓延到四周的角落。父母还没有下楼，身旁的爱人也消失不见了，我只身一人站在这白色的泡沫海中。最终，我被这阵泡沫吞没，没有任何声音，我也不能挣扎……

不知过了多久，我重新醒来。身旁是一个身着橙色工作服的老人，他的笑容十分虚假，我所处的整个环境都很虚假。

"终于醒了啊。"

"你在说什么？"

"欢迎回到未来。"

"未来？"

"您刚才体验的是我们最新型款式的记忆读取器。"

"那是什么？"

"只要付钱,您就可以体验我们库存中的任何情感,而您刚才选取的就是亲情与爱情,这两种在现实生活中是最难获得的情感。价格比较昂贵,但是您只要继续投币就可以回到幻境中。"

"这是什么服务?"

"短期的记忆混乱十分正常,我们现在的科技可以让人体验很多种情感,可是真实的情感却越来越稀少了,骗人和防止被骗的技术都太容易滥用了,你永远不知道与自己相处的那些人是不是真的爱你。有可能他们只是将这当作游戏,或者他们不过是看中了您的钱财与外貌。所以我们公司才能在各类科技公司之中脱颖而出,我们不提供虚假的服务,我们的情感都是真实的,因为它们来自最美好的回忆。"

"所以你们购买别人的美好记忆,再转卖出去?"

这是给人真实情感的唯一途径,您难道忘记了这个世界有多冷酷吗?

"这是给人真实情感的唯一途径,您难道忘记了这个世界有多冷酷吗?"

好的,看来我还没有真正从睡梦中醒来。这不过是另一个梦境而已,还是一个关于未来的梦境。

"我有几个问题。"

"请问吧。"

"我为什么在你们的设备中还会做梦呢?"

"其实这次将您唤醒就是这个缘故,我们不知道出现了什么故障，但是我们还是感到很抱歉让您经历了一些其他的情感。在设备中进入梦境我们还是第一次遇到，目前的分析是您的大脑过于适应这种记忆，从而产生了一种幻觉。"

"好的，还有一个问题。"

"您请说。"

"你怎么证明刚才那是幻觉呢？"

"等您的真实记忆恢复过来就不用证明了，要知道有很多探知幻觉的方法，就好比您刚才进入的节点是空港的剧情，在那之前您在做什么呢？飞机上观看了什么影片呢？"

"这我当然记得啊，飞机上我……"

飞机上我在做什么来着？我的爱人当时在我旁边吗？我可能是忘记了，或者说现在在梦中忘记了现实的记忆？

"您看吧，梦中的开端以及具体的细节都不够真实。"

"这或许是因为我现在正在梦境当中，于是忘记了现实中的一部分记忆吧。"

"那我们换一个方法吧。为了保护客人的权益并且遵循消费法则第345条，所有的姓名都被隐去了，您还记得父母的名字吗？还记得梦中那个爱人的名字吗？"

"这我还是记得的，我的爱人名叫……"

不对！我是知道的，这怎么可能忘记呢？不对！一定是我的大脑在和自己开玩笑。

"不必感到恐慌，我们很理解这种对梦境的过度依赖，为了更好地满足您的需求，我们可以永远地将您投放到回忆中，如果您喜欢之前那个幻境，您下次进入的时候会与之前的情景完美接轨，您不会记得这里发生的事情的，我们的谈话的确就会像是梦境中的谈话，第二天早晨就被遗忘了。"

"不对！你在骗人。我还在梦境之中。"

"真的吗？他们的名字是什么？您的宇宙学专业知识到底有多少？"

我回答不出，大脑一片空白，那些美好的记忆也慢慢消失，这样下去我就会忘记那种爱意了。

"对的，我们继续吧，只要您完成一项任务就好了，到时候您就可以回到这个幻境之中了。"

他将一个奇怪的设备放在了我的面前，紧接着又按了一些发亮的按钮。

"还有，您真的不必担心，那些记忆都是您的，不会随时间消失。我们身处时空之外，您随时可以回到任何一个时间点，这可是我们公司最大的优势，我们不受时间的限制。"

我没有听懂他的意思，不过我可以看出他的动机，这与先前的梦境没有太大差异。

"我的名字是什么？"

"您的名字我不方便透露，这也是为了保护客人的隐私。"

"那你的名字是什么呢？"

"我的名字？我的名字叫……"

老人的笑容停留在了空中，他似乎感到十分困惑，同时也在怀疑自己的处境。我的信心再次回归，即使他说的是事实，这也不是最终的结局，我不愿意相信之前那些感觉都是假的。

"为什么我不知道？"他问道。

"因为这里也不过是一层梦境而已。"我回答道。

"我是谁？"

"这个问题没人能回答，不过我有种预感你其实是我的一部分潜意识，虽然不知道我为什么会这么疯狂，但是我不想继续在这里浪费时间，我想要离开了。"

四周的墙壁开始朝着房间的中心折叠，我最后看了一眼这位老人惊讶的面孔，那疑惑也反映在我的内心，为什么会做这些奇怪的梦呢？

4

又是一个陌生的场所，这是一个病房吗？我的大脑还没有放弃思考，为什么要挑战我内心的那种爱意呢？那可是比任何梦境都要真实的现实，我认定自己还在沙发上躺着，身旁是我深爱的灵魂，楼上是我同样珍爱的家人。这一点不是什么未来科技可以解释的，将我困在病床上也不会起到什么作用。

一个老者陪伴着一名年轻人来到了病床前，他们似乎并没有血缘关系，倒是有一种共同的学院出身的气质。如果这样的假设成立的话，老者应该就是这个现实之中的校长，而这个年轻的少年应该是一名学生。我并不认识年轻人是谁，但老者的样子却是很像我所认识的校长，可惜距离太远，梦中的景象又很模糊，我并不能确切地与现实的时间点接轨。也有可能是我的大脑将校长的许多特性分配给了这些代表学院校长的角色……

他们二人交换了一个令我看不懂的眼神，那个少年率先来到了我的身旁。

"父亲您好。"他说道。

"父亲？"

"您不认识我了吗？我们之前通过信，我叫阿寒。"

"阿寒？没听说过。"

我展开分析，目前我已经初步探究出我天赋中的规律了，我能够在梦境中知道未来的事。

"您的时间不多了，具体时间是7天2小时58分8秒。"

"你能预知死亡时间？"

我能预知死亡时间。

"我能预知死亡时间。"

这还真是有趣，我竟然能感到一种微妙的联系，我和他曾经见过面吗？或者说他也是我潜意识的一部分，所以我才会产生共鸣？

"阿寒是吧，很高兴认识你。"

他很伤心，我不知道他为什么很伤心，可是看到他失落的样子，我也感到很揪心。我暗中决定不再提及梦境一事，我就假装这是现实吧。阿寒一定十分缺爱，我不知道之前发生过什么，可是他的眼中竟然一片寂静，没有任何情感，这简直太可怕了。

"我也很高兴，这是我十年来第一次见到您。"

"为什么之前你我不能相见？"

"这是学院的安排，您家族中的成员自小就必须接受学院的培养，尽量避免与家人接触。"

"是谁做出的决定？学院什么时候变得这么腐化了？"

"以前我们还严格地保密，后来出过了一场意外我们才决定不再私下进行实验，在合适的时间再让预言者与家人相聚。"

为什么这句话听起来这么耳熟？之前我在什么地方见到过这个少年？是之前的梦境中吗？这里也是学院？之前有一个梦似乎也是关于学院的？那是什么时候？

"我只想让您知道，我会一直爱您，虽然我们之间曾有过误解，学院的处理我也并不是很赞同，但是这些都不是我真正在乎的。您作为我的生父给了我很多天赋，虽然并不是所有的天赋都能带来好的结果，但我还是想要感谢您。"

"你是指预知死亡的天赋？"

对的。

"对的。"

我集中精力预测这个少年的未来，可是有一片阴影挡住了我的视线，他的未来似乎并不是那么美好，我迫切地想要帮助到他，或者与他正常地交流，可是心中却犹豫不决，不干预他人的未来才是正确的选择。

"你为什么要过来？"

"因为这是我见您的最后几次机会。"

"先前都被学院制止了？"

"是的。"

"但是你还没有回答我的问题，来见我你想要获得什么？"

"我是来致谢的，还有就是向您寻求帮助。"

"什么帮助？"

"您有方法收回这种天赋吗？"

"为什么你想要放弃这种天赋呢？有了预知死亡的能力，你可以从这个世界得到很多。"

"迄今为止，我得到的都只是悲伤而已。"

"因为你所爱的许多人都已经不在了？"

"是的，而我每次都只能看着他们死去，一旦心中的那个时间确切到秒位数，任何的措施都无法挽救那条生命，这种无法逆转的情况让我很悲哀。"

"的确如此，但是他们真的死去了吗？"

"当然了，我看着他们死去的。"

"对不起，我的问题可能不太对。你说我还有几天的时间，可是在那几天之后，我说不定只是去了另一个世界。或者说去了另一个现实世界而已？"

"你是想说在这个世界之外还有别的世界？一种精神世界？"

"也可以这么理解吧。"

"但是这样的概念被大部分的科学家所否认啊，校长也是同样的态度。"他回头看了看校长继续说道，"如何证明还有别的世界存在呢？我们又无法随意进出不同的世界。"

"随意进出我不太确定，但是不同的现实世界我还是体验过的。"

"真的吗？"

"真的，如果你是我的孩子的话，请你相信我，因为我一直穿梭于不同的现实世界当中，这也算是我的天赋吧。"

"可是我们还是无法证明您说的话啊，完全有可能是您生病了或是受了什么刺激。"

"所以我才请你相信我啊，不要因为科学而相信我，要因为我们之间的关系而相信我。"

"有一天，你可能就会意识到死亡的另一种意义。"

"另一种意义？"

"死亡对死者没有什么意义可言。死亡的意义其实都是生者赋予的，所以你只要继续活下去就能够找到一个答案。"

"可是您还是会死去啊，为什么您还是会死去？"

"如果我不死的话，这就不叫作生命了，生命就是一个迎接死亡的过程，你不必感到太难过，时间也许会给你很多的痛苦，但最终的答案还需你自己寻找。"

"可是……"

阿寒的声音消失在了空中，我感到自己的这副身躯极为不适，身体的主人已经病入膏肓了，我不用阿寒的天赋也能感受到死神的逼近。

"请你们离开吧，我需要一点时间。"我说道。

他们二人已经察觉到了我的变化，阿寒片刻后便冲出了大门，校长也紧随其后，呼喊着某个陌生的姓名。我能感觉到自己的梦就要结束了，希望他们不要误解我的意思。

我从病床上坐起，拖着伤痕累累的躯体来到面向学院的书桌旁。这是我首次扮演父亲的角色，文笔也不是很好，希望阿寒能够接受我这一番心意。我将心中的祝福写在了信纸之上，希望阿寒能够挺过未来的折磨。

我在这里的工作似乎也完成了，没有什么可留恋的，我只想快些从这个连环噩梦中醒来。

5

我梦见了两只狼在对话，梦境只持续了刹那，我无从得知梦境里的时间该如何计算，也无法听清它们的对话。狼形态的生灵似乎意识到了我的存在，它们在我能够进行对话之前便化为了两个人类。

眼前的两人应该来自另一个梦境才对，我能够明显感觉出自己没有了一个物质上的身躯，我只能飘浮在空中，以极为有限的视角观察这两个人类。通过此前获得的天赋，我能感知到其中一名人类即将逝去，而另一位人类似乎是未来的学院掌门人。

在这一瞬间，我的存在已经无关紧要了，他们的对话及未来已经在我的脑海中呈现出来。

"您为什么要召唤我来这里？"

"我活不过今晚了。"

"有什么我能够为您效劳的吗？"

"我知道你这些年在计划着什么，这样做不会有任何好的结果。"

"您果然知道啊……"

"我很早就预知到了你的未来。"

"我的未来？"

"是的，你会改变的，未来已经被决定了。"

"我一直以为预言家们都不会将结局提前透露给能够改变结局的主角们。"

"我不是负责你的预言家，改变你的是其他人，他们是你最为珍视的友人，我也不需要用理论和辩论来去说服你去改变自己的想法，这些问题并不是我掌控的。我需要做的只是等待，等你学会珍惜那些自己已经失去的事物。"

"您和宇航员究竟是什么关系？"

"你不必知道了，我召唤你来只是想要为你减轻痛苦的，之后的未来会赋予你新的意义。"

"您这么相信未来？现在就阻止我还来得及，我还不是正式的掌权者。"

"不必了，那样只会加重你的怨恨，权力的交接会让你体验到这个位置的难处。"

新任掌权者的未来是什么？我的意识随着疑问游向了未来。

凉风仿佛吹透我的皮肤，拍打着我心灵的海岸，我回到了家里吗？左右两边的暗红色灯光以及那种飞行器的轰鸣声给了我一个否定的答案。我穿着几层不同的防寒服，从头到脚不露出一寸皮肤，座位的前方是三个穿着相同服装的飞行员，我只能通过他们防寒服的不同尺寸以及不同的声音来辨别出这是一家三口。

我的能力并没有消散，周围的一切未来都能够被我感知到，所有相关的信息都被储存于记忆的中心位置。那个坐在副驾驶座位上的是一名工程师，他旁边的驾驶员是他的妻子，而坐在我旁边的是一个叫阿久的少年。不知出于什么原因，他们还是无法感觉到我的存在，无论是弄出声音还是做出动作，我就像一个鬼魂一样，我甚至无法触碰到他们。

不过我也不想打扰到他们，因为前方的雷云一点也不友善，那些高大的冰柱看起来是致命的。根据温度来判断的话，这里应该是北极，为什么会有纯黑色的雷云？那云上方的极光比我印象中的还要强烈许多，我甚至怀疑现在其实是极夜，所有的光线都来自上方的层层极光。是不是地球的磁场出现了问题，否则不可能有这种强度的极光，而眼前的这三人似乎是要去稳定磁场的，后方仓库的那些重型器械也证明了我的推断。

"阿久，你快点把那些设备一起投放下去吧。"

"稍等一下，我们必须在最理想的位置投放这些设备。"

"你听起来真像宇航员先生。"工程师说道。

"你们总是提到那位宇航员先生，我还没有见过他，请问他究竟什么时候才会回来？他的身份会不会是一个骗局？"

"这我们也不知道啊，具体的期限是三十五年，可是今年的研究又表明最终的时间可能有偏差。"

"好吧，真期待那一天的到来。"

宇航员？为什么总是会有很多人物听起来这么耳熟？他们还会见到那位宇航员先生吗？

我的内心有种预感他们很可能见不到那位宇航员了，而原因就在于前方的那些冰山，如果我决定要采取行动的话，现在就应该去警告他们。可当我来到阿久的面前，他的目光直接透过了我的身体，锁定在我身后的窗户上。

"小心！前面的那座冰山十分危险。"我喊道。

他们三人并没有听到我的呼喊，反而朝着那座冰山驶去。

我尝试抢夺飞船的控制权,可是我的双手似乎无法碰到那些物品,我只能默默地目睹这场悲剧。

"那么,只好这么做了呢。"工程师感叹道。

"是啊,没有别的办法了,磁场的干扰过于强大,飞船很快就不受控制了,这样下去我们只能选择将设备投放在之前计算的那些地点,返航再回来就已经太晚了,那座冰山是我们唯一的机会。"阿久说完后尝试紧急弹射驾驶座位上的二人,可是控制权也不在他的手里。

"是的,接下来就好办了。"工程师说道。

"记得替我们向宇航员先生问好,我们都很爱你。"驾驶员补充道。

"您想做什么?"阿久问道。

工程师启动了紧急疏散程序,阿久的座位从飞船中弹了出去,一个深蓝色的降落伞缓缓地飘向地面。

"真是可惜了,昨天不应该陪他喝酒的,这也算是酒驾飞船了吧。"工程师大笑起来。

"有什么可惜的,我们的使命完成了,宇航员先生一定能够带回那些重要的数据,我们要有信心,那可是我们的朋友啊。"

"是啊,希望阿久能够照顾好自己,阿龙是值得信赖的。"

"谢谢你了,此生多谢你的关照。"

"还客气什么,来世还请多多指教。"

我从他们的身上感到了那种爱意,那种跨越所有时空的情感。此时此刻，他们比所有人都要幸福，我也终止了无用的尝试，随着他们撞向了冰山。

阿久跪倒在冰面上，他的一旁停泊着另一艘飞船，一位身穿同款防寒服的驾驶员此时就站在他的身旁，两人的神情一样无助，我对于整件事也感到无能为力。我只能站在他们身旁，聆听他们的对话。

"好了，我们走吧。"

"不，我要留在这里。"

"再不走的话那些爆炸物会使冰川崩裂，你留在这里绝对会死的。"

"我的双亲已经死在这里了，做出牺牲的人应该是我。"

"可那是他们的选择。"

"您一点也不在乎吗？"

"在乎，我当然在乎！可是眼泪可以留到返程路上再流，当务之急我一定要把你拽走，救下你可是他们最后的遗愿，我已经失去了两个重要的人了，你今天不能死！"

阿久似乎被他的一番话所震慑住了，他只是摇了摇头，哭着被驾驶员带上了飞船，飞向了南方。数秒过后，那些稳定器引发了一系列的爆炸，随后又发射出很多流星似的抛物线。计划似乎成功了，半个冰川被瓦解，冰面被炸出很多深不见底的裂缝。黑云和雷声也都不见了，此时的北极并不是极夜的季节，太阳在云层上方，照耀着这一片新生的冰原。一道道彩虹从那些裂缝中射出，横跨整个冰原，我能看见这些彩虹的尽头，一层层宛如水晶的冰雪飘浮在空中。这一切都违背了我所了解的光学与气象学原理，可是这种美却又无比真实。

顺着驾驶员的飞行轨迹望去，我能够观测到这位掌权者的改变，这一切都被过去的预言家们所掌控了。我还看到了数年后的探险家们来到这里重新征服冰川，还有几位幸福的隐士决定在这里安家落户。这些因果及未知的互动也使我理解了为什么命运不允许我插手。就像最开始梦中的那个实验一样，如果实验没有顺利地进行，宇航员也不会选择出征，甚至不会有宇航员的存在。如果我阻止了阿久双亲的死亡，学院就会向更为极端的方向发展，那位掌权者不会从他的独裁梦想中苏醒过来，磁场的不稳定也会导致灾难。他们的死在大局之下是必然的，这也许就是阿寒所说的那种不可避免的命运吧。

虽说他们已经死去，可不久后我在宇航员身上又一次发现了那种幸福与爱意，这就是我所探索的，同时也是赋予死亡意义的生命力。在这个现实中快速地俯瞰整个世界的发展历程，我感到十分欣慰，继而又感到有些厌烦。我不满足于做一位读者，我想要开创自己的故事，亲身去体验、去经历。我想要回到那夏夜的微风中，回到我的现实中。

可是我的能力似乎并不愿意饶过我，现实又将我带到了那片冰原之上。可是此刻我看到的是无数的木屋与木屋的主人，他们来自各个现实世界的时空中，可是我能够感到的情感却是完全相同的。其中有历届的一些校长与岛主们，以及很多我曾经见过的预言家们。神态各异的他们，都在追寻着彩虹的尽头，那里有一些体形比人类略大的黑影等待着他们，正当我想下去加入他们的时候，周围的空间又一次崩塌至黑暗，我未能回到夏夜之中，新的一个场景占据了我的脑海。

彩虹尽头

"终于读完了吗?"

"是啊,比我想象的时间要长很多。"

祖父此时正站在窗户一旁,阳光透过一层薄薄的玻璃,照射在我的衣裤上,那种阳光的温暖令我感到一阵惬意。没想到这本书居然耗费了我大半天的时间,湖泊主人的咖啡豆可能都是假的,就像书中的很多光学现象一样。

"你还有什么问题吗?"

"很多问题。"

"我就站在这里,这次不会逃避你的任何提问。"祖父笑道。

"您的能力是什么?"

"我能预知情感,或者说我可以知道一件事情会对人造成怎样的影响。"

"所以您知道读者的不同反应?"

"的确如此,我在写作的时候会考虑到读者的感受,慎重地考虑好之后才下笔。"

"这样一来,您也知道当时离开我会有怎样的影响。"

"是的,离开了你会产生很多负面影响,但是你并没有像赌徒先生那样疯狂,因为我知道你尚存感激之心。"

"所以说您是被迫离开的?"

"是的,学院的政策把关十分严格,我们的家族历代都要经历这个过程。"

"为什么呢?"

"因为我们无法准确地预测出下一代的能力,如果是一种极其危险的能力就需要妥善处理,而两个不同能力的预言者共处一室非常危险。"

"那我们为什么可以见面?"

"因为你的能力不会对你自己造成过多的影响,你不会像赌徒那样憎恨所有人,也不会像阿寒那样被死亡折磨。"

"所以这些都是真实的事情吗?都是真实事件,只是被您记录下来了?"

"这就不太好回答了,所以这里的故事有的发生过了,有的正在发生,还有一些将要发生。"

"所以我们还是有改变未来的能力?"

"是的,但你愿意改变宇航员先生的命运吗?"

"不愿意。"

"为什么?"祖父问道。

"因为那是他自己的人生,而且他最后也获得了幸福。我并不认为我应该去干涉。"

"很好,这也算是我给你的答案了。"

"您这是什么意思?"

"我把内心的很多话都写进了书里。但那些真正重要的话却迟迟说不出口,只好埋在心底。当我再次回忆起时,话的原意又变了,终究只能留下一些痕迹,至于那些原本的话,都被我留在了彩虹尽头。"

"所以您的答案还是想让我到书中寻找?"

"恰恰相反,能被我写进书里的就不会有真正的意义。"

"那真正的意义是什么呢?"

"真正的意义?我所做的只不过是将自己所知道的记录下来。至于你如何理解,以及你生活的意义应该在于书本之外才对。"

"那么为什么还要写这本书呢?"

"这是我获取意义的方式,因为我在写这本书的过程中,自己也被故事所书写,创作的过程以及最终的成果就是我能够留下来的一道彩虹,读者也可以去寻找这片彩虹的尽头。可是世间又不止这一本书,也并不止一道彩虹,你需要做的就是去寻找自己的彩虹。"

"可是现实中的彩虹哪里有尽头？"

"你去尝试过吗？"

"没有，但这和书中的桥段可不一样。"

"有什么不一样的？去尝试就好了，这可是你自己的人生。"祖父转身望向窗外继续说道，"死亡、爱情、亲情、友谊、知识、天赋、命运和时间，这些都只是书中的只言片语而已，当你真正感受到它们的时候，语言已经无法描述了。如果你还有问题的话就奇怪了，因为用理性去读这本书是无用的，你必须去结合生活中的经历才能读懂其中的故事。"

"明白了。"

"那我的首要目的就达成了。"

"还有次要目的吗？"

"当然啊，你能原谅我吗？"

"我原谅您了，实验是学院的安排，与您无关。"

"好的，那就没有什么需要再聊的了，你快回学院吧，等到下一个假期我们再去坐飞艇。"

"谢谢您。"我抱着祖父说道。

"哦，对了，还有一件事情。"

"什么事情？"

"等你找到了自己的意义，请记得把它写下来。"

"好的。"我将手稿放在了书桌上，继续对祖父说道，

"我可不甘心只做一名读者,提问的必要也没有了,我会自己去探索的!想必这也是救世计划的一部分吧。"

说完后,我便冲出了木屋,头也不回。

我对祖父给出的答案仍有不满,不过我还是决定自己去闯荡一番后再做出最后的决定。现在就出发,我要去寻找自己的道路。死亡也许无法避免,亲情与友情也并不会永存,可是我愿意相信祖父所描绘的那份爱意,正如那些木屋中的主角一样。书中还有很多疑点,最后那位预言家的身份也很奇怪,我需要去调查这些故事的真相。

也不知道宇航员和气象学家在北极过得怎么样?阿毛是否成为学院的最新吉祥物?赌徒先生最后有没有在别的世界中遇见侦探?阿寒最终过得幸福吗?阿久……

我们穿梭于时空的罅隙,在彩虹尽头寻找灵魂的归宿。